Kathy Tailor wurde 1987 im schönen Saarland geboren. Im Alter von vier Jahren beschloss sie, etwas für die Völkerverständigung zu tun und ins verfeindete Rheinland-Pfalz zu ziehen. Dort lebt sie nun nach einer kurzen Unterbrechung für ihr Musicalstudium wieder, mit Hund, Freund und zwei Mitbewohnern. Sie arbeitet als freie Schauspielerin, Sängerin und Schauspieldozentin für Kinder und Jugendliche. Neben dem Theater sind Bücher ihre große Leidenschaft und sie ist sehr glücklich, dass nach vielen Kurzgeschichten mit »Disappeared« nun ihr erster Roman erscheint.
Kathy freut sich über Austausch mit ihren Lesern auf Instagram, wo sie unter kathytailor.autorin über ihren Schreiballtag berichtet.

Kathy Tailor

DISAPPEARED

Oetinger Taschenbuch

Für Lis,
die schon an mich geglaubt hat, als ich meine Texte noch heimlich unter der Schulbank geschrieben habe.

MIX
Papier aus verantwortungsvollen Quellen
FSC® C014496

Originalausgabe
1. Auflage

Poppenbütteler Chaussee 53, 22397 Hamburg

Satz: Datagroup-Int SRL, Timișoara, România
Druck und Bindung: GGP Media GmbH, Karl-Marx-Straße 24,
07381 Pößneck, Deutschland
Printed 2019
ISBN 978-3-8415-0601-6

www.oetinger-taschenbuch.de

PROLOG

Mein Bauch ist voller Scherben. So fühlt es sich an. Sie schneiden mir tief in die Eingeweide. Zerreißen mich von innen.

Ich bin nicht mehr der Mensch, der ich mal war. Das alles hat mich so verändert. Und so kaputt gemacht. Ich lächle nach außen, aber in mir drin ist nichts als Dunkelheit.

Ich weiß nicht, wie ich da je wieder rauskomme. Weiß nicht, *ob* ich da wieder rauskomme.

Meine Freundinnen verstehen mich nicht. Sie haben alle so belanglose Teenagerprobleme. Sie wissen nichts von wahren Problemen. Von wahrer Scheiße.

Ich spüre das Ende nahen. Wenn es so weitergeht, werde ich bald tot sein.

1

»Also irgendwie habe ich es mir größer vorgestellt.«

Freyas Vater inspizierte das Zimmer, das eher einem Schuhkarton glich, genau. »Aber du wirst es dir hier schon gemütlich machen.«

»Ja, sicher.« Freya seufzte. Wenn man sie gefragt hätte, wäre sie gar nicht erst hierhergekommen. Aber sie fragte ja niemand.

Freya pfefferte ihre riesige grüne Reisetasche auf das Bett im Raum, das nicht vollständig mit Klamotten übersät war.

»Soll ich dir beim Auspacken helfen?« Freyas Vater griff nach der Tasche.

»Nicht nötig, ich werde hier bestimmt nicht lange bleiben.« Freya zog ihre innig geliebte, viel zu große Jeansjacke fester um ihren Körper. Ihre Mutter war ein gutes Stück größer gewesen als Freya. An ihr hatte die Jeansjacke immer lässig ausgesehen, an Freya wirkte sie eher wie ein Zelt. Doch das störte sie nicht. Wenn sie die Jacke trug, fühlte sie sich ihrer Mutter nah.

»Freya, wir haben das doch schon tausendmal durchgekaut. Ich kann mich zu Hause nicht so um dich kümmern, wie ich es gerne möchte, ich versinke in Arbeit.«

»Aber ich bin doch kein kleines Kind mehr, Papa. Ich komm auch wunderbar allein klar.«

»Und was ist mit deinen Noten?«

»Ich kann auch zu Hause lernen, dazu brauche ich keine Rund-um-die-Uhr-Überwachung.«

»Es ist ein Internat, kein Gefängnis, Freya. Die zwei Jahre bis zum Abitur vergehen sicher wie im Flug, du wirst schon sehen.«

»Pf.« Freya verschränkte die Arme vor der Brust und schob

trotzig ihre Unterlippe vor, wie sie es bereits als kleines Mädchen immer getan hatte, wenn sie ihren Vater um den Finger hatte wickeln wollen.

Offenbar hatte sie damals um einiges niedlicher ausgesehen, denn heute zeigte ihre Schnute keinerlei Wirkung.

»Du willst doch einen guten Abschluss machen, oder? Und Hohenhausen hat einen ganz hervorragenden Ruf. Erwachsenwerden heißt auch, mal das gewohnte Nest zu verlassen und eigene Wege zu gehen. Wenn du hier dein Abitur machst, stehen dir alle Türen offen.«

Freya hätte ihrem Vater gerne gesagt, dass es ihr egal war, wie gut ihr Abschluss sein würde, wenn sie dafür nur in ihrem gewohnten Umfeld bleiben konnte. Sie hätte ihm gerne gesagt, dass sie ihn seit Mamas Tod dringender brauchte als je zuvor. Und wie sehr sie ihn für seine Strategie hasste, mit dem Verlust seiner Frau umzugehen: nämlich sich noch mehr in die Arbeit zu stürzen und völlig von seiner Tochter abzuschotten.

Doch Freya wusste, dass es nichts ändern würde.

»Jetzt schau doch nicht so traurig, Freya. Du wirst hier sicher bald neue Freunde finden«, sagte ihr Vater und strich ihr etwas unbeholfen übers Haar.

Freya rang sich ein Lächeln ab und lehnte ihre Stirn gegen seine Schulter.

In diesem Moment ging die Tür schwungvoll auf, und ein Mädchen in Freyas Alter mit kurzen, wild vom Kopf abstehenden, ozeanblauen Haaren betrat den Raum. Die schwarzen Jeans waren abgewetzt und hatten Löcher an den Knien, und trotz des für Anfang Oktober noch sehr sommerlichen Wetters trug das Mädchen hochgeschnürte Biker-Boots. Auf dem mindestens drei Nummern zu großen grauen T-Shirt prangte in fetten neongelben Buchstaben die Aufschrift: *Lächle, du kannst sie nicht alle töten*.

»Willkommen in der Sardinenbüchse! Ich bin deine Mitbewohnerin.«

Etwas zögerlich ergriff Freya die Hand, die ihre Zimmergenossin ihr entgegenstreckte. Die Fingernägel hatten denselben Farbton wie das Haar.

»Ich heiße Theresia. Wie meine Oma. Meine Eltern wollten ihr eine Freude machen, indem sie mir ihren Namen gegeben haben. Ich hätte es ja schöner gefunden, sie hätten sich dazu entschieden, *mir* eine Freude zu machen, ich meine, welche Person unter sechzig möchte schon Theresia heißen?« Sie stockte und sah Freya verlegen aus ihren großen blauen Augen an. »Oh, äh … du heißt nicht zufällig Theresia?«

»Nein. Ich heiße Freya.«

»Na, da hattest du wohl freundlichere Eltern als ich.« Sie grinste zu Freyas Vater hinüber. »Nenn mich einfach Terri, okay?«

»Klar.«

»Ich werde hier wohl nicht mehr gebraucht«, sagte Freyas Vater lächelnd.

Freya schluckte ihre Bitterkeit hinunter und schüttelte den Kopf. »Nein. Du kannst ruhig fahren.«

Ihr Vater umarmte sie fest und hauchte ihr einen Kuss auf die Stirn.

»Bis bald, meine Große, wir sehen uns in knapp zwei Wochen wieder.«

»Ja, bis dann«, gab Freya betont locker zurück. Zwei Wochen konnten so verdammt lang sein!

Terri schüttelte Freyas Vater zum Abschied die Hand.

»Hat mich gefreut, dich kennenzulernen, Terri«, sagte er.

Dann war er auch schon aus dem Raum verschwunden, und Freya fühlte eine tiefe Leere in sich, die sie zu verschlingen drohte.

Mutter weg, Vater weg, Freunde weg, Zuhause weg.

Wenn das Erwachsenwerden war, dann konnte sie gut darauf verzichten.

2

Freya hört das Piepsen schon von Weitem. Es geht ihr durch Mark und Bein. Langsam schreitet sie den weißen Flur entlang, an dessen Ende sich das Zimmer befindet. Das Zimmer, vor dem sie am liebsten schreiend weglaufen würde. Doch wie ferngesteuert bewegt sie sich weiter darauf zu. Die Füße schwer wie Blei, das Herz in ihrer Brust ein einziger harter Klumpen, der zu keiner Regung mehr fähig ist.

Die Tür steht auf und gibt den Blick frei auf die Gestalt, die mit leeren Augen an die Decke starrt. Sie sagen, es sei ihre Mutter, doch Freya glaubt ihnen nicht. Das kann nicht ihre Mutter sein. Ihre Mutter hat rosige Wangen und immer ein Lächeln auf den Lippen. Ihre Augen sprühen vor Leben.

Sie hat keinerlei Ähnlichkeit mit der Frau, die wie tot auf dem Bett liegt und aus deren Gesicht jegliche Farbe verschwunden ist.

Das Piepsen der Geräte pulsiert in Freyas Ohren. Der Klang wird immer schriller und durchdringender.

Es soll aufhören! Freya kann den Lärm nicht mehr ertragen.

Sie geht zu den Geräten und schüttelt sie.

Seid endlich still, will sie schreien, doch als sie den Mund öffnet, dringt kein Laut daraus hervor.

Das Piepsen schwillt zu einem einzigen langen, schrillen Ton an. Es scheint, als wollten die Geräte Freya verhöhnen.

Freya zieht an den Schläuchen. Will den Piepston zum Schweigen bringen!

Die Kabel lassen sich nicht lösen. Freya packt mit beiden Händen zu. Zieht, zerrt, reißt. Nichts geschieht.

Der Druck auf ihren Ohren wird immer schlimmer. Für einen kurzen Moment lässt sie die Schläuche los, um sich die Hände auf die Ohren zu pressen, doch es hilft nichts. Das Kreischen der Maschinen dringt durch ihre Finger, und Freya glaubt, es zerreiße ihr das Trommelfell.

Sie hastet zur Steckdose. Greift nach dem riesigen weißen Stecker. Zieht mit aller Kraft daran.

Der durchdringende Piepston verwandelt sich in einen Schrei. Einen Schrei, der nicht länger aus den Maschinen, sondern mitten aus Freyas Innerem zu kommen scheint. Er wird lauter und lauter, überschlägt sich, wandert von ihrem Bauch in ihren Kopf, der zu platzen droht.

Freya zerrt an dem Stecker. Er lockert sich. Nur noch wenige Millimeter. Ihre schwitzigen Hände rutschen immer wieder daran ab. Freya rubbelt sie an ihrem Shirt trocken, zieht weiter. Der Schrei umschließt sie nun von allen Seiten, ist in ihr, neben ihr, unter ihr, über ihr. Sie will, dass es aufhört. Kann es nicht länger ertragen.

Ein letzter, entschlossener Zug, dann löst sich der Stecker endlich vollständig aus der Steckdose und fällt scheppernd zu Boden.

Der Schrei entwickelt sich zu einem Orkan aus Lauten. Gequälte, panische, schmerzverzerrte Laute.

Freya sackt auf den kühlen Boden und presst sich erneut die Fäuste auf die Ohren.

Durch den Nebel aus Schmerz kann sie die Gestalt auf dem Bett sehen. Sie zuckt, ihre Arme hämmern auf die Matratze, ihre Beine wölben sich unter der Bettdecke.

Freya schließt entsetzt die Augen. Versucht, die Bilder zu verbannen.

Der Orkan reißt sie mit sich, zerrt sie in die Dunkelheit. Wirbelt sie gnadenlos umher.

Dann, von einer Sekunde auf die andere, ist es plötzlich still im Zimmer.

Freya blickt auf, sieht zu dem Bett.

Die Gestalt regt sich nicht mehr.

Freya erhebt sich, schlägt die Decke zurück.

Darunter liegt gar keine leere, tote Hülle. Sie hat sich geirrt.

Dort liegt ihre Mutter.

Und sie rührt sich nicht. Ihre Augen sind geschlossen, ihre Haut ist eiskalt.

Freya starrt auf den am Boden liegenden Stecker.

Was hat sie getan?

Sie öffnet den Mund, und diesmal kommen die Worte heraus und formen sich zu einem Geräusch, das nicht wie von dieser Welt klingt. Es rast gegen die kahlen Wände und wird von ihnen in alle Ecken des Raumes zurückgeworfen.

NEEEEEEEIIIIIN!

»Hey!«

Freya spürte, wie jemand ihre Arme packte und sie schüttelte.

»Freya, wach auf!«

Freya blinzelte. Die Schemen über ihrem Gesicht nahmen langsam menschliche Gestalt an. Terris Gestalt.

»Wo, was …?«

»Hast du schlecht geträumt? Du hast um dich geschlagen und geschrien.« Terri sah sie mit einer Mischung aus Unbehagen und Bewunderung an. »Das war so ungefähr der heftigste Schrei, den ich je gehört habe!«

»Tut mir leid, wenn ich dich geweckt habe.« Freya setzte sich auf und strich sich die schweißnassen Haare aus dem Gesicht.

»Kein Ding, wir müssen eh gleich aufstehen. Schule.« Terri verdrehte die Augen und rutschte von Freyas Bettkante hinunter.

Sie kramte in dem Klamottenhaufen am Fußende ihres Bettes nach einem sauberen T-Shirt und entschied sich schließlich für eins mit der Aufschrift: *Die Frist für Beschwerden ist gerade abgelaufen!*

Während sie es sich überstreifte, fragte sie zögernd: »Was … was war denn so schlimm? Also in deinem Traum, mein ich.«

»Ich will eigentlich nicht drüber reden.«

»Okay, kein Ding. Sag Bescheid, falls du doch mal reden magst. Das klang echt heftig.«

»Danke. Es ist so … also … es könnte sein, dass du in nächster Zeit häufiger von meinen Albträumen geweckt wirst … Ich hoffe, du bist kein Langschläfer.« Freya grinste, und Terri erwiderte ihr Lächeln. »Na ja, ehrlich gesagt schon, nur haste hier keine Chance dazu. Aber am Wochenende muss ich dich dann gegebenenfalls ausquartieren. Sag mal, hast du vielleicht 'ne Bürste für mich? Ich kann meine absolut nicht finden.«

Freya holte ihre Bürste aus dem winzigen Bad und reichte sie Terri, die damit begann, ihre widerspenstigen blauen Haare zu trimmen.

Freya schlüpfte in eine Jeans und ein schwarzes T-Shirt und band ihr langes aschblondes Haar zu einem Zopf zusammen.

Dann zog sie ihre Jeansjacke über, der noch immer der Duft ihrer Mutter anhaftete, auch wenn Freya nicht sicher war, ob dieser wirklich da war oder bloß in ihrer Einbildung. Freya verscheuchte den Gedanken, nahm ihre Zahnbürste und quetschte sich neben Terri vor das kleine Waschbecken. Als Freya Terri und sich im Spiegel betrachtete, wie sie einträchtig nebeneinander Zähne putzten, waren ihr Traum und die Beklemmung, die seit dem Aufwachen wie ein riesiger Fels auf ihrer Brust gelegen hatte, schon um einiges leichter geworden.

Terri spuckte einen Schwall Zahnpasta ins Waschbecken, und Freya musste zurückweichen, um ihr Platz zu machen. Es war ein Wunder, dass sie es überhaupt schafften, sich zu zweit in diesem Bad die Zähne zu putzen, ohne einander mit den Ellbogen versehentlich die Nasen zu brechen. Es funktionierte nur, indem sie menschliches Tetris spielten.

Terri warf den Kopf in den Nacken und gurgelte, was Freya zwang, ihre Position erneut zu ändern.

Dann umrahmte Terri ihre riesigen Augen mit schwarzem Kajal, betrachtete ihr Werk im Spiegel und sagte schulterzuckend: »Besser wird's nicht. Bist du so weit? Ich hab einen Bärenhunger.«

Auf dem Weg zum Frühstücksraum, der die Treppe hinunterführte, durch mehrere nahezu gleich aussehende Gänge, die sich einzig durch die Bilder an den Wänden unterschieden, hätte Freya sich ohne Terris Hilfe mit Sicherheit einige Male verlaufen.

Um diese Uhrzeit ging es hier zu wie im Taubenschlag. Jede Menge Schüler und Schülerinnen und einige Erwachsene – vermutlich Lehrer und Angestellte des Internats – wuselten zwischen den Tischen und dem Büfett hin und her, tranken hektisch ihren Kaffee, schlangen Brote und Obst hinunter und steckten plaudernd die Köpfe zusammen.

Freya war froh, ihre Zimmergenossin an ihrer Seite zu haben und nicht mutterseelenallein einer Horde Fremder gegenüberzustehen.

»Frühstück gibt es immer von sieben bis acht«, erklärte Terri. »Um Viertel nach acht beginnt dann der Unterricht. Ich schaffe es meistens, von acht bis Viertel nach acht zu frühstücken – Resteessen sozusagen. Es sei denn, meine Mitbewohnerin schreit das ganze Zimmer zusammen, und ich stehe schon um sechs kerzengerade im Bett.«

Freya lächelte. »Tut mir leid.«

»Schon gut. Das wird der erste Tag in diesem Schuljahr sein, an dem ich keinen Ärger bekommen werde, weil ich zu spät bin. Du hast jetzt schon einen guten Einfluss auf mich.« Terri deutete auf das Büfett. »Teller stehen da drüben, Besteck ist dort. Das Essen hier ist ganz okay, mittags kannst du zwischen drei Menüs wählen. Ich nehm meistens vegetarisch, das ist hier am besten.«

»Okay.«

»Wie du siehst, ist Anstellen hier eher 'ne Empfehlung als 'ne Regel. Meistens stürmen alle wie eine Herde hungriger Raubtiere zum Büfett und schmeißen alles auf den Teller, was sie kriegen können – dabei sind die Zeiten, in denen sie die Schüler hungern ließen, wenn sie sich schlecht benommen hatten, längst vorbei.« Sie lachte, reichte Freya einen Teller und nahm sich dann selbst einen.

»Süß oder herzhaft?«

»Was?«

»Frühstückst du eher süß oder herzhaft?«

»Eigentlich frühstücke ich in letzter Zeit überhaupt nicht.« Freya sah zu Boden. »Ich hab so selten Appetit.«

»Das erklärt, warum an dir so wenig dran ist. Aber hier wirst du 'ne Stärkung für den Tag brauchen, glaub mir.«

»Ist der Unterricht so anstrengend?«

»Es geht so, viel anstrengender sind manche Leute.«

Terri häufte sich einen Berg Brot auf den Teller.

Freya hielt sich an Toast und Marmelade, mehr würde sie heute nicht runterkriegen. Es war nicht bloß ihr Albtraum, der ihr noch immer schwer im Magen lag, beinahe genauso schlimm war ihre Angst vor dem Moment, in dem sie vor ihre neue Klasse treten musste. Ein weiterer Albtraum.

»Wollen wir uns dahinten ans Fenster setzen?« Freya deutete in die linke Ecke des Raumes zu einem Tisch. Von dort hatte man einen wunderschönen Ausblick auf die Wälder, die das Internat umgaben und sich bis hinunter ins Tal erstreckten. Riesige Tannen, dicht aneinandergedrängt, reckten ihre Kronen meterhoch in den Himmel, der heute wolkenlos erstrahlte.

Einige Mädchen saßen bereits an dem Tisch und kicherten.

Freya registrierte, dass das Mädchen mit den roten gewellten Haaren nur kurz mitlachte, ehe seine großen Augen einen Ausdruck annahmen, den Freya in letzter Zeit öfter gesehen hatte. Immer dann, wenn sie ihrem eigenen Spiegelbild ins Gesicht geblickt hatte.

»Nein.« Terris Stimme klang plötzlich scharf. »Lass uns einen anderen Tisch nehmen – der da drüben ist noch frei.«

Sie deutete auf einen kleinen Tisch am anderen Ende des Saales, der etwas abseits in einer dunklen Ecke stand – direkt neben den Mülleimern. Freya ahnte, warum niemand an diesem Tisch sitzen wollte.

»Aber am Fenster sehen wir ein bisschen was von der Sonne, wer weiß, wie oft wir die in diesem Jahr noch zu Gesicht bekommen«, versuchte Freya es noch einmal.

»Ich will dich nicht aufhalten. Aber ich werde mich definitiv nicht dorthin setzen.« Terri warf einen finsteren Blick auf die Mädchen am Fenstertisch.

»Na gut, dann setzen wir uns eben nach dort drüben«, sagte Freya. Das Letzte, worauf sie Lust hatte, war eine Auseinandersetzung mit ihrer Mitbewohnerin am ersten Schultag. Schon gar nicht wegen eines Tisches.

Terri sollte recht behalten, das Essen war wirklich ganz okay. Trotzdem tat Freya sich schwer damit, ihren ohnehin nur dürftig beladenen Teller zu leeren.

Terri hingegen aß mit großem Appetit ihre mit mehreren Schichten Käse, Gurken und Paprika belegten Brote, und Freya fragte sich, wo sie das alles hinpackte.

Als die beiden fertig waren, führte Terri Freya zu einem Rollwagen, auf dem sie ihr schmutziges Geschirr abstellten.

»So, dann auf zur Schlachtbank«, grinste Terri.

»Hör auf, mir ist sowieso schon total schlecht!«

»Tut mir leid, es wird sicher halb so wild«, sagte Terri. Doch irgendwie klang es nicht sehr überzeugt. »Ist halt Schule, was soll man da groß erwarten? Und die Mitschüler sind … Hey!«

»Pass doch auf, Theresia!«

Während sie auf Freya eingeredet hatte, war Terri versehentlich gegen ein Mädchen gestoßen. Freya erkannte, dass es das rothaarige Mädchen vom Fenstertisch war.

»Sorry, Maria, ich hab dich nicht gesehen!«

Die dichten schwarzen Augenbrauen des Mädchens, die in starkem Kontrast zu seiner hellen Haut standen, zogen sich zusammen. »Ach ja?«

»Komm, Freya, wir gehen!« Terri packte Freya am Arm und zog sie Richtung Ausgang.

»Hast du 'ne neue Freundin, Theresia?« Ein Mädchen mit

olivfarbener Haut und langen braunen Haaren stellte sich ihnen in den Weg.

»Einfach nicht beachten«, zischte Terri Freya zu.

»Die weiß wohl noch nicht viel über dich, sonst wäre sie sicher längst davongerannt.«

Maria lachte.

»Geh zur Seite, Anna«, fauchte Terri.

»Sonst was?« Anna, die höchstens einen Meter sechzig groß und damit mindestens einen Kopf kleiner war als Terri, baute sich mit verschränkten Armen vor Terri auf.

»Sonst ... Ach, vergiss es ...« Terri winkte ab, »Komm, Freya, lass uns gehen.«

Anna wandte sich nun Freya zu und musterte sie von oben bis unten. »Du bist wohl die Neue? Und, hat Theresia dich schon um den Finger gewickelt?«

Freya starrte Anna irritiert an. Was sollte das ganze Theater?

»Na klar, sie läuft ihr ja wie ein Hündchen hinterher«, sagte Maria. Anna brach in schallendes Gelächter aus.

Freya fuhr herum und sah, dass Marias braun-grüne Augen einen zufriedenen Ausdruck angenommen hatten, in den sich jedoch kurz darauf wieder die Traurigkeit mischte, die Freya schon zuvor in Marias Gesicht gesehen hatte.

»Lasst uns in Ruhe!«, fauchte Terri und schob sich an Anna vorbei, die keine Anstalten machte, sie aufzuhalten.

»Lasst uns in Ruhe, lasst uns in Ruhe«, äffte Anna Terri nach, während diese mit schnellen Schritten zur Tür eilte. Freya musste fast rennen, um mit ihr Schritt zu halten.

»Was war das denn gerade?«, wollte sie wissen.

»Ach, nichts weiter. Du hast nur gerade zwei der größten Zicken kennengelernt, die diese Schule zu bieten hat.«

»Das ist mir nicht entgangen. Aber was haben sie für ein Problem mit dir?«

»Nichts weiter.« Terri winkte ab, »Hast du mich mal angeschaut? Vermutlich passe ich nicht so ganz in ihr perfektes Weltbild.«

»Vermutlich.«

»Hattest du solche Leute nicht in deiner früheren Klasse?«

»Doch, klar. Wer hat die nicht?«

»Maria und Anna waren nicht immer so krass drauf. Das hat erst vor 'nem knappen Jahr angefangen. Seit sie sich ein Zimmer teilen.« Terri holte tief Luft. »Ich will dich nicht anlügen, Freya. Wie du vielleicht bemerkt hast, stehe ich auf der Beliebtheitsskala ziemlich weit unten. Wenn du mit mir abhängst, hast du ehrlich gesagt wenig Chancen, in der Abizeitung zur coolsten Schülerin des Jahrgangs gewählt zu werden. Ich könnte also verstehen, wenn du –«

»Bist du verrückt? Ich suche mir doch meine Freunde nicht danach aus, wie beliebt sie sind!«

»Na ja, genau genommen hast du mich nicht ausgesucht, sondern bist zufällig in meinem Zimmer gelandet – und jetzt frag dich mal, warum ausgerechnet bei mir noch ein Bett frei war …«

»Ich frag mich eher, für wie oberflächlich du mich hältst. Ich bin gerade mal einen Tag hier. Ich werde schon noch herausfinden, wen ich mag und wen nicht. Und dass diese beiden von eben nicht ganz oben auf meiner Sympathieliste stehen, ist jetzt schon klar.«

Terris Wangen röteten sich ein wenig, und sie grinste.

»Na, dann warte erst mal ab, bis du Cora kennenlernst. Da braucht deine Liste eine Rundumerneuerung.«

3

Augen starrten sie an. Viele Augen.

Einige mit Neugier, einige mit Skepsis, andere mit unverhohlenem Spott.

Mit klopfendem Herzen stand Freya vor ihrer neuen Klasse und versuchte, ihren Atem zu beruhigen, während die Klassenlehrerin Frau Taupe sie als neue Schülerin vorstellte.

»… Aber bevor ich hier große Reden schwinge, möchte Freya euch sicher selbst ein bisschen was über sich erzählen.« Frau Taupe rückte ihre Brille zurecht, deren Gläser bestimmt zwei Zentimeter dick waren, und ließ sich am Lehrerpult nieder.

Nun stand Freya alleine vor der Klasse. Ihr Mund war so trocken, wie ihre Hände nass waren.

Die Blicke der anderen durchbohrten sie. In der zweiten Reihe tuschelten ein paar Mädchen miteinander und kicherten.

Ein Junge in der vorletzten Reihe sah gelangweilt auf sein Handy. Vermutlich hatte er schon jetzt Freyas Namen wieder vergessen – wenn er ihn überhaupt gehört hatte.

Freya suchte Terris Blick. Diese saß allein an einem Tisch ganz hinten im Klassenraum und lächelte Freya aufmunternd zu.

Freya räusperte sich und setzte zögernd zum Reden an. »Hallo, ich bin Freya.«

»Das wissen wir schon«, kam es von einem der Mädchen aus der ersten Reihe. Es war wunderschön, doch die überdimensionalen grünen Augen, die durch die starke Schminke noch mehr betont wurden, wirkten kühl. Von der hellen Haut des Mädchens schien ein Strahlen auszugehen, das sicher so manchen Mann um den Verstand brachte.

Die leicht pummelige Sitznachbarin des Mädchens hingegen wirkte geradezu farblos. Ihre langen dunkelblonden Haare hingen platt an dem rundlichen Gesicht hinunter, und ihr Blick war schüchtern auf Freya gerichtet.

»Äh, ja, das stimmt«, stammelte Freya.

Wunderbar. Schon nach dem ersten Satz war sie aus dem Konzept.

»Ich komme ursprünglich aus München.«

»Wo hast du denn dein Dirndl gelassen?«, rief die Schönheit aus der ersten Reihe und erntete dafür allgemeines Gelächter.

Freya überging den Kommentar. »Ich bin sechzehn Jahre alt, und meine Lieblingsfächer sind Geschichte und Sozialkunde.«

Sie wartete ab, ob wieder jemand seinen Senf dazugeben wollte, und war erleichtert, dass alle schwiegen.

»Ich freue mich, euch kennenzulernen.«

Ein paar Schüler zeigten den Anflug eines Lächelns, während das Mädchen in der ersten Reihe weiterhin abschätzig dreinblickte.

»Danke, Freya.« Frau Taupe ergriff nun wieder das Wort.

Freya lief beinahe fluchtartig zu Terri in die hinterste Reihe und ließ sich auf den freien Stuhl neben ihr sinken.

»Lief doch ganz gut«, flüsterte Terri ihr zu.

»Na ja.«

»Jetzt hast du das Schlimmste erst mal hinter dir.«

Frau Taupe wandte sich der Tafel zu und zeichnete eine Tabelle an, in die sie diverse Zahlen eintrug.

»Ich habe die Mathearbeit korrigiert. Der Schnitt war ganz zufriedenstellend, wobei einige unter euch mich überrascht haben. Positiv wie negativ. Wir haben vier Einsen, acht Zweien, sechs Dreien …«

»Bist du gut in Mathe?«, flüsterte Terri. »Ich bräuchte dringend jemanden, bei dem ich abschreiben kann.«

»Es geht, ich denke, ich bin ganz okay«, sagte Freya. »Zumindest besser als in Chemie.«

»Das kann ich ganz gut, da kannst du dich an mich halten«, sagte Terri.

»... und leider auch eine Sechs«, endete Frau Taupe und klopfte sich die Kreidefinger an ihrer Hose ab. Dann nahm sie einen Stapel Hefte aus ihrer abgewetzten braunen Ledertasche hervor und schritt die Reihen ab, um diese auszuteilen.

»Cora, sehr gut.«

Die Schönheit aus der ersten Reihe nahm strahlend das Heft entgegen.

»Birte, auch sehr gut«, sagte Frau Taupe und überreichte dem blassen Mädchen neben Cora ein Heft. Cora wandte sich zu ihrer Nachbarin und reckte den Daumen. Dabei entblößte sie eine Reihe kerzengerader Zähne, mit denen sie Werbung für jeden Zahnarzt hätte machen können.

Birtes Lächeln hingegen blieb trotz der guten Note auf Halbmast.

Terri stöhnte, als sie ihr Heft aufschlug. »Schon wieder eine Fünf. Mist! Das ist der Nachteil, wenn du alleine sitzt – du kannst nicht mal abschreiben. Gut, dass du jetzt da bist.« Sie zwinkerte Freya zu.

Frau Taupe wandte sich nun Maria zu. »Das war leider ein ziemlicher Schuss in den Ofen.« Sie senkte die Stimme, doch Freya, die nicht wie alle anderen in der Klasse in die zurückgegebene Arbeit vertieft war, konnte sie trotzdem hören. »Ungenügend. Was ist bloß los mit dir?« Sie stieß einen tiefen Seufzer aus. »Ich habe mit den Kollegen gesprochen. Es sind ja nicht bloß deine Mathenoten, die so in den Keller gerutscht sind. Hast du mal darüber nachgedacht, Nachhilfe in Anspruch zu nehmen? Frag doch mal einen aus der Klasse, ob er dir hilft. Wie wäre es mit Cora? Oder Birte?«

»Ich krieg das schon alleine hin«, stieß Maria trotzig hervor.

»Es wird allerhöchste Zeit, Maria. Du musst dringend wieder auf einen grünen Zweig kommen. Ich habe auch mit Dr. Wilhelm gesprochen. Er war entsetzt, was deine derzeitige Leistung angeht, und sagt, dass dein Stipendium nicht weiterlaufen kann, wenn sich das nicht ändert.«

»Na und? Ich hab eh keinen Bock auf Schule!« Krachend fiel Marias Stuhl zu Boden.

Sie hatte nun die volle Aufmerksamkeit der gesamten Klasse.

»Maria, setz dich wieder hin!« Frau Taupes Gesicht lief rot an. »Das ist kein Verhalten, das ich hier dulden kann!«

»Maria, das ist es doch nicht wert …«, setzte Anna an.

»Was weißt du denn schon?«, zischte Maria. »Was wisst ihr alle schon?!«

Sie schnappte sich ihren Rucksack und verließ schluchzend das Klassenzimmer.

»Was sollte das denn?«, fragte Cora von vorne an Anna gewandt, doch diese zuckte nur mit den Schultern.

»Vielleicht hat sie ihre Tage!«, rief ein Junge mit wild verstrubbeltem, dunkelblondem Haar.

»Fabi, das ist nicht lustig!«, sagte Anna.

»Doch, ich finde schon«, gab er zurück. »Wobei ich bei Maria eher glaube, dass sie in letzter Zeit chronisch ihre Tage hat.«

»Na du müsstest es doch am besten wissen!«, kam es von einem Jungen hinter Fabi.

»Ne, ist zum Glück nicht mehr meine Baustelle!«

»Zum Glück?« Anna stieß ein ungläubiges Schnaufen aus. »Das klang aber neulich noch ganz anders.«

»Halt die Klappe, Anna!« Fabi erhob sich, und Anna zuckte zurück, so als habe sie Angst, er würde jeden Moment auf sie losgehen.

»Es reicht jetzt!« Frau Taupes Ausruf durchschnitt die angespannte Stimmung. »Fabian, du setzt dich augenblicklich wieder hin! Und der Rest von euch ist endlich still! Wir gehen die Kursarbeit nun gemeinsam durch, damit diejenigen unter euch, die nicht so gut abgeschnitten haben, verstehen, wo die Fehler lagen. Also, ich erwarte absolute Ruhe und Konzentration! Haben das *alle* verstanden?«

»Ja«, murmelten ein paar.

Fabi ließ sich wieder auf seinen Stuhl zurücksinken, warf Anna aber weiterhin wütende Blicke zu.

Frau Taupe hatte sich inzwischen der Tafel zugewandt und schrieb einige Formeln aus der Klassenarbeit an, um sie gemeinsam durchzugehen.

Freya musterte Fabi heimlich von der Seite. Seine durchtrainierten Arme standen unter enormer Anspannung, so als mache er sich zum Kampf bereit. Die braunen Augen funkelten hasserfüllt in Annas Richtung. Er ließ die Finger knacken, und Freya schauderte bei dem Geräusch.

In was für eine Klasse war sie da geraten?

Freya sah zu Terri hinüber, die mit gerunzelter Stirn von der Tafel abschrieb. Das ganze Drama schien sie ziemlich kaltzulassen.

Noch einmal wanderte Freyas Blick zu Fabi hin. Er hatte sich über seinen Tisch gebeugt, sodass sein Mund Annas Ohr von hinten beinahe berührte.

»Hey«, flüsterte er. »Wenn du oder Maria diese Sache an die große Glocke hängt, werdet ihr es bitter bereuen!«

4

Der Sportunterricht der Oberstufe fand nach Geschlechtern getrennt statt, was Freya mehr als recht war. Denn so würde sie sich zumindest nur vor der Hälfte ihrer Mitschüler blamieren.

Freya war zwar eine ausgezeichnete Sprinterin, doch in Ballsportarten war sie eine echte Niete. Sie war froh, wenn sie dabei links von rechts und Hand von Fuß unterscheiden konnte. Wenn sie den Ball dann auch noch traf – mit dem richtigen Körperteil –, war das schon wie ein Sechser im Lotto.

Überrascht stellte Freya fest, dass Maria, die seit ihrem dramatischen Abgang verschwunden gewesen war, auch in der Turnhalle war. Allerdings nicht wie alle anderen in Sportklamotten.

Cora und Anna dehnten sich bereits, während die anderen gelangweilt mit den Füßen scharrten und auf den Sportlehrer warteten. Maria stand etwas abseits von den übrigen Mädchen. Ihr Blick huschte immer wieder zur Tür.

»Guten Morgen, bitte entschuldigt die Verspätung«, klang eine dunkle Stimme durch die Halle.

Freya drehte sich um und sah sich einem mindestens ein Meter neunzig großen Mann mit pechschwarzen Haaren gegenüber. Freya schätzte ihn auf Ende zwanzig, höchstens Anfang dreißig. Sein Grinsen war jungenhaft, und seine dunkelbraunen Augen wurden von Lachfältchen umrahmt.

»Los, holt schon einmal ein paar Bälle raus und geht zu zweit zusammen. Passen«, wies der Lehrer seine Schülerinnen an.

»Handbälle, Basketbälle oder Fußbälle?«, fragte Cora und blinzelte mit ihren falschen Wimpern.

»Cora, unser Thema ist seit drei Wochen Handball – was glaubst du wohl, welche Bälle?«

»Ich frage ja nur«, erwiderte sie mit leicht angesäuertem Unterton. Sie band ihren blonden Bob im Nacken zusammen, sodass der tiefe Rückenausschnitt ihres Tops noch mehr zur Geltung kam.

»Wollen wir zusammen passen?«, fragte Terri, die bereits einen Handball aus dem Geräteraum geholt hatte.

»Klar«, sagte Freya, froh darüber, erst mal nur mit Terri üben zu können, ehe sie sich vor allen die Blöße geben musste.

»Dann mal los!« Terri warf Freya den Ball zu, und diese fing ihn zu ihrer eigenen Verblüffung auf Anhieb.

Sie setzte zum Wurf an, als eine Stimme neben ihr fragte: »Bist du neu hier?«

Erschrocken wandte Freya sich um, und ihr Wurf versandete nur einen halben Meter vor ihr auf dem Boden.

»Äh, ja. Ich bin Freya.«

Ein Hauch von Minze stieg Freya in die Nase.

»Na, dann herzlich willkommen in Hohenhausen. Ich bin Herr Seidler. Ich unterrichte Sport und Bio. Wann bist du angekommen?«

»Gestern Abend.«

»Ich hoffe, du hattest einen guten Start.«

Freya war sich nicht sicher, ob das eine Frage sein sollte. Falls ja, wollte sie die Antwort lieber für sich behalten.

»Bist du gut in Handball?«

Hatte er ihren Pass zu Terri gerade nicht gesehen?

»Wir bräuchten noch Unterstützung für die Schulmannschaft.«

»Äh … eher nicht so …«, stammelte Freya.

»Schade.« Herr Seidler zuckte mit den Schultern. »Wäre ja auch zu schön gewesen.«

»Herr Seidler, kann ich Sie bitte mal kurz sprechen?«

Ohne dass Freya es bemerkt hatte, war Maria neben ihnen aufgetaucht. Sie spielte nervös mit dem kleinen roten Apfelanhänger, der an ihrer Kette baumelte.

»Was gibt es denn?« Herr Seidler klang gereizt.

»Es geht um meine Noten. Ich habe gerade echt Probleme. Mein Stipendium …« Maria schielte zu Freya und senkte dann die Stimme. »… steht auf der Kippe.«

»Maria, es ist nicht der richtige Zeitpunkt. Der Unterricht hat angefangen. Und du solltest dich besser umziehen und dir einen Ball schnappen.«

»Es ist wirklich wichtig, Herr Seidler. Bitte.«

Freya sah Tränen in Marias Augen. Auch Herr Seidler schien diese zu bemerken, denn er schob Maria zur Seite.

»Na gut, aber dann bitte schnell.«

Während Terri und Freya sich weiter den Ball zupassten, beobachtete Freya, wie Herr Seidler und Maria abseits von den anderen miteinander redeten. Maria gestikulierte wild, und selbst von Weitem konnte Freya sehen, dass sie weinte.

»Was ist denn da los?«, fragte Freya.

»Ach, das Übliche«, erwiderte Terri. »Marias Noten sind in letzter Zeit total in den Keller gefallen. Sie schwänzt ständig den Unterricht und das Training und ist jetzt sogar endgültig aus dem Team ausgeschieden. Und das, obwohl sie immer eine der besten Spielerinnen der Handballmannschaft war.«

»Und was hat es mit dem Stipendium auf sich?«

»Na ja, Maria kommt aus ziemlich miesen Verhältnissen. Sie ist bei ihrer Tante aufgewachsen, und das Verhältnis war immer … na ja, schwierig … Trotzdem hat Maria immer Topnoten gehabt, und ihre damaligen Lehrer haben ihr ein Stipendium für Hohenhausen vermittelt. Allerdings muss sie dafür auch konstant gute Leistungen erbringen.«

»Sonst muss sie zurück zu ihrer Tante?«

»Genau.«

Freya sah, wie Maria immer wilder gestikulierte und Herr Seidler den Kopf schüttelte.

»Sie versucht echt alles, um die Lehrer zu überzeugen. Wenn du mich fragst, würde es vielleicht helfen, ab und zu im Unterricht zu erscheinen«, sagte Terri.

»Sie hat heute Morgen beim Frühstück so traurig gewirkt«, sagte Freya.

»Tja, kein Wunder. Läuft ja gerade auch nicht besonders gut für sie.«

In diesem Moment stürmte Maria wütend aus der Halle.

Herr Seidler sah ihr mit ernstem Gesicht hinterher. Er atmete tief durch und wandte sich dem Rest der Klasse zu. »Alles klar, wir machen jetzt ein Handballmatch. Cora, Anna, wählt eure Mannschaften.«

Freya rechnete fest damit, als Letzte gewählt zu werden, doch sie irrte sich. Nach endloser Warterei, in der Mädchen um Mädchen an Freya vorbeigegangen war und sich entweder hinter Cora oder Anna aufgestellt hatte, zeigte Anna wenig begeistert auf sie und sagte: »Die da.«

Freya fand, Anna hätte sie zumindest nach ihrem Namen fragen können, wenn sie ihn schon so schnell wieder vergessen hatte.

»Sie heißt Freya!«, rief Terri. Sie war außer Freya die Einzige, die noch auf der Bank saß. »Tja, Cora, schätze mal, dann bin ich wohl in deiner Mannschaft.«

Cora zog ein Gesicht, als hätte sie in eine besonders saure Zitrone gebissen.

»Gut, dann legen wir los. Stellt euch auf.« Herr Seidler verteilte neongelbe Hemdchen an Freyas Mannschaft. »Wer geht ins Tor?«

Freya begann zu schwitzen, obwohl sie noch keinen Meter gerannt war. Ausgerechnet Handball. Der kleine Ball war noch schwerer zu handeln als ein Basketball, bei dessen Größe die Chance, ihn auch mal zu erwischen, immerhin etwas größer war.

Herr Seidler stieß einen langen Pfiff mit der Trillerpfeife aus, und blitzschnell flog der Ball übers Feld, wanderte von Hand zu Hand, hüpfte über den Boden und landete schließlich im Tor von Freyas Mannschaft.

»Hey, du, steh nicht so rum, halt beim nächsten Mal gefälligst Cora auf!«, rief Anna Freya quer durch die Halle zu, während Cora sich von ihrer Mannschaft feiern ließ.

Freya nickte und positionierte sich breitbeinig vorm Tor.

Machte das Sinn? War das nicht eher für Fußball hilfreich? Ihr Kopf war wie leer gefegt.

Erneut erklang ein Pfiff, und der Ball kam wieder in Bewegung, vollführte einen wilden Tanz von Körper zu Körper und landete schließlich in Coras Händen, die selbst mit Schweißperlen im Gesicht noch wunderschön aussah.

Mit entschlossenem Blick dribbelte sie direkt auf das gegnerische Tor zu. Freya rannte ihr entgegen, Cora täuschte an, wich dann nach links aus und dribbelte mit der linken Hand weiter.

Während Freya fasziniert ihre Beidhändigkeit bewunderte, glitt Cora der Ball aus den Händen und rollte über den Boden.

Freya rannte hinterher. Cora ebenfalls.

Aber wenn Freya eins konnte, dann war es rennen. Sie erreichte den Ball als Erste, hob ihn hoch, machte auf dem Absatz kehrt und wollte in die andere Richtung laufen, doch diese wurde durch Cora blockiert. Freya versuchte, an ihr vorbeizukommen, links, rechts, links.

Ihr Puls raste.

Cora war immer da, wo Freya hinwollte. Sie musste werfen.

Eilig scannte sie ihre Mitspielerinnen ab und sah, dass Anna frei stand. Freya holte aus, Cora streckte den Arm nach oben, um ihr den Ball zu entwenden. Sie war bestimmt fünf Zentimeter größer als Freya, doch noch bevor Cora zugreifen konnte, schleuderte Freya den Ball in Annas Richtung. Er landete einen guten Meter vor ihr. Dennoch erreichte Anna ihn vor der gegnerischen Mannschaft.

Freya grinste. Das war doch gar nicht so schlecht gelaufen.

In diesem Moment durchfuhr ein heftiger Schmerz ihre Schulter. Cora hatte sich mit ihrem ganzen Gewicht gegen sie geworfen.

Freya schrie auf. Der Schmerz trieb ihr die Tränen in die Augen.

»Foul!«, hörte sie Herrn Seidler aus weiter Ferne rufen.

Dann ein Pfiff. Stimmen, die sich überschlugen, Hände, die sie packten, Terri, die sie stützte. »Alles okay?«

»Meine Schulter«, stöhnte Freya.

»Was sollte das, Cora?« Herr Seidler klang verärgert.

»Ich wollte nur den Ball erwischen. War ein Versehen.«

»Blödsinn!«, mischte Terri sich ein. »Sie hatte den Ball doch längst abgegeben. Ich hab genau gesehen, dass du sie erst danach volle Kanne gerammt hast.«

»Dann stimmt vielleicht was mit deinen Augen nicht, Theresia«, zischte Cora.

»Oder dir hat eine deiner falschen Wimpern die Sicht vernebelt – sonst hättest du sicher gesehen, dass Freya den Ball schon längst zu Anna gepasst hatte«, fauchte Terri zurück.

»*Zu* mir ist ja wohl leicht übertrieben«, schaltete sich nun auch Anna ein. »Ganz grob in meine Richtung trifft es ja wohl eher.«

»Schluss jetzt!« Herr Seidler blickte streng in die Runde. »Das hier ist ein Handballspiel, kein Bürgerkrieg, klar? Ihr wisst, dass Fairplay bei mir großgeschrieben wird, und jede, die sich nicht daran hält, kann sich auf eine saftige Strafarbeit gefasst machen. Cora, ich weiß nicht, ob du wirklich nur den Ball erreichen wolltest oder Freya absichtlich gefoult hast. Aber das war die letzte Warnung.«

»Ist ja gut, ich habe doch gesagt, dass es keine Absicht war.« Cora strich sich eine verschwitzte Haarsträhne hinter ihr winziges Ohr, die sofort wieder in ihr Gesicht zurückfiel.

»Geht es dir gut, Freya?« Herr Seidler bedachte Freya mit einem besorgten Blick.

Freya konnte nicht anders, als sich darüber zu freuen, dass er sich ihren Namen gemerkt hatte. »Ich glaub schon.«

»Möchtest du die Schulter kühlen?«, fragte Herr Seidler.

»Nein, es geht schon«, entgegnete Freya und ließ zum Beweis die Schulter einmal kreisen. »Au.«

»Also doch kühlen«, stellte Herr Seidler fest und fügte dann an die anderen gewandt hinzu: »Ihr spielt weiter. Und ich will keine weiteren Verletzten! Komm, Freya, wir holen dir einen Kühlakku.«

Verlegen folgte Freya ihm aus der Sporthalle. Sie hatte heute wirklich mehr als genug im Zentrum der Aufmerksamkeit gestanden.

Herr Seidler führte sie in einen kleinen Raum neben der Halle und holte einen Kühlakku, den er in ein Geschirrhandtuch wickelte und an Freya weiterreichte. »Hier. Damit keine Schwellung entsteht.«

»Danke.«

»Nicht dafür. Tut mir leid, dass deine erste Sportstunde hier direkt mit einem Unfall startet.«

»Ist ja nicht Ihre Schuld.«

»Na ja, indirekt vielleicht schon. Vielleicht hätte ich eine Sonderstunde zum Thema Fairplay halten sollen.«

Freya lächelte. »Vielleicht.«

»Freya ist übrigens ein sehr schöner Name«, bemerkte Herr Seidler, und Freya spürte, wie ihr die Röte ins Gesicht stieg.

»Danke«, sagte sie. Mehr fiel ihr dazu nicht ein. Das Kompliment erwidern konnte sie nun wirklich nicht. Erstens machte man einem Lehrer keine Komplimente, und zweitens war Seidler … nun ja … ein Name.

»Meine Großtante hieß auch Freya«, sagte Herr Seidler. »Ich mochte sie sehr. Sie ist viel zu früh gestorben.«

»Das tut mir leid.« Freya fühlte sich allmählich unwohl, hier in diesem viel zu engen Raum, mit Komplimenten und Geschichten über verstorbene Tanten.

»Ich denke, ich werde den noch eine Weile behalten.« Sie deutete auf den Kühlakku.

»Natürlich, bring ihn einfach zur nächsten Sportstunde wieder mit.«

»Okay.«

»Okay.«

Sie grinsten sich an und schwiegen.

Freya hatte das Gefühl, dass der Raum plötzlich noch enger geworden war. Und wärmer. Sie glühte nun trotz des eisigen Akkus auf ihrer Haut.

Herr Seidler räusperte sich. »So, dann gehen wir mal besser wieder zurück. Nicht, dass die Chaoten sich inzwischen gegenseitig die Köpfe einschlagen.«

Freya folgte ihm zurück in die Halle, wo das Spiel noch in vollem Gange war. Den langen Gesichtern von Annas Mannschaft nach zu schließen, lag Coras Mannschaft weiterhin in Führung.

»Schluss für heute!«, rief Herr Seidler.

Terri rannte auf Freya zu. »Geht's dir besser?«

»Ja, alles okay.«

»Das war eindeutig ein Foul von Cora, da kann Herr Seidler nicht einfach die Augen vor verschließen.«

»Vielleicht hat er es nicht richtig gesehen.«

»Blödsinn! Das war nicht zu übersehen. Wahrscheinlich hat er bloß Angst!«

»Vor Cora?« Freya zog skeptisch die Augenbrauen hoch.

»Nein. Vor ihrem Vater. Coras Familie ist steinreich und unterstützt das Internat seit Jahren finanziell. Deshalb kann sie hier machen, was sie will. Die Lehrer wagen es nicht, sie zu bestrafen. Egal, was sie tut.«

Freya sah zu Cora, die gerade mit Birte abklatschte und sich in deren bewundernden Blicken sonnte. Auf ihrer porzellangleichen Haut lag ein dünner Schweißfilm, den sie nun mit einem rosafarbenen Handtuch abtupfte.

Terri rümpfte verächtlich die Nase. »Sie glaubt echt, sie hat gar nichts zu befürchten in ihrer perfekten rosa Welt. Ich hoffe, sie bekommt eine richtig fiese Prellung an der Stelle, wo sie dich gerammt hat.«

»Terri, seien wir doch mal ehrlich – selbst die würde ihr noch gut stehen«, seufzte Freya.

»Höre ich da etwa eine Spur von Neid raus?« Terri grinste Freya herausfordernd an.

»Nicht wirklich«, entgegnete Freya achselzuckend. »Rosa war noch nie meine Farbe.«

5

Am nächsten Morgen erwachte Freya schweißgebadet aus einem Albtraum. Diesmal hatte sie wieder den Stecker im Krankenhaus gezogen und war daraufhin selbst fast erstickt, ehe Terri sie wach rüttelte.

Nach einem schnellen Frühstück, das die Mädchen auch heute wieder am Tisch neben den Mülleimern runtergeschlungen hatten, betraten sie den Klassenraum.

Die meisten Schüler waren schon da und redeten wild durcheinander.

»Morgen«. Freya grüßte ein paar ihrer Klassenkameraden im Vorbeigehen, doch nur wenige erwiderten den Gruß.

»Mach dir nichts draus«, sagte Terri. »Mich grüßen sie gar nicht.«

»Warum denn nicht?«

»Keine Ahnung.« Terri, die heute ein graues Shirt mit der Aufschrift *Memo an mich: Lächeln, umdrehen, Augen rollen – nicht umgekehrt* trug, zuckte nur mit den Schultern und wechselte dann rasch das Thema. »In Englisch steht übrigens nächste Woche eine Kursarbeit an. Keine Ahnung, ob du die mitschreiben musst. Am besten fragst du mal Ms Miller.«

Wie aufs Stichwort betrat eine junge Lehrerin den Raum, deren Haut eine leichte Bräune aufwies und deren dichtes, dunkles Haar zu einem ordentlichen Knoten zusammengebunden war. Sie trug einen teuer aussehenden beigen Hosenanzug sowie schwarze Stiefelletten mit Pfennigabsatz, was insgesamt etwas zu warm für die immer noch sommerlichen Temperaturen wirkte.

»Good morning, class«, begrüßte sie die Klasse ohne eine Spur von deutschem Akzent.

»Good morning, Ms Miller.«

»Ms Miller kommt aus England«, flüsterte Terri Freya zu. »Dort geht scheinbar alles etwas gesitteter zu als hier, und wenn es nach ihr ginge, würde sie hier so einiges ändern – als Erstes meine Haarfarbe.«

»Sit down, please.« Der militärische Befehlston wollte so gar nicht zu Ms Millers adrettem Äußeren passen.

»Attendence check.«

»One.«

»Two.«

»Three.«

Fragend sah Freya Terri an.

»Das machen wir in jeder Englischstunde. Ms Miller hat uns am Anfang des Schuljahres durchnummeriert. So kann sie ganz leicht prüfen, ob alle anwesend sind – oh … ten.«

Erstaunt beobachtete Freya ihre Mitschüler, die sich nacheinander erhoben und ihre Nummer nannten.

»And you are …?« Ms Miller sah Freya erwartungsvoll an, die daraufhin schnell ihren Namen nannte und auf Englisch stammelte, dass sie neu in die Klasse gekommen war.

Ms Miller gab Freya eine Attendence-Nummer und setzte ihre Zählung fort. »Seventeen? Where is Maria?«

»Keine Ahnung.« Anna zuckte mit den Schultern.

»In English, please.«

»No idea, Ms Miller.«

»Did somebody see her today?«

»No«, murmelten ein paar.

»Nobody?« Ms Miller zog ihre perfekt geformten Brauen

fragend zusammen. »Well … so we will start now, please take out your homework from last week.«

Alle begannen in ihren Taschen nach den Englischheften zu kramen, und Ms Miller schritt mit strenger Miene die Reihen ab.

»Maria schwänzt wohl mal wieder«, flüsterte Terri. »Vielleicht hätte ich das auch lieber tun sollen«, fügte sie mit einem zerknirschten Blick Richtung Ms Miller hinzu. »Ich hab nämlich meine Hausaufgaben vergessen.«

Nach dem Mittagessen schlug Terri vor, sich mit einer Decke in den Internatsgarten zu legen und die letzten Sonnenstrahlen des Jahres zu genießen. Bald würde der in diesem Jahr wirklich sehr goldene Oktober sicher einem nasskalten November weichen müssen.

Freya war einverstanden, und so streckten sie schon kurz darauf alle viere von sich und versuchten noch etwas von dem warmen Licht der Herbstsonne aufzusaugen.

Während Freya für die anstehende Englischklausur büffelte – Ms Miller hatte keinen Grund gesehen, warum sie sie nicht mitschreiben sollte –, zeichnete Terri neben ihr das Internatsgebäude. Freya schielte immer wieder auf ihren Block und war beeindruckt, wie ähnlich Terris Bleistiftskizze dem riesigen Backsteingebäude mit den vier Türmen sah.

»Mist, ich kriege die Schatten einfach nicht richtig hin«, fluchte Terri.

»Ich finde es toll!«

»Na ja …«

»Doch, wirklich. Ich könnte niemals so zeichnen.«

»Alles Übungssache. Außerdem ist das nicht mein erster Versuch. Ich habe das Internat mindestens schon hundertmal gezeichnet. Gebäude liegen mir ganz gut, bei Porträts habe ich noch einige Schwierigkeiten. Aber es wird.«

»Du musst mir unbedingt mal was von dir zeigen«, sagte Freya.

»Klar, kann ich gerne machen«. Terri nickte und wandte sich wieder hoch konzentriert ihrer Zeichnung zu.

Nach einer Weile rauchte Freya der Kopf, und sie beschloss, sich ein wenig die Beine zu vertreten.

»Verirr dich bloß nicht im Wald«, sagte Terri. »Es gibt viele Spukgeschichten über Schüler, die einen Spaziergang in den Wald gemacht haben und nie wieder gesehen wurden. Man sagt, die Bäume haben sie verschluckt.«

»Mach mir keine Angst!« Freya lachte.

»Keine Sorge, das letzte Mal, dass ein Schüler verschwunden ist, ist schon an die hundert Jahre her.«

»Na, da bin ich ja beruhigt.«

»Sie haben noch wochenlang seine Schreie aus dem Wald gehört!«

»Terri!«

Terri prustete los. »Nein, ich rede Quatsch.«

»Na, ein Glück.«

»Es waren nur Tage.« Freya suchte in Terris Gesicht vergeblich nach dem Anflug eines Grinsens. Sie schauderte.

»Ich wollte sowieso nicht in den Wald gehen, ich spaziere nur ein bisschen durch die Gärten.«

»In den Gärten sind auch schon Schüler verschwunden, das letzte Mal vor …«

»Bis später, Terri.«

Die Gärten um das Internatsgebäude herum waren ein Traum. Eine Vielzahl von Blumen, von denen jedoch die meisten bereits welkten, und Bäumen zierte die Wegränder. Akkurat zurechtgestutzte Hecken schirmten die Gärten von dem holprigen Schotterweg ab, der vom Tal auf den Hügel führte, auf dem das Internat lag. Über die Hecken hinweg konnte Freya die dunklen Tannenspitzen des Waldes erkennen. Er erstreckte sich wie ein riesiger dunkelgrüner Teppich über den Hügel und bot einen starken Kontrast zu den roten, gelben und weißen Blumen im Garten.

Unter den Obstbäumen des Internats standen Bänke, die ihre besten Zeiten schon hinter sich zu haben schienen, so wackelig, wie sie aussahen.

Ein wenig wirkte der Garten wie ein Schlosspark.

Doch so schön es hier auch war, Freya wollte zurück nach Hause. Dort hatte sie ihre Freunde, ihr gewohntes Umfeld. Klar, Terri war sehr nett, aber alle anderen mieden Freya, und außerdem kannte Freya Terri noch nicht gut genug, um abschätzen zu können, ob sie eine richtige Freundin werden könnte.

So wie Kimmy und Lotta.

Vor Freyas geistigem Auge tauchten Bilder auf. Die Isar. Hitze. Lachen.

Lottas riesige bunte Patchworkdecke, auf der sie an unzähligen Sommerabenden gelegen und in den Himmel gestarrt hatten.

Die Bilder versetzten Freya einen Stich. Eilig zog sie ihr Handy aus der Hosentasche. Sie brauchte eine vertraute Stimme. Unbedingt.

Doch weder Kimmy noch Lotta hoben ab. Wie so oft in den letzten Monaten. Anfangs hatten sie noch Verständnis und immer ein offenes Ohr für Freyas Traurigkeit gehabt, aber mit der Zeit hatte Freya immer mehr das Gefühl beschlichen, dass ihre Tränen keinen Platz mehr in der Welt ihrer Freundinnen hatten, die sich weitergedreht hatte, während Freyas Welt seit dem Tod ihrer Mutter stillzustehen schien. Weder Kimmy noch Lotta hatten es direkt angesprochen, aber Freya hatte immer mehr das Gefühl gehabt, eine Art Fremdkörper in der Gruppe zu sein. Und sie konnte es ihnen nicht einmal verübeln. Sie war in der letzten Zeit wirklich keine angenehme Gesellschaft gewesen. Trotzdem schmerzte es, denn gerade in den vergangenen Monaten hätte sie die beiden mehr denn je gebraucht.

Enttäuscht ließ Freya das Handy sinken.

Sie ging auf einen der windschiefen Apfelbäume zu und streckte sich zu einem der Äste, an dem ein besonders großer roter Apfel baumelte.

Freya stellte sich auf die Zehenspitzen, doch sie erreichte ihn nicht.

»Warte, ich helfe dir.« Eine dunkle Stimme erklang direkt neben ihr. Sekunden später spürte sie einen Arm, der sie streifte, als er an ihr vorbei nach dem Apfel griff und ihn mit Leichtigkeit pflückte. Eine leichte Brise wehte einen Hauch von Minze in Freyas Nase.

»Hier, bitte.«

Freya drehte sich um und sah sich Herrn Seidler gegenüber, der ihr mit strahlendem Lächeln den Apfel entgegenhielt.

»Danke«, stammelte sie.

Herr Seidler pflückte einen zweiten Apfel und setzte sich damit auf die Bank unter dem Baum, deren einst weiß lackiertes Holz bereits stark abgeblättert war.

Freya stand wie festgewachsen daneben.

»Willst du ihn auch essen, oder möchtest du ihn nur anschauen?«, fragte Herr Seidler grinsend.

»Oh, ja, natürlich.« Freya biss ein großes Stück von dem Apfel ab, und augenblicklich durchströmte ein Geschmack nach Sommer und Freiheit ihren Mund.

»Die Äpfel hier sind die besten überhaupt«, sagte Herr Seidler.

»Ja, die sind wirklich gut.«

Ja, die sind wirklich gut? War das alles, was ihr dazu einfiel?

Komm schon, Freya, sag irgendwas Originelles!

»Ich mag aber eigentlich lieber Birnen.«

Ich mag aber eigentlich lieber Birnen?

Oh Mann …

Herr Seidler lächelte Freya zu. »Tja, mit Birnen können wir hier leider nicht dienen. Aber dahinten haben wir ganz fantastische Brombeeren. Es könnte allerdings gut sein, dass die Schüler inzwischen alle aufgegessen haben. Aber wer weiß, vielleicht findest du ja noch ein paar.«

»Gut, dann … dann gehe ich mal nachsehen.«

»Möchtest du nicht erst deinen Apfel aufessen?«

Herr Seidler klopfte auffordernd neben sich auf die Bank. »Ich weiß, man sieht es ihr nicht an, aber sie hält locker zwei Personen aus.«

Freya ließ sich unsicher neben Herrn Seidler nieder. Die Bank war so eng, dass ihre Knie sich leicht berührten, was Freya ein seltsames Kribbeln in der Magengegend bescherte.

»Wo kommst du eigentlich ursprünglich her, Freya?«

Wie schön es klang, wenn er ihren Namen aussprach.

»Aus München.«

»München. Wahnsinnig tolle Stadt. Freunde von mir wohnen auch da. Bist du dort geboren?«

»In der Nähe. Als ich drei war, sind wir in die Stadt gezogen. Mein Vater hat dort eine Kanzlei übernommen. Am Anfang lief es etwas schleppend, aber inzwischen versinkt er in Arbeit.«

»Und was macht deine Mutter?«

»Sie, sie …« Freya spürte, wie ihr Tränen in die Augen schossen. Verzweifelt versuchte sie, sie wegzublinzeln.

»Sie ist … sie war … Sozialarbeiterin. Sie hat Jugendliche betreut, die auf der Straße gelebt haben.«

»Arbeitet sie nicht mehr?«, hakte Herr Seidler nach.

»Nein, sie ist …« Freya brach ab. Sie schluckte, doch der Kloß in ihrem Hals ließ sich nicht vertreiben.

»Oh mein Gott, Freya, ich hatte keine Ahnung. Bitte entschuldige!« Herrn Seidlers dunkle Augen weiteten sich, und er fuhr sich verlegen durch sein dichtes schwarzes Haar. »Du musst nicht darüber reden, wenn du nicht magst«, fügte er schnell hinzu.

»Schon gut«, sagte Freya. Sie kämpfte noch immer gegen den Kloß an, der es ihr erschwerte, die Worte klar und deutlich auszusprechen. »Sie hatte einen Herzinfarkt und lag drei Monate im Koma. Dann haben sie die Geräte abgeschaltet.«

»Das tut mir wirklich sehr leid, Freya. Das muss schrecklich für dich gewesen sein.«

Seine tröstenden Worte lösten etwas in Freya. Ihre Tränen bahnten sich nun den Weg über ihre Wangen bis zu ihrem Kinn, von wo aus sie in das dichte Gras unter der Bank fielen.

»Tut mir leid«, schluchzte Freya. »Ich will gar nicht weinen.«

»Entschuldige dich nie für deine Gefühle, Freya«, sagte Herr Seidler ernst. »Sie haben immer ihre Berechtigung.«

Freya gelang der Anflug eines Lächelns, ehe die Tränen wieder die Überhand gewannen.

»Ist ja schon gut.« Vorsichtig streckte Herr Seidler seine Hand nach Freya aus und tätschelte ihre Schulter.

Freya erstarrte.

Es fühlte sich seltsam und gleichzeitig erschreckend gut an, von ihm berührt zu werden.

»Wann ist es passiert?«, fragte Herr Seidler.

»Vor einem halben Jahr«, sagte Freya und wischte sich mit dem Ärmel ihrer Jeansjacke die restlichen Tränen weg. »Aber es kommt mir vor, als wäre es gestern gewesen.«

»Das glaube ich. Es braucht sicher viel Zeit, um so etwas zu verarbeiten. Und ganz weg wird der Schmerz wohl nie sein.«

»Ich fürchte auch.«

»Wenn ich irgendetwas für dich tun kann, dann lass es mich wissen, okay? Wenn du jemanden zum Reden brauchst …«

»Danke.«

»Hast du Lust, noch ein bisschen was vom Garten zu sehen? Weiter hinten gibt es noch einen Grillplatz, und wie gesagt sollten wir unbedingt mal nachsehen, ob noch ein paar Brombeeren übrig sind.«

»Das klingt gut.« Freya gelang nun ein beinahe vollständiges Lächeln.

Sie folgte Herrn Seidler durch den Garten und merkte, wie der Kloß in ihrem Hals mit jedem seiner Worte ein Stückchen kleiner wurde.

Beim Abendessen hatte Freya ihre Mahlzeit mit so großem Appetit verschlungen wie schon lange nicht mehr. Terri musterte sie interessiert, während Freya sich bereits ihrem zweiten Schokoladenpudding widmete.

»Na, du hast ja Hunger heute!«

»Ich muss meinen Zuckertank wieder auffüllen, die ganze Lernerei hat mich total geschafft.«

»Was war eigentlich los im Garten? Als du zurückkamst, hattest du so ein Strahlen im Gesicht.«

Freya winkte ab: »Nichts weiter. Ich habe nur den leckersten Apfel meines Lebens gegessen.«

»Ja, das Obst hier ist echt super«, sagte Terri. »Apropos, ich hol mir noch ein bisschen was davon vom Büfett. Magst du auch noch was?«

Freya schleckte den letzten Rest Schokopudding von ihrem Löffel. »Nein danke. Ich hole mir lieber noch so einen.«

Am Nachtischbüfett, das aus zwei Sorten Pudding und jeder Menge Obst bestand, reihten Terri und Freya sich in eine lange Schlange ein.

Die rundliche Köchin füllte die Puddingschalen zum gefühlt zehnten Mal an diesem Abend auf und schüttelte missbilligend den Kopf, als sich einige Mädchen bereits darauf stürzten, kaum dass sie sie abgestellt hatte.

»Wo ist denn eigentlich Maria?«, hörte Freya eine Stimme hinter sich sagen. Sie wandte sich um und entdeckte Cora, die sich zusammen mit Anna hinter Freya und Terri in die Schlange eingereiht hatte.

»Keine Ahnung, ich hab sie den ganzen Tag nicht gesehen.«

»Auf ihrem Handy ist sie auch nicht zu erreichen«, sagte Cora. »Ich hab es mehrfach probiert.«

»Wieso? Was wolltest du denn von ihr?«, hakte Anna nach.

»Ach, nichts Wichtiges.« Cora zuckte mit den Schultern. »Und heute Morgen? Hast du sie da nicht gesehen?«

»Doch, doch. Sie hat noch im Bett gelegen, als ich runter zum Frühstück bin. Sie hatte verschlafen«, sagte Anna.

»Seltsam.« Cora verzog ihren rosa Mund zu einer Schnute.

»Wahrscheinlich braucht sie einfach mal ein bisschen Zeit für sich«, überlegte Anna.

»Ja, kann sein.« Cora atmete seufzend aus. »Hey, ist es interessant, was wir reden?«

Ertappt fuhr Freya zusammen.

»Äh, nein.« Blitzschnell drehte sie sich wieder nach vorne und spürte, wie sich ihre Nackenhaare unter den Blicken von Anna und Cora aufstellten.

»Vanille oder Schoko?«

»Was?«

»Vanille oder Schoko?« Terri hielt einen großen Löffel in der Hand und deutete auf die Puddingschüsseln vor sich.

»Schoko«, antwortete Freya, und Terri füllte ihre Nachtischschale auf.

Gemeinsam gingen sie zurück zu ihrem Stammtisch neben den Mülleimern in der Ecke.

»Hast du das gerade mitbekommen?«, fragte Freya.

»Was?« Terri schob sich ein großes Apfelstück in den Mund.

»Maria ist immer noch nicht wieder aufgetaucht.«

»Ach«, sagte Terri, »die wird sich irgendwo zurückgezogen haben und sich selbst bedauern.«

»Glaubst du?«

»Ja. Oder …« Terris Augen wurden mit einem Mal ganz groß.

»Oder?«

»Oder die Bäume haben sie verschluckt.«

6

Als die Bäume auftauchen, wird mein Herz mit einem Mal leichter. Wie habe ich den Anblick des Waldes vermisst. Sechs lange Wochen haben uns getrennt. Sechs Wochen, in denen ich in der grauen Tristesse der Stadt gefangen war. Die meisten, die ich kenne, würden am Ende der Sommerferien am liebsten auf *Zurückspulen* drücken. Ich dagegen habe mir die ganze Zeit gewünscht, ich könnte vorspulen, damit ich endlich wieder zurück in die Schule darf.

Meine Gedanken reisen zurück zu dem Tag vor sechs Wochen, als ich zu Tante Gerdas Tür hereinkam. Mich und meinen schweren Koffer am Bahnhof abzuholen, auf diese Idee wäre sie im Traum nicht gekommen.

»Hab ich dich mal wieder an der Backe? Wenn deine Mutter sich nicht totgesoffen hätte, dann hätte ich jetzt ein Problem weniger.«

Ich erstarre in der Tür. Der Koffer knallt neben mir auf den Boden.

»Siehst du!«, ruft sie und deutet darauf. »Kaum eine Sekunde hier, und schon habe ich eine Macke im Parkett.«

Ich wuchte den Koffer wieder hoch und trage ihn in die winzige Kammer, in der ich aufgewachsen bin. Seit ich in Hohenhausen lebe, nutzt Tante Gerda sie als Nähzimmer. Sie hat nicht einmal mein Bett frei geräumt von all den Stoffen und Fäden.

Ich schiebe sie zur Seite, um meinen Koffer zum Auspacken aufs Bett zu legen.

»Pass gefälligst auf!«, schreit Tante Gerda. »Daran habe ich stundenlang gearbeitet!«

Mein Blick fällt auf ein rotes, halb fertiges Kleid. Es hat genau meine Größe. Könnte es sein, dass …

»Das ist für Lisa-Marie, die Tochter von Karin aus der Burgallee, du erinnerst dich? Sie ist genau in deinem Alter und hat nächste Woche Geburtstag.«

Meinen Geburtstag ignoriert Tante Gerda seit Jahren beharrlich. Immerhin war er ein schwarzer Tag in ihrem Leben, denn meine Mutter hat mich ihr kurz danach aufs Auge gedrückt, wie sie immer wieder betont. In Wirklichkeit hat das Amt mich bei ihr untergebracht, nachdem meine Mutter sich totgesoffen hatte. Auch ich wünsche mir nichts mehr, als dass meine Mutter noch am Leben wäre. Wobei ich, wenn ich Tante Gerda glauben kann, nicht sicher bin, ob bei meiner Mutter nicht noch eine schlimmere Hölle auf mich gewartet hätte. Immerhin hat sie sich schon in der Schwangerschaft auf den Bauch geboxt, um mich loszuwerden.

Tja, hat wohl nicht geklappt. Und auch das Boxen danach in mein Gesicht, an das ich mich zum Glück nicht erinnere, von dem aber der kleine Riss über meiner linken Braue erzählt, hat nichts geholfen.

Ich bin immer noch da.

Sehr zum Ärger von Tante Gerda.

Sie stürmt an mir vorbei und hebt das Kleid vom Bett hoch, als wäre es ein besonders kostbarer Schatz.

»Fass hier nichts an, was dir nicht gehört. Das ist nicht länger dein Zimmer. Du kannst dankbar sein, dass ich es dir überhaupt für die Ferien zur Verfügung stelle.«

Dankbar? Dafür, dass sie mich ansieht, als sei ich ein besonders ekliges Insekt? Wenn es nach mir ginge, würde ich die Ferien auch tausendmal lieber in Hohenhausen verbringen, aber das geht nun mal nicht.

»Könntest du dann netterweise das Bett für mich freiräumen?«, frage ich vorsichtig. Am liebsten würde ich sie anschreien, aber ich zwinge mich, ruhig zu bleiben. So wie immer.

Seit ich ihr über den Kopf gewachsen bin, hat sie mich nicht mehr angerührt. Aber ich möchte trotzdem kein Risiko eingehen. Andererseits, wenn ich es genau bedenke, hat sie schon damals keinen Anlass gebraucht, um gewalttätig zu werden. Ein falscher Blick, eine hochgezogene Braue meinerseits hat schon ausgereicht, um ihre Wut überkochen zu lassen.

»Nein«, sagt Tante Gerda, »in der Rumpelkammer ist eine Isomatte, du kannst auf dem Boden schlafen. Ich brauche das Bett als Lager für meine Nähprojekte.«

Ich starre sie mit offenem Mund an. Das kann nicht ihr Ernst sein! Doch als sie die Isomatte vor mir ausrollt, begreife ich, dass ich sie noch immer unterschätze.

In der ersten Nacht ignoriere ich die Warnung meiner Tante noch und schlafe ihren Worten zum Trotz im Bett. Am nächsten Morgen merkt sie jedoch sofort, dass ihre Sachen falsch angeordnet sind, und eine schallende Ohrfeige trifft mein Gesicht. Es tut noch genauso weh wie vor vier Jahren.

Den Rest der Ferien ruiniere ich mir den Rücken auf dem Fußboden.

Umso mehr freue ich mich jetzt auf mein weiches Bett in Hohenhausen. Endlich kehre ich an den Ort zurück, an dem ich zum ersten Mal in meinem Leben glücklich war.

Hier erwarten mich ganz andere Dinge als Gezeter und Geschrei. Schöne Dinge.

Dinge, von denen ich nie zu träumen gewagt hätte.

7

Freya liegt zusammengerollt neben ihrer Mutter. Sie hält ihre kalten Hände fest umklammert. Ihre Mutter starrt an die Decke und nimmt keinerlei Notiz von ihrer Tochter, die ihr mit den Daumen immer wieder über die eisige Haut streicht.

»Bitte wach auf«, flüstert Freya, ohne die Lippen zu bewegen. »Bitte wach auf!«

Doch die Augen ihrer Mutter bleiben unbewegt.

Ein lautes Klopfen an der Zimmertür ertönt.

»Nein!«, schreit Freya. »Ich lasse euch nicht rein! Ihr dürft sie nicht kriegen! Niemals!«

Das Klopfen wird lauter, verwandelt sich in ein energisches Poltern.

»Haut ab! Lasst sie in Ruhe!«

Auf dem Krankenhausflur mischen sich Stimmen in das Geräusch der Fäuste, die an die Tür hämmern, die Freya vorsorglich verriegelt hat.

»Mama, wach auf! Du musst jetzt aufwachen, sonst ist es zu spät!«, fleht Freya.

Ihre Mutter antwortet nicht.

»Bitte, bitte!«

Das Poltern klingt nun, als würden sie die Tür einschlagen. »Hallo? Seid ihr wach?«

»Nein«, brüllt Freya. »Nein, sie ist nicht wach! Sie schläft! Sie schläft nur! Verschwindet!«

»Wir kommen jetzt rein!«

»Nein!«

»Freya! Aufwachen! Die Polizei ist da.«

Freya schreckte hoch. »Terri! Was? Wer?«

Hektisch blickte Freya sich um. Sie lag in ihrem Internatsbett. Nur ein Traum. Nur wieder ein furchtbarer Albtraum.

Doch das Poltern vor der Tür hatte sie sich nicht eingebildet. Es klang, als würde gegen sämtliche Zimmertüren auf dem Korridor geklopft.

»Was ist da draußen los?« Freya strampelte ihre Bettdecke beiseite. Ihr ganzer Körper war nass geschwitzt.

»Keine Ahnung. Sie haben gesagt, sie sind von der Polizei. Ich habe ihnen erklärt, dass du noch schläfst und ich dich wecke. Hier.«

Sie warf Freya einen Kapuzenpulli in XXL mit der Aufschrift *Du verwechselst mich mit jemandem, den das interessiert* zu.

Eilig streifte Freya ihn über ihren Schlafanzug. Im nächsten Moment öffnete Terri die Tür, und herein trat ein kleiner, dicklicher Mann mit schwarzem Vollbart und ernster Miene.

»Guten Morgen, die Damen. Mein Name ist Ernst Mayer, und ich bin von der Polizei«, sagte er förmlich. »Mein Kollege und ich kontrollieren alle Zimmer, da eine Schülerin seit vierundzwanzig Stunden vermisst wird.«

»Maria«, raunte Freya.

»Ganz genau. Wisst ihr etwas darüber?«, fragte der Mann und rückte seine dicke Hornbrille zurecht.

»Nein«, sagte Terri schnell. »Wir haben nur mitbekommen, dass sie gestern nicht zum Unterricht gekommen ist.«

»Das ist richtig. Und heute Nacht blieb sie weiterhin verschwunden«, sagte Herr Mayer.

Er zückte einen Kugelschreiber und ein Notizbuch, befeuchtete seinen breiten Zeigefinger mit Speichel und blätterte auf eine freie Seite vor.

»Wann habt ihr Maria zum letzten Mal gesehen, Mädchen?«

»Wird das jetzt ein Verhör?« Terri hob skeptisch die Brauen.

»Reine Routine«, gab Herr Mayer zurück. »Wir wollen uns ein Bild davon machen, wo Maria stecken könnte.«

»Glauben Sie, ihr ist etwas zugestoßen?«, fragte Freya.

»Momentan deutet nichts darauf hin, aber wir können natürlich nichts ausschließen. Wisst ihr etwas über ihren Zustand in der jüngsten Vergangenheit?«

Terri runzelte die Stirn. »Nun ja, sie war in letzter Zeit nicht gerade eine Frohnatur.«

»Sie hat vorgestern eine schlechte Arbeit zurückbekommen und war darüber sehr wütend«, ergänzte Freya, und Herr Mayer machte sich eine Notiz.

»Aber ich denke, das alles sollten Sie besser Marias Freundinnen fragen«, unterbrach Terri ihn. »Die wissen da sicher mehr drüber.«

»Erkläre du mir nicht, wie ich meine Arbeit zu machen habe, Mädchen«, raunzte Herr Mayer sie an und strich sich mit seinen Wurstfingern über die kahle Stirn. Ein schwarzer Haarkranz war das einzige Überbleibsel seiner Jugendjahre.

Terri verschränkte die Arme.

»Ich denke, was Terri sagen möchte …«, mischte sich Freya nun ein. »Anna ist Marias beste Freundin und Mitbewohnerin, sie weiß sicher mehr über Maria als wir. Terri hat kaum Kontakt zu ihr, und ich bin erst seit ein paar Tagen hier.«

»Trotzdem habe ich noch weitere Fragen an euch.« Herr Mayer ließ sich offensichtlich nicht von seiner Vorgehensweise abbringen.

»Hat Maria irgendetwas angedeutet, von wegen, dass sie plant, wegzulaufen, oder so?«

»Nicht, dass ich wüsste«, sagte Terri. »Und wenn sie so etwas vorgehabt hätte, hätte sie sicher nicht mit uns darüber gesprochen. Wie Freya gerade gesagt hat, Anna ist Marias –«

»Hat Maria bereits öfter die Schule geschwänzt?« Herr Mayer fiel Terri barsch ins Wort.

»Ja.«

»Wie oft?«

»Ich habe nicht mitgezählt.« Terri verdrehte genervt die Augen.

»Nicht frech werden! Oft? Sehr oft? Hin und wieder?«

»Oft bis sehr oft.«

»Seit wann?«

»Weiß ich nicht.«

»Dann überlege.«

»Warum fragen Sie das nicht Anna? Sie weiß da sicher besser drüber Bescheid.«

»Sei sicher, dass wir das noch tun werden. Wir versuchen lediglich, uns ein möglichst umfassendes Bild von der Sachlage zu machen. Hat jemand Maria bedroht?«

»Keine Ahnung.«

»Und du?«, fragte Herr Mayer nun an Freya gewandt.

»Äh … wie gesagt, ich bin erst seit ein paar Tagen hier.«

»Aha«, sagte Herr Mayer, als höre er das gerade zum ersten Mal. »Nun gut, dann … habe ich erst mal keine weiteren Fragen an euch. Ich würde nun gerne noch einen Blick ins Zimmer werfen.«

»Sie sind doch schon im Zimmer«, sagte Terri.

»Ich meine, einen genaueren Blick«, erklärte er. Terri zuckte mit den Schultern, und Herr Mayer ließ sich auf den Boden sinken, was bei seiner gedrungenen Statur eine Weile dauerte. Er schaute erst unter Terris, dann unter Freyas Bett, als glaube er ernsthaft, dass Maria sich darunter verstecken könnte. Anschließend öffnete er noch die Schranktür, wo ihm allerdings nur Terris Kleiderhaufen, den sie notdürftig hineingestopft hatte, entgegenfiel.

Nach einem kurzen Blick ins Badezimmer schien Herr Mayer zufrieden mit sich und seinen Ermittlungen und wandte sich zum Gehen.

In der Tür drehte er sich noch einmal um. »Wenn euch noch irgendetwas einfällt – hier erreicht ihr mich.«

Er drückte Terri eine Visitenkarte in die Hand.

Kaum war die Tür hinter dem Polizisten ins Schloss gefallen, riss Terri die Karte in kleine Schnipsel und ließ sie in den Mülleimer rieseln.

»Hey! Vielleicht brauchen wir die noch!«, rief Freya.

»Unsinn. Maria wird spätestens morgen zurückkommen und sich über alle lustig machen, die sich Sorgen um sie gemacht haben«, sagte Terri entschieden.

Freya hingegen war sich da nicht so sicher.

Auf dem Korridor herrschte noch immer große Aufregung. Nahezu alle Mädchen der Oberstufe, die auf diesem Flur untergebracht waren, drängten sich vor den Zimmern und redeten aufeinander ein. Einige schien die Anwesenheit der Polizei zu ängstigen, andere reckten neugierig die Köpfe.

Weiter hinten im Flur stand Birte und weinte leise. Cora legte ihr die Arme um die Schultern und flüsterte ihr etwas ins Ohr.

»Lass uns frühstücken gehen«, flüsterte Terri Freya zu. »Jetzt haben wir die einmalige Chance, jeden Tisch zu kriegen, den wir haben wollen.«

In diesem Moment wurde eine Zimmertür aufgerissen, und Anna stürmte in den Gang. Sie sah wütend aus.

»Warte mal, wir sind noch nicht fertig!«

Hinter ihr verließ ein mittelgroßer, älterer Mann in Polizeiuniform das Zimmer.

Sein Gang wirkte unbeholfen, so als mache ihm sein Bein zu schaffen, und es gelang ihm nicht, Anna, die längst um die Ecke zum Treppenhaus gebogen war, einzuholen.

»Hey! Bleib doch mal stehen!«, rief er. Mit einem Mal verstummten die Gespräche, und alle Augen richteten sich auf den Polizisten.

Mit verlegenem Gesichtsausdruck zupfte er sein weißes Hemd unter der Uniform zurecht. »Müsst ihr nicht zum Unterricht?«, fragte er in die Runde.

»Was ist passiert, Johann?« Schnaufend kam Herr Mayer aus einem der hinteren Zimmer herbeigeeilt.

»Ach, die Mitbewohnerin der Vermissten ist einfach abgehauen!« Auch wenn der Polizist seine Stimme senkte, war er noch deutlich zu verstehen.

Herr Mayer zückte sein Notizbuch und feuchtete erneut die Finger an, ehe er eine neue Seite aufschlug. »Ist ja sehr interessant. Vielleicht hatte das Gör was zu verbergen.«

Er notierte sich etwas und warf seinem Kollegen einen verschwörerischen Blick zu.

»Wir sollten uns mal ein wenig auf dem Gelände umsehen«, schlug dieser vor, und die beiden Polizisten verließen den Korridor.

»Sie wirken nicht besonders kompetent, findest du nicht auch?«, fragte Freya.

»Was erwartest du?«, fragte Terri schulterzuckend. »Wir sind hier fernab jeder Zivilisation. Wahrscheinlich kennen sie Verbrechen bisher nur aus dem *Tatort*. Jetzt komm schon. Mein Magen knurrt total. Wenn wir uns beeilen, sind wir heute sogar die Ersten im Klassenzimmer – das wäre mein persönlicher Rekord.«

Für den Rest des Tages gab es im Internat nur ein Gesprächsthema: Wo war Maria? Freya hörte in den Pausen zwischen den Unterrichtsstunden, auf den Gängen und beim Essen die unterschiedlichsten Theorien.

Viele glaubten wie Terri, dass Maria schon in Kürze wieder auftauchen und sich wundern würde, für wie viel Aufsehen sie gesorgt hatte. Andere sprachen von einer Entführung, und vor allem die jüngeren Schüler liefen den ganzen Tag mit ängstlichen Mienen durch das Gebäude, so als fürchteten sie, jeden Augenblick gekidnappt zu werden.

Am Abend war Maria noch immer nicht aufgetaucht.

Als Freya den Speisesaal betrat, sah sie, wie Cora, Anna und Birte an ihrem üblichen Tisch am Fenster die Köpfe zusammensteckten. Birte sah aus, als würde sie jeden Moment wieder in Tränen ausbrechen. Die anderen beiden blickten finster drein.

»Ob sie etwas wissen?«, flüsterte Freya Terri zu. »Über Maria, meine ich?«

»Ich glaube nicht«, antwortete Terri und steuerte auf das Büfett zu. Sie lud sich eine große Ladung Brot und Aufschnitt auf den Teller. »Die sind alle so sehr mit sich selbst beschäftigt.«

»Aber es kann doch nicht sein, dass Anna nichts bemerkt hat. Also, wenn Maria weggelaufen ist, dann müsste sie das doch irgendwie mitgekriegt haben?«

»In letzter Zeit sind die beiden immer mehr ihre eigenen Wege gegangen«, sagte Terri. »Man hat sie eigentlich nur noch beim Essen zusammen gesehen. In den Pausen oder am Wochenende waren sie selten zusammen. Zumal Anna sowieso fast jedes Wochenende nach Hause fährt.«

»Und Maria?«

»Sie hat kein wirkliches Zuhause«, antwortete Terri. »Bei ihrer Tante ist sie nur geduldet. Maria hasst sie, und ich wette, das beruht auf Gegenseitigkeit. Einmal hat ihre Tante sie für die Ferien abgeholt und ist stur im Auto sitzen geblieben, statt Maria mit ihrem Gepäck zu helfen. Wahrscheinlich wird sie froh sein, wenn sie erfährt, dass Maria verschwunden ist.«

»Sag doch so was nicht!«

»Es stimmt aber. Sie hat mal zu Maria gesagt, dass es eine Schande ist, dass sie sie nun an der Backe hat, nur weil ihre Schwester zu blöd zum Abtreiben war.«

Freya schluckte. Arme Maria. Kein Wunder, dass es ihr nicht gut ging.

»Woher weißt du das?«, fragte sie Terri.

Terri drapierte einige Gurkenscheiben am Rand ihres vollen Tellers und zuckte mit den Schultern. »Hab ich irgendwie mal am Rande mitbekommen.«

Sie gingen zum Tisch in der Ecke, und Terri wechselte das Thema, sprach über das bevorstehende Wochenende und ihre Pläne dafür.

Doch Freya konnte Terris Ausführungen nicht folgen. Immer wieder schlichen ihre Gedanken sich zu Maria und ihrer Tante. Sie konnte sich nicht vorstellen, wie jemand so grausam mit seiner Nichte umspringen konnte. Es war absolut nachvollziehbar, dass Maria Angst hatte, ihr Stipendium zu verlieren, denn das würde bedeuten, dass sie zurück zu dieser schrecklichen Person musste.

Aber war sie deswegen abgehauen? Oder stimmte die Theorie, dass Maria entführt worden war? Aber wieso sollte jemand Maria entführen? Wenn es um Lösegeld ging, gab es im Internat weiß Gott bessere Alternativen, bei denen wirklich etwas zu holen war.

Cora zum Beispiel. Oder Anna. Oder Fabi.

Freya schauderte.

Oder sie selbst.

8

»Und wenn sie sich umgebracht hat?« Freya fuhr aus dem Schlaf hoch. Diesmal hatte sie nicht von ihrer sterbenden Mutter, sondern von Maria geträumt. Von Maria, die mit traurigen Augen in einen See im Wald ein- und dann nicht mehr daraus auftauchte.

»Was ist los?« Terris Stimme klang so rau, dass Freya Mühe hatte, sie zu verstehen.

»Überleg doch mal: Deine Noten sind im Keller, kein Lehrer will dir helfen, dein Stipendium ist in Gefahr, du hast Angst, dass du zurück zu deiner Tante musst, die du hasst und die dich hasst. Vielleicht willst du das alles einfach beenden!« Freya redete hektisch auf Terri ein – oder vielmehr auf die Decke, unter der ein nackter Fuß mit blau lackierten Zehennägeln hervorlugte.

»Schlafen«, murmelte die Decke.

»Gibt es hier einen See?«, fragte Freya aufgeregt.

»Wieso See?«

»Nur so eine Idee … Also gibt es nun einen See oder nicht?«

»Ja, aber der ist nicht besonders tief, darin könnte sich höchstens ein Kleinkind ertränken.« Ein blauer, verstrubbelter Haarschopf schob sich langsam unter der Decke hervor.

Terris Augen blieben beim Reden geschlossen, und ihr Mund öffnete sich nur ein paar Millimeter weit, sodass Freya Mühe hatte, aus ihrem Nuscheln schlau zu werden.

»Vielleicht hat sie es trotzdem getan. Jemand sollte nachsehen!« Freya sprang aus dem Bett auf.

»Die Polizei wird das schon machen.« Terri gluckste, immer noch mit geschlossenen Augen. »Wobei ich mir bei diesen beiden Vögeln ehrlich gesagt nicht sicher bin, ob sie überhaupt schwimmen können.«

»Für so was hat die Polizei sicher Taucher.«

»Kann ich mir nicht vorstellen. Wahrscheinlich sind die beiden die einzigen Beamten in diesem gottverlassenen Kaff.«

Freya schnappte nach Luft, doch Terri unterbrach sie, bevor sie noch etwas sagen konnte. »Mach dir keine Sorgen, Freya, die Polizei wird das schon irgendwie hinkriegen.«

»Glaubst du das im Ernst?«

»Ehrlich gesagt, nein. Aber noch ist ja nicht gesagt, dass Maria nicht bald wieder auf der Matte steht.«

Freya schwang die Beine aus dem Bett. »Ich kann jetzt jedenfalls nicht mehr schlafen.«

»Ich schon.« Terri gähnte.

»Gut, dann gehe ich schon mal vor«, sagte Freya, und augenblicklich verschwand Terris Haarschopf wieder unter der Bettdecke.

Wenig später betrat Freya den Korridor.

Als sie an Marias und Annas Zimmer vorbeikam, hielt sie kurz inne und blickte sich um. Niemand war zu sehen.

Freya trat einen Schritt näher an das Zimmer heran und versuchte zu hören, was im Inneren vor sich ging. War Maria über Nacht zurückgekehrt? Doch im Zimmer war alles still.

Vorsichtig reckte Freya den Kopf und drückte ihr Ohr gegen die weiße Holztür. Nicht ein Laut war zu hören.

Doch, da war etwas!

Und es kam näher.

Genau auf Freya zu.

Schritte.

Noch ehe Freya sich umdrehen und weglaufen konnte, wurde die Tür aufgerissen, und Freya taumelte beinahe in Annas Arme.

»Was tust du denn hier?« Anna sah Freya argwöhnisch an.

»Äh, nichts«, stammelte sie. »Ich wollte nur … ich wollte nur fragen, ob Maria wieder aufgetaucht ist.«

»Nein, ist sie nicht«, entgegnete Anna kühl.

»Oh.«

»Ja, oh. Würdest du mich jetzt bitte vorbeilassen?«

»Klar.« Freya trat zur Seite.

»Anna?«

»Was?«

»Ist alles okay? Ich habe gestern mitbekommen, dass … also als diese Polizisten hier waren … als du weggelaufen bist …« Freya biss sich auf die Lippen.

»Ich war durcheinander«, entgegnete Anna. »Ihre Fragen haben mich überfordert.« Sie verstummte und änderte dann ihren Tonfall. »Wieso erzähle ich dir das eigentlich? Das geht dich nichts an!«

»Klar.« Freya nickte und wollte sich zum Gehen wenden, doch einem inneren Impuls folgend drehte sie sich noch einmal um und rief: »Wieso eigentlich nicht?«

»Wie bitte?« Anna wirkte genervt.

»Wieso geht es mich nichts an? Geht es uns nicht alle etwas an, wenn eine Schülerin aus unserer Klasse einfach verschwindet?«

»Hör mal zu, du Superheldin, ich habe keine Ahnung, wo Maria steckt«, platzte Anna heraus. »Sie war schon weg, als ich morgens aus dem Zimmer bin, danach hab ich sie nicht mehr gesehen. An ihr Handy geht sie nicht, was glaubst du, wie oft ich schon versucht habe, sie zu erreichen?«

»Was ist denn hier los?« Cora und Birte kamen aus ihrem

Zimmer heraus. In Coras Gesicht war keine Spur von Müdigkeit zu erkennen, dafür aber ein perfektes Augen-Make-up, das ihre ohnehin schon riesigen Augen noch größer wirken ließ. Freya staunte, wie jemand schon am frühen Morgen wie aus dem Ei gepellt aussehen konnte.

»Ach nichts«, erwiderte Anna knapp, »die Neue spielt Detektivin wegen Maria.«

»Unsinn, ich wollte doch nur …«, setzte Freya an, aber Cora schnitt ihr das Wort ab. »Ach ja? Mischst du dich etwa in fremde Angelegenheiten ein?«

»Ich finde doch bloß, dass wir …«

»Keine von uns weiß etwas über Maria, klar?!« Coras Augen sprühten beinahe Funken.

Doch Freya wusste, dass das nicht stimmte.

Nicht nach dem, was Anna eben gesagt hatte.

Denn hatte sie nicht gestern noch behauptet, Maria hätte noch im Bett gelegen, als sie das Zimmer verlassen hatte? Und nun sagte sie plötzlich, dass sie sie am Morgen nicht mehr gesehen hätte.

Was davon stimmte nun?

Und warum war Coras Blick noch kälter als sonst?

»Du solltest deine Nase lieber nicht in Dinge stecken, die dich nichts angehen.« Cora funkelte Freya wütend an, hakte sich bei Anna und Birte unter und setzte wieder die Maske der strahlenden Schönheit auf. »Kommt, Mädels, wir gehen frühstücken.«

Herr Mayer und sein Kollege hatten sich hinter Frau Taupe an der Tafel platziert, als Freya das Klassenzimmer betrat. Sie musterten jeden Schüler, der eintrat, mit ernster Miene.

Langsam verstummten die Gespräche, und Frau Taupe blickte mit einem Ausdruck tiefer Besorgnis in die Runde.

»Guten Morgen, ihr Lieben. Wie einige von euch schon mitbekommen haben, fehlt von Maria immer noch jede Spur. Deshalb sind Herr Klein und Herr Mayer heute wieder hier und werden euch noch einige Fragen stellen. Es ist sehr wichtig, dass ihr ihnen alles erzählt, woran ihr euch im Zusammenhang mit Maria erinnert, jedes kleinste Detail könnte wichtig sein. Wir hoffen natürlich sehr, dass sich alles als völlig harmlos auflösen wird, aber ...« Ihre Stimme brach.

Herr Klein übernahm das Wort. »Aber solange wir das nicht wissen, müssen wir auch in Betracht ziehen, dass eurer Mitschülerin etwas Schlimmes passiert ist.«

»Ach, die will doch bloß auf sich aufmerksam machen!«, rief Fabi.

»Ruhe!« Frau Taupe hatte offensichtlich ihre Stimme wiedergefunden. »Ich möchte so etwas nicht noch einmal hören, Fabian!«

Fabi hob abwehrend die Hände.

»Gut, also dann würden wir euch gerne nacheinander in den Nebenraum bitten, um euch dort zu befragen«, sagte Herr Klein. »Fangen wir doch mit dir an.« Er deutete auf Birte in der ersten Reihe, die augenblicklich tomatenrot anlief.

Langsam erhob sie sich und folgte den Polizisten aus dem Klassenzimmer.

Für ein paar Sekunden hätte man eine Stecknadel fallen hören können, dann platzte die Blase aus Schweigen mit einem lauten Knall.

Alle redeten gleichzeitig los, und Frau Taupe hatte Mühe, sich Gehör zu verschaffen.

»Okay gut, ich sehe schon, Unterricht wird heute kaum möglich sein. Wenn ihr über Maria sprechen wollt, dann können wir das tun.«

»Sie ist sicher nur abgehauen! Damit alle schön nach ihr suchen«, sagte Fabi.

»Und warum hätte sie das deiner Meinung nach tun sollen, Fabian?«, fragte Frau Taupe.

»Sagen Sie es uns doch!« Annas Stimme klang eisig.

Frau Taupe schien mit sich zu ringen, ob sie das ignorieren oder unterbinden sollte. Sie öffnete mehrmals den Mund und schloss ihn wieder. Dann atmete sie tief durch und fragte freundlich: »Wie darf ich das verstehen, Anna?«

»Na ja, wenn Sie und die anderen Lehrer Maria nicht ständig mit schlechten Noten überschüttet hätten, wäre sie vielleicht noch hier.«

»Ich glaube kaum, dass das etwas zur Sache tut.«

»Natürlich tut es das. Maria wäre lieber gestorben, als zurück zu ihrer Tante zu gehen«, sagte Anna wütend.

Freya erschauderte.

»Wir hätten sicher alle zusammen eine Lösung gefunden.« Frau Taupe geriet nun sichtlich in Bedrängnis. Auf ihrem Gesicht bildeten sich hektische Flecken. »Und außerdem. Wie stellst du dir das vor? Seit gut zwei Monaten schwänzt Maria andauernd den Unterricht, und wenn sie da ist, beteiligt sie sich nicht daran. Ich bin wirklich kein Unmensch und würde ihr gerne bessere Noten geben, aber ich kann nun mal nicht zaubern.«

»Wenn Sie es wirklich gewollt hätten, hätten Sie es auch gekonnt!«, rief Anna entrüstet.

»Genug jetzt, Anna. Diesen Schuh ziehe ich mir nicht an. Und die Kollegen sicher auch nicht. Ihr seid alle keine kleinen Kinder mehr, die sich vor jedweder Verantwortung drücken können. Ich denke, ihr wisst alle sehr gut, was für jeden Einzelnen von euch auf dem Spiel steht, wenn ihr die Schule nicht ernst nehmt. Und Maria wusste …« Sie stockte. »Maria weiß das auch.«

Anna starrte sie an. »Sie glauben auch, dass ihr etwas zugestoßen ist?«

»Nein.« Frau Taupe bemühte sich um Fassung. »Nein, das glaube ich nicht. Ich glaube, sie war sauer und enttäuscht und hat sich eine Auszeit genommen.«

»Nein!« Anna schrie jetzt. »Nein, das hätte sie nicht, das hätte sie mir doch gesagt. Ich bin ihre beste Freundin!«

Sie sprang auf und stürmte aus dem Klassenraum.

Frau Taupe sah ihr fassungslos hinterher.

»Frau Taupe …« Zögernd hob Freya die Hand. »Dürfte ich bitte mal auf die Toilette?«

»Natürlich.« Frau Taupe atmete tief durch, doch man sah ihr deutlich an, dass Annas Vorwürfe nicht spurlos an ihr vorbeigegangen waren.

Vermutlich hatte sie sich bereits dieselben gemacht.

Das Schluchzen, das aus der hintersten Kabine der Mädchentoilette zu hören war, ging Freya unter die Haut. Es klang verzweifelt. Hilflos.

Freya trat ein paar Schritte näher und flüsterte Annas Namen.

Das Schluchzen verstummte, und eine tränenerstickte Stimme drang aus der Klokabine. »Lass mich in Ruhe.«

»Ich kann mir vorstellen, dass du Angst hast, Anna.«

»Ich habe keine Angst.«

»Doch, hast du, deshalb bist du auch so wütend«. Freya ließ nicht locker. »Ich kenne das. Man will sich nicht vorstellen, was passieren könnte. Man will einfach die Augen verschließen, obwohl man längst weiß, dass das nichts bringt. Du hast Angst, dass sie nicht wieder zurückkommt, stimmt's?«

»Wie kommst du darauf?«

»Ich kenne dieses Gefühl. Im Grunde weißt du es, aber du lässt es nicht zu, lieber schlägst du wild um dich, wenn jemand es ausspricht – oder auch nur andeutet.«

Freya spürte, wie ihr selbst die Tränen kamen, doch sie drängte die Erinnerung weg, die sich mit jedem ihrer eigenen Worte tiefer in ihr Gehirn gebohrt hatte. Die Erinnerung an die besorgten Blicke der Ärzte, als Freya ihre Mutter zum ersten Mal auf der Intensivstation besucht hatte.

Die Blicke, die Freya alles sagten, was sie nicht wissen wollte.

»Wieso bist du dir so sicher, dass Maria nicht wiederkommt?«, fragte Freya und versuchte die quälenden Erinnerungen abzuschütteln, auch wenn sie wusste, dass sie sie niemals ganz loswerden würde.

»Bin ich gar nicht«, kam es aus der Kabine.

»Das glaube ich dir nicht.«

»Dann lass es bleiben.«

»Wieso hast du gelogen?«, platzte Freya heraus. »Du hast deinen Freundinnen erzählt, du hättest Maria morgens noch gesehen. Aber mir hast du eben gesagt, dass sie schon weg gewesen wäre, als du aufgestanden bist.«

Die Kabinentür öffnete sich einen Spaltbreit. Anna stand mit schwarzen Mascara-Schlieren auf den Wangen und geröteten Augen vor Freya. »Das ... ich ...«

»Ja?« Freya verschränkte die Arme vor der Brust und sah sie abwartend an.

»Ich muss mich vor dir nicht rechtfertigen!«

»Vor mir nicht, aber vielleicht vor der Polizei? Anna, du musst der Polizei die Wahrheit sagen!«

»Ich weiß aber nicht, was die Wahrheit ist, okay?«, stieß Anna hervor.

»Wie meinst du das?«

»Das geht dich nichts an.«

»Gut, dann muss ich wohl den Polizisten einen Tipp geben.« Freya zuckte mit den Schultern und wartete einige Sekunden.

Anna starrte sie fassungslos an. Sie stieß geräuschvoll die Luft aus und sagte: »Gut, na schön. Ich habe keine Ahnung, ob Maria überhaupt noch da war. Ich bin nachts sehr spät ins Zimmer gekommen, ich habe nicht nachgesehen, ob Maria in ihrem Bett lag, weil ich kein Licht anmachen wollte, um sie nicht zu wecken. Und morgens war sie schon weg, als ich aufgewacht bin. Aber das ist nichts Ungewöhnliches, sie steht meistens vor mir auf.«

»Und warum hast du Cora und Birte gegenüber behauptet, dass du sie morgens noch gesehen hast?«

»Weil es mir peinlich war, dass ich nicht mal wusste, wann sie verschwunden ist. Ich hätte es doch sofort merken müssen. Vielleicht wäre sie dann … vielleicht …« Anna begann wieder zu schluchzen. Freya streckte vorsichtig die Hand nach ihr aus und berührte sie leicht an der Schulter.

Doch Anna zuckte zurück. »Ich brauch dein Mitleid nicht!«

»Du hättest nichts tun können«, sagte Freya.

Worte, die sie selbst in den vergangenen Monaten so oft gehört und nie geglaubt hatte.

Hätte sie wirklich nichts tun können? Hätte sie nicht früher nach Hause kommen können, statt noch ein Eis in der Stadt zu essen? Hätte das ihrer Mutter vielleicht das Leben gerettet?

»Doch! Ich hätte für sie da sein können!« Anna zitterte am ganzen Körper in einem regelrechten Weinkrampf. »Sie hatte Probleme, und ich habe mich nicht darum geschert, weil ich viel zu sehr mit mir selbst beschäftigt war. Und jetzt ist sie … jetzt ist sie vielleicht … ich hätte ihr einfach nur zuhören müssen, wir hätten das schon alles hingekriegt.«

»Glaubst du, es wäre möglich, dass Maria sich etwas angetan hat?« Freya brachte die Worte nur mit Mühe über die Lippen. Eine Weile hingen sie zwischen ihnen, und die Stille schien sich unendlich zu dehnen. Anna öffnete den Mund, und Freya hielt gespannt den Atem an, während sie auf Annas Antwort wartete.

»Ja.«

9

»Diese Trottel werden Maria niemals finden!« Terri schob sich eine riesige Ladung Nudeln in den Mund.

Freya und Terri saßen wie immer neben den Mülleimern in der Cafeteria und versuchten, den Geruch nach faulen Eiern, der von diesen ausging, auszublenden.

Seit einer halben Stunde ließ Terri sich bereits über die beiden Polizisten aus. »Ich meine, wie viele Verbrechen werden die in den letzten vierzig Jahren aufgeklärt haben? Vielleicht haben sie mal einen betrunkenen Autofahrer verhaftet, aber viel mehr ist hier bestimmt nicht passiert.«

Freya hatte Mühe, Terris Worten zu folgen. Ihre Gedanken kreisten noch immer um Anna. Hatte sie recht mit ihrer Angst, dass Maria sich etwas angetan haben könnte? Immerhin war Anna richtig fertig deswegen. Ob ihr Bauchgefühl stimmte? Schließlich kannte sie Maria am besten.

Freya beschloss, den Polizisten einen Hinweis zu geben, sobald sie mit ihrer Befragung an der Reihe sein würde.

Terri war bereits dran gewesen, und ihre Stimme überschlug sich fast, als sie Freya davon berichtete. »Man hat das Gefühl, die stochern total im Nebel. Der eine steht doch mit einem Bein schon in der Pension. Und der andere hat ständig auf die Uhr geschielt, während sein Kollege die Fragen gestellt hat, damit er nur bloß nicht das Mittagessen verpasst.« Terri seufzte theatralisch und führte einen weiteren Löffel zum Mund, von dem einige Nudeln herabfielen, so voll hatte sie ihn geladen. »Wenn die in dem Tempo weitermachen, werden sie Maria in hundert Jahren nicht finden – und irgendwas sagt mir, dass die beiden keine hundert Jahre mehr vor sich haben. Die sind doch jetzt schon scheintot.«

Freya konnte sich ein Grinsen nicht verkneifen.

»Man müsste andere Polizisten hinzuziehen«, sagte Terri. »Richtige Polizisten. Die meisten Eltern würden auf die Barrikaden gehen, wenn ihr Kind verschwunden wäre und diese zwei Provinzbullen nach ihm suchen würden. Aber Marias Tante ist wahrscheinlich ganz froh, wenn sie sie nicht finden. Dann hat sie sie endlich nicht mehr an der Backe. Genau das, was sie immer wollte.«

Freya sah sie entsetzt an.

»Guck nicht so, ich meine das ernst.«

»Das habe ich mir gedacht. Das ist furchtbar.«

»Tja.« Terri zuckte mit den Schultern. »Aber wahr.«

Ein lauter Gong ertönte, und sämtliche Schüler, die bis eben noch an den Tischen gesessen hatten, erhoben sich. Geschirr klapperte, während es auf den dafür vorgesehenen Wagen gestellt wurde, und das Stimmengewirr, das die ganze Zeit schon den Raum erfüllt hatte, schwoll zu einem Laut an, der an einen Schwarm wild gewordener Hornissen erinnerte.

Alles drängte zum Ausgang. Die jüngeren Schüler schienen es besonders eilig zu haben. Vermutlich wollten sie nicht zu spät zum Unterricht kommen. Die älteren Schüler hingegen ließen sich Zeit, als hätten sie eher Sorge, zu früh zum Unterricht zu erscheinen.

Freya lief schneller. Ihr Herz klopfte aufgeregt in ihrer Brust. Sie konnte es kaum erwarten, den Polizisten endlich gegenüberzusitzen und ihnen zu erzählen, was sie vermutete.

So unfähig, wie Terri behauptete, waren sie bestimmt gar nicht.

Waren sie wirklich nicht.

Sie waren noch schlimmer.

Herr Mayer hielt eine mit mehreren Schichten Salami belegte Stulle in der Hand, von der das Fett auf sein kariertes Hemd tropfte. Immer wieder wischte er seine klebrigen Hände an einer bereits völlig durchgeweichten Serviette ab, die vor ihm auf dem Lehrerpult lag. Offenbar hatte ihm die Pause nicht genügt, um sich satt zu essen.

Die Polizisten hatten sich für ihre Befragungen in ein leeres Klassenzimmer zurückgezogen und saßen Freya, die an einer Schulbank Platz genommen hatte, gegenüber.

»So, du bist also erst seit wenigen Tagen hier in Hohenhausen«, sagte Herr Mayer mit vollem Mund. Ein winziges Stück Salami verselbstständigte sich und segelte von seiner Unterlippe hinab bis in den schwarzen Vollbart, wo es hängen blieb.

Freya musste sich zwingen, nicht unaufhörlich darauf zu starren.

»Genau«, antwortete sie.

»Und du kennst Maria?«

»Ja, sie geht in meine Klasse.«

»Aha.« Herr Mayer wischte seine vor Fett triefenden Hände an der Serviette ab und notierte etwas in seinem Büchlein. Dabei hinterließ er jede Menge Flecken auf den Seiten.

»Hören Sie«, begann Freya. »Es wäre möglich … also es könnte sein, dass Maria sich etwas angetan hat …«

Ohne aufzublicken, schrieb Herr Mayer weiter und fragte dann: »Wie kommst du darauf?«

»Ihre Noten sind völlig in den Keller gerutscht …«

»Das wissen wir bereits.«

»Ihr Stipendium ist in Gefahr.«

»Auch das wissen wir.«

»Ich … ich … es ist nur so ein Bauchgefühl.«

»Bauchgefühl?« Aus Herrn Mayers Stimme sprach Verachtung. »Du sagtest, du bist erst seit Kurzem hier. Demnach kennst du Maria kaum. Wie kannst du dann bitte ein Bauchgefühl dazu haben?«

»Ich weiß es nicht«, sagte Freya. »Aber ich stehe damit nicht alleine da. Marias beste Freundin Anna ist auch der Meinung, dass –«

»Uns gegenüber hat Anna nichts dergleichen erwähnt«, schaltete sich nun Herr Klein ein.

»Das verstehe ich nicht.« Freya sah die beiden Polizisten verzweifelt an. Wieso waren sie bloß so unbeweglich? Warum saßen sie überhaupt noch hier rum und durchkämmten nicht längst das ganze Waldgebiet nach Maria?

»Es gibt hier im Wald wohl einen See. Dort sollten Sie mal nachsehen.«

»Bitte erkläre uns nicht, wie wir unsere Arbeit zu machen haben, Mädchen.« Herrn Mayers Stimme glich mehr einem Fauchen. Seine Halbglatze lief feuerrot an, und er schnaufte, als habe er einen Marathonlauf hinter sich. »Natürlich werden wir uns den gesamten Wald vornehmen. Und zwar, weil das Standard ist, und nicht wegen irgendeines Bauchgefühls.«

»Das ist gut.« Freya atmete erleichtert auf.

»Auch wenn wir nicht von einem Selbstmord ausgehen«, sagte Herr Mayer und packte ein weiteres belegtes Brötchen aus seiner Tasche aus.

»Im Moment deutet jedenfalls nichts darauf hin«, sagte Herr Klein und lächelte Freya aufmunternd zu. »Kein Grund zur Sorge.«

»Aber Anna sagt –«

»Anna hat uns bereits alles gesagt, woran sie sich erinnert, und das war – unter uns gesagt – nicht besonders viel«, unterbrach Herr Mayer Freya barsch.

»Außerdem«, sagte Herr Klein, »sind wir jetzt mit dir hier, und nur daran interessiert, was *du* zu der Sache zu sagen hast. Gibt es noch etwas, was du uns mitteilen möchtest?«

»Abgesehen von wilden Vermutungen?« Herr Mayer warf seinem Kollegen, der ihm ins Wort gefallen war, einen tadelnden Blick zu, den dieser jedoch ignorierte.

»Nein, ich denke nicht«, sagte Freya.

»Gut, dann sind wir hier fertig.« Herr Mayer erhob sich ächzend von seinem Stuhl, um Freya die Hand zu schütteln, und hinterließ dabei einen Fettfilm auf ihrer Haut. »Morgen werden wir das gesamte Gebiet absuchen. Man muss nichts überstürzen, noch gibt es keine Hinweise auf ein Verbrechen oder, wie du sagst, Suizid. Immerhin wurde kein Abschiedsbrief gefunden.«

Als ob die Sache damit erledigt wäre, öffnete Herr Klein Freya die Tür. »Wenn dir noch etwas einfällt, kannst du dich jederzeit bei uns melden.«

Kopfschüttelnd betrat Freya den Flur.

Arme Maria. Niemand schien sich wirklich ernsthaft darum zu scheren, was mit ihr passiert war. Ihre Tante nicht, die Polizisten nicht, Frau Taupe nicht. Und Anna versank lieber in Selbstvorwürfen, als aktiv zu werden.

Freya fragte sich, wer eigentlich nach ihr suchen würde, wenn sie selbst verschwunden wäre.

Von ihren Mitschülern sicher niemand. Allenfalls Terri.

Ihr Vater? Vielleicht. Wenn er denn zwischen seinen ganzen Kundenterminen die Zeit dazu fand.

Die Lehrer? Wohl kaum.

Ob Herr Seidler nach ihr suchen würde?

Freya schüttelte den Gedanken schnell ab, bevor er ihr Herz erreichte.

Was auch immer mit Maria passiert war, vielleicht war es noch nicht zu spät. Vielleicht brauchte sie dringend Hilfe. Lag irgendwo. Hilflos. Vielleicht verletzt. Vielleicht zählte jede Minute.

Und Freya wusste nur zu gut, was passieren konnte, wenn Minuten ungenutzt verstrichen. Minuten konnten über Leben und Tod entscheiden. Und vielleicht zogen genau diese rettenden Minuten gerade an Maria vorbei. In Freyas Kopf formte sich ein Entschluss. Sie würde die Minuten nicht ungenutzt verstreichen lassen.

»Nein, das mache ich auf keinen Fall.« Terri saß auf ihrem Bett und verschränkte die Arme vor der Brust wie ein trotziges Kind.

»Aber niemand interessiert sich für sie«, versuchte Freya es erneut.

»Ehrlich gesagt: Ich auch nicht. Wie dir vielleicht nicht entgangen ist, war sie nicht besonders nett zu mir.«

»Ich weiß. Und ich verstehe, dass du unter diesen Umständen keine Lust hast, nach ihr zu suchen. Aber du hast selbst gesagt, dass diese Provinzpolizisten hundert Jahre dafür brauchen werden. Wir können doch nicht einfach so tatenlos rumsitzen.«

»Doch. Ich finde, genau das können wir tun.«

Damit war das Thema für Terri erledigt. Freya beschloss, am nächsten Tag noch einmal mit Terri zu reden. Heute würde sie ohnehin nichts mehr ausrichten können.

Am nächsten Morgen trat Dr. Wilhelm vor die Schüler.

Die Augen hinter den buschigen, schwarzen Brauen des Schulleiters blickten ernst drein und ließen sämtliches Geschirrklappern und Schwatzen, das bis eben noch den Frühstücksraum erfüllt hatte, verstummen.

In seinem grauen Anzug wirkte Dr. Wilhelm für einen normalen Schultag völlig overdressed.

Er räusperte sich und wartete ab, bis wirklich alle Blicke auf ihn gerichtet waren. »Liebe Schülerinnen und Schüler, ich habe eine wichtige Mitteilung zu machen.« Er stockte, und ein lautes Schluchzen klang durch den Saal.

Freya sah sich um und entdeckte Anna, die sich an Birtes Schulter festklammerte.

Sie haben Maria gefunden, schoss es Freya durch den Kopf.

»Wie ihr wisst, wird unsere liebe Schülerin Maria Stockner seit mehr als zweiundsiebzig Stunden vermisst«, fuhr Dr. Wilhelm fort. »Leider ist nun ein Hinweis aufgetaucht, der unsere schlimmsten Befürchtungen wahr macht.«

Aus Annas Kehle drang ein erstickter Schrei.

»Die Polizei wird heute eine große Suchaktion durchführen«, erklärte Dr. Wilhelm. »Zusammen mit vielen Freiwilligen aus der Stadt werden wir alle gemeinsam den Wald rund um Hohenhausen durchkämmen. Auch ich und eure Lehrer werden uns an der Suche selbstverständlich beteiligen.«

»Wir werden uns auch beteiligen!«, rief Anna.

Dr. Wilhelm schüttelte den Kopf: »Anna, das ist keine gute Idee.«

»Aber der Wald ist riesig.«

»Ja, schon, aber …«

»Maria ist meine Freundin! Niemand kann mir verbieten,

nach ihr zu suchen. Wenn die Polizei mich nicht lässt, gehe ich eben alleine los!«

Dr. Wilhelm sah Anna lange an. Sie hielt seinem Blick trotzig stand.

»Na schön, von mir aus. Wer mithelfen möchte, darf das tun. Allerdings gilt das nur für die Schüler der Oberstufe, verstanden?«

Ein paar jüngere Schüler protestierten lautstark.

Freya sah zu Terri hinüber, und diese nickte ihr ernst zu.

Ja, sie würden helfen.

»Was ist das für ein Hinweis, von dem Sie gesprochen haben?«, rief eine Stimme.

Alle Köpfe wandten sich zu Fabi um, der von seinem Platz aufgesprungen war.

»Ich möchte euch lieber nicht noch mehr beunruhigen«, sagte Dr. Wilhelm.

»Das haben Sie doch längst getan!«, kam es von Cora. Missbilligend zog sie ihre makellos gezupften Augenbrauen zusammen. »Sie sollten sich vielleicht früher überlegen, was Sie uns für eine Angst einjagen, wenn Sie so eine vage Andeutung machen!«

Die herablassende Art, mit der Cora sprach, legte den Verdacht nahe, dass ihr die Spenden ihres Vaters selbst beim Schulleiter Narrenfreiheit bescherten.

»Du hast recht, Cora«, gab dieser zu. »Dann bitte ich nun alle Schülerinnen und Schüler der Klassen fünf bis sieben, sich in ihre Zimmer zu begeben.«

Laute Proteste erklangen. Nur widerwillig erhoben sich rund fünfzig Schüler und verließen murrend den Speisesaal.

»Nun gut«, sagte Dr. Wilhelm, sobald sich die Tür hinter dem letzten Schüler geschlossen hatte, »wie gesagt, es ist nur ein Hinweis. Er beweist gar nichts. Die Polizei hat heute Morgen Marias Spind aufgebrochen. Neben ihren Sportsachen und einigen Postern hat sie den Beipackzettel eines Medikaments gefunden. Eines Medikaments, von dem zum jetzigen Zeitpunkt jede Spur fehlt.«

»Was für ein Medikament?«, rief Anna, und aus ihrer Stimme sprach die reinste Panik.

»Es handelt sich dabei um ein Mittel, das man normalerweise bei Schlafstörungen benutzt. In geringer Menge ist es durchaus harmlos. Wenn man es allerdings in zu großen Mengen einnimmt« – Dr. Wilhelm blickte mit versteinerter Miene in die weit aufgerissenen Augen seiner Schüler – »… führt es zum Tode.«

10

Die Polizisten teilten alle Helfer in Gruppen ein und statteten jede Gruppe mit einem Walkie-Talkie und einer Karte des gesamten Areals aus.

»Niemand geht alleine los«, sagte Herr Klein. »Bleibt immer mit eurer Gruppe zusammen. Sobald ihr etwas Verdächtiges entdeckt, verständigt uns.«

Außer Herrn Mayer und Herrn Klein waren noch drei junge Polizisten mit Spürhunden anwesend, was Freya erleichterte.

Neben Anna waren zu Freyas Unbehagen auch Cora und Birte ihrer Gruppe zugeteilt worden. Cora hielt die Karte, auf der der Bereich des Waldes markiert war, den sie sich vornehmen sollten. Birte war mit einem Kompass ausgestattet worden, den sie wie eine Wünschelrute auf den Weg richtete, als würde er sie schon von selbst zur richtigen Stelle führen.

Cora hatte vorgeschlagen, doch lieber Google Maps zu verwenden, was aber aufgrund des schlechten Empfangs im Wald ständig abstürzte.

Immer tiefer drangen die Mädchen in das Dickicht vor. Ließen ihre Augen über jeden Strauch und jeden Baum wandern.

Doch außer jeder Menge bunten Herbstlaubs war nichts zu sehen.

Nach etwa einer halben Stunde erreichten die Mädchen eine Lichtung, auf der eine heruntergekommene Holzhütte stand. Sie wirkte alt und unbewohnt. Dennoch jagte der Anblick Freya einen Schauer über den Rücken.

»Sieht aus wie ein Hexenhäuschen«, flüsterte Terri, und Freya nickte zustimmend.

Dasselbe hatte sie auch gedacht.

Anna starrte die Hütte mit weit aufgerissenen Augen an.

Die Tür stand sperrangelweit offen.

»Wollen wir reingehen?«, fragte Birte kaum vernehmbar.

»Klar«, erwiderte Terri und marschierte los.

»Nein!«, rief Anna laut, und alle Köpfe flogen zu ihr herum.

»Ich … sie …«, stammelte Anna. »Lasst uns lieber weitergehen. Die Hütte ist mir unheimlich.«

Freya fröstelte und zog die Jeansjacke ihrer Mutter fester um ihren Körper. Schon bald würde sie sie ablegen und zu einer Jacke wechseln müssen, die für den bevorstehenden Winter besser geeignet wäre.

Ein Gedanke, der ihr Angst machte.

»Wir müssen aber nachsehen«, sagte Cora. »Die Hütte liegt in unserem Bereich.«

Anna gab nicht auf. »Aber … ich finde, wir sollten lieber …«

In diesem Moment drangen Stimmen an ihre Ohren.

Stimmen, die aus Richtung der Hütte zu kommen schienen.

»Da … da ist jemand …«, flüsterte Birte und griff nach Coras Hand.

»Uh, uh! Die Hexe«, sagte Cora spöttisch und rollte die Augen.

»Das ist mir nicht geheuer.« Birte drückte Coras Hand fester.

»Aua, lass das, Birte!«

»Ich gehe nachsehen«, sagte Terri entschlossen.

»Nein! Nicht!«, rief Anna.

»Also irgendjemand muss gehen«, sagte Terri achselzuckend und ging mit entschlossenen Schritten weiter auf die Hütte zu.

Im selben Moment löste sich ein Schatten aus der Tür, und eine Gestalt trat ins Freie.

Birte stieß einen erstickten Schrei aus.

Freyas Herz hingegen machte einen kleinen Hüpfer, als sie sah, wer da aus der Hütte gekommen war.

»Hallo.« Die dunkle Stimme fand ihren Weg über die Lichtung mitten hinein in Freyas Brust.

»Herr Seidler! Was machen Sie denn hier?«

Irritiert musterte Cora Herrn Seidler.

»Wir haben uns diese alte Hütte angesehen«, erklärte er. »Sie grenzt an unseren Suchbereich an. Frau Taupe und Ms Miller sind dort hinten.« Er deutete zur Rückseite der Hütte, wo gerade Ms Miller auftauchte.

»Nothing, just mud«, sagte sie und warf einen angeekelten Blick auf ihre hochhackigen Stiefeletten, mit denen sie offenbar im Matsch stecken geblieben war.

Freya fragte sich, ob Ms Miller überhaupt keine flachen Schuhe besaß, da sie selbst bei einer solchen Suchaktion hohe Absätze trug.

»Was ist das für eine Hütte?«, fragte Cora.

»Hm, das scheint eine alte Jagdhütte zu sein«, sagte Herr Seidler. »Dort sind einige ausgestopfte Tiere an den Wänden, Frau Taupe konnte gar nicht reingehen, sie hätte sich beinahe übergeben.« Er warf einen amüsierten Blick auf seine Kollegin, deren Hand bei seinen Worten wie automatisch zu ihrem Mund gewandert war.

»Ich vermute, dass hier früher die Jäger ihre Beute ausgeweidet haben«, sagte Herr Seidler und blickte Frau Taupe an. »War sicher eine äußerst blutige Angelegenheit.«

»Hören Sie auf damit, Leo!«, rief Frau Taupe und schüttelte sich.

Herr Seidler lachte.

Es war ein glockenklares Lachen, das von dem leichten

Herbstwind zu Freya herübergeweht wurde und alle anderen Geräusche des Waldes zum Verstummen brachte.

»Wir machen dann mal weiter mit unserer Suche, wir haben noch einiges vor uns«, sagte Herr Seidler.

»I only hope, we won't get stuck in the mud again.« Ms Miller zog eine angewiderte Schnute, und die beiden Lehrerinnen und Herr Seidler verschwanden im Unterholz.

Cora warf einen Blick auf die Karte in ihrer Hand. »Wir sollten auch weitermachen. Hier geht's lang. Geradewegs zum See.«

Freya suchte Annas Blick, doch die war wie zur Salzsäule erstarrt.

Der See.

Nicht tief genug zum Ertrinken, hatte Terri gesagt.

Aber wenn man eine Packung Schlaftabletten intus hatte, spielte das wohl keine Rolle.

Freya taten bereits die Füße weh vom vielen Laufen. Ihre Hose hatte ein Loch an der Seite, wo sie an einem Dornenbusch hängen geblieben war. Birte neben ihr keuchte erschöpft, und Freya fragte sich, wie lange die Suchaktion wohl noch dauern würde, als der See vor ihr auftauchte. Er war nicht besonders groß und sah auch nicht wirklich gefährlich aus. Eher romantisch, wie er so dalag, inmitten von Bäumen, gebettet in eine kleine Senke.

Freya und ihre Klassenkameradinnen waren nicht alleine hier.

Schon von Weitem sahen sie, dass Herr Mayer und Herr Klein am Ufer standen und die Köpfe zusammengesteckt hatten.

Sie waren über einen Gegenstand gebeugt, den Freya aus der Ferne nicht erkennen konnte.

Erst beim Näherkommen stellte sie fest, dass es sich dabei um einen braunen, mit Schlamm verkrusteten Schuh handelte.

»Maria!« Annas Schrei ließ ein paar Vögel aus den Baumwipfeln auffliegen.

Raben.

Laut kreischend stoben sie davon.

Das ist ein schlechtes Omen, dachte Freya.

Freya erkannte einen Taucher, der in der Mitte des Sees den Kopf aus dem Wasser reckte und ihn schüttelte.

Anna rannte den kleinen Hügel hinab auf das Ufer zu.

»Nicht näher kommen!«, rief Herr Mayer Anna zu, doch sie ignorierte ihn einfach.

Mit wenigen schnellen Schritten war sie bei ihm, griff nach dem Schuh in seiner Hand und zog daran.

Herr Klein packte sie und versuchte, sie von seinem Kollegen wegzuzerren, doch Anna trat nach ihm. Er fluchte und ließ sie los. Mit schmerzverzerrtem Gesicht hielt er sich das Schienbein.

»Kommt!«, rief Cora und setzte sich eilig in Bewegung.

So schnell sie konnte, rannte Freya Cora hinterher, die bereits auf halbem Weg den Hang hinunter war. Freya überholte sie mit Leichtigkeit.

Sie erreichte Anna, die genau wie Herr Mayer nicht daran dachte, den Schuh herzugeben. Beide zerrten daran, und es sah fast so aus, als würden sie ihn jeden Moment in tausend Stücke reißen.

»Lassen Sie los!«, schrie Anna.

»Nein, du lässt los, Mädchen!«

Ohne lange zu überlegen, griff Freya mitten hinein in das Handgemenge, bekam den Schuh zu fassen und entriss ihn den beiden mit einem kräftigen Ruck.

Schon eine Sekunde später hatte Anna ihn ihrerseits Freya aus der Hand gerissen.

Sie starrte darauf. Ein kehliger Laut verließ ihren Mund. Sie sank zu Boden, den Schuh noch immer in der Hand.

»Wo haben Sie ihn gefunden?«, fragte sie.

»Hier am Seeufer, im Schlamm. Unser Taucher sucht gerade den See nach weiteren Kleidungsstücken ab.« Herr Mayer keuchte und stützte sich die Hände in die Seiten.

»Es tut mir leid«, sagte Herr Klein, »aber es könnte sein, dass …«

Annas Schultern zuckten, und Freya befürchtete, sie würde gleich zusammenbrechen. Doch als sie in ihr Gesicht blickte, sah sie, dass Anna keineswegs von Weinkrämpfen geschüttelt wurde.

Sie lachte.

Sie saß da, mitten auf dem schlammigen Uferboden, schon halb im See, den dreckigen Schuh in der Hand, und lachte.

»Das ist nicht Marias Schuh!«, rief sie und hielt ihn in die Luft.

Erst jetzt erkannte Freya, dass es sich um einen Herrenschuh handelte. Einen, der mit Sicherheit schon viele, viele Jahre hier gelegen hatte, denn er war zerfleddert und schon ein wenig angeschimmelt.

»Bist du ganz sicher?«, fragte Herr Mayer, und Freya konnte nicht fassen, dass er auch nur für den Bruchteil einer Sekunde geglaubt haben konnte, es könne sich bei dem Fundstück um Marias Schuh handeln.

»Absolut.«

Anna stand auf und klopfte sich den Dreck von der Hose.

Sie reichte den Schuh an die Polizisten zurück.

»Wir haben nichts gefunden, Chef, der See ist leer.«

Der Taucher war neben der Gruppe aus dem Wasser gestiegen. Von seinem Neoprenanzug tropfte Wasser. »Also im See ist sie ganz sicher nicht.«

Freya hörte Anna erleichtert aufatmen.

Vielleicht gab es ja doch noch Hoffnung.

»Gut, dann, dann, äh, suchen wir mal weiter.« Herr Klein wandte sich zum Gehen. »Irgendwo muss sie ja schließlich sein.«

»Ich kann einfach nicht fassen, dass diese Idioten geglaubt haben, dass der Schuh Maria gehört.«

Die Unfähigkeit der Polizisten war beim Abendessen erneut Terris Gesprächsthema Nummer eins.

Nachdem die Freiwilligen den ganzen Tag den Wald durchforstet hatten, ohne auch nur einen Fußabdruck von Maria zu finden, waren alle erschöpft ins Internat zurückgekehrt. Die Köchin hatte bereits riesige Pötte voll heißem Kakao vorbereitet, den alle dankbar entgegennahmen.

Freya wärmte ihre kalten Finger an ihrer Tasse und trank einen Schluck. Sie zuckte zusammen, als der heiße Kakao ihre Zunge verbrannte.

»Ich sage ja, wir sollten vielleicht selbst auf Spurensuche gehen«, kam Freya wieder auf ihr Gespräch vom Vortag zurück.

»Und was bitte haben wir heute den ganzen Tag gemacht?« Terri zwirbelte eine ihrer blauen Haarsträhnen um den Finger.

»Das meine ich nicht.«

»Ich weiß. Aber ganz im Ernst, Freya. Diese Polizisten mögen zwar ziemliche Trottel sein, aber ich wüsste wirklich nicht, was ausgerechnet wir beide ausrichten könnten.«

»Zumindest könnten wir mal mit ein paar Leuten reden.«

Terri schüttelte den Kopf. »Ehrlich gesagt, habe ich nicht

wirklich Lust, mit den Leuten hier zu reden. Und selbst wenn, glaube ich kaum, dass sie mir zuhören würden.«

»Aber …«

»Vergiss es, Freya. Konzentrier dich lieber auf die Englischarbeit nächste Woche.«

»Du glaubst doch nicht, dass wir die unter diesen Umständen noch schreiben.«

»Darauf würde ich mich nicht verlassen. Da muss schon deutlich mehr passieren, um Ms Miller von einer Klausur abzubringen.«

11

Am Dienstag fehlte von Maria noch immer jede Spur. Die Polizei hatte das ganze Wochenende damit verbracht, den Wald abzusuchen und die Bewohner der Kleinstadt Waidingen am Fuß des Hügels zu befragen, was jedoch zu keinem Ergebnis geführt hatte.

Viele Gerüchte rankten sich um Marias Verschwinden.

Einige schworen darauf, sie nachts ums Internatsgebäude schleichen gesehen zu haben. Wieder andere behaupteten, sie hätten nachts ein unheimliches Heulen aus dem Wald gehört.

Unter den jüngeren Schülern hielt sich hartnäckig das Gerücht, Maria sei von den Bäumen verschluckt worden. Das wurde von einigen älteren Schülern noch befeuert, indem sie Legenden von einst im Wald um Hohenhausen verschollenen Kindern erzählten. Kindern, deren Leichen man nie gefunden hatte. Lediglich ihre Kleidungsstücke waren angeblich wieder aufgetaucht. Fein säuberlich aufgehängt an den Ästen der Bäume.

Terri hielt eisern an ihrer Theorie fest, Maria sei einfach auf und davon.

Freya hingegen spukte immer noch der See im Kopf herum, auch wenn sie mittlerweile sicher war, dass Maria sich dort nicht das Leben genommen hatte.

Aber vielleicht irgendwo anders?

Irgendwo, wo bisher niemand gesucht hatte?

Freya hatte die letzten beiden Tage dazu genutzt, alle möglichen Leute nach Maria zu fragen. Sie hoffte, so vielleicht auf einen entscheidenden Hinweis zu stoßen.

Vielleicht einen Ort, den Maria besonders liebte.

Doch niemand konnte Freya weiterhelfen. Stattdessen war sie mit ihrer Fragerei entweder auf die absurdesten Theorien oder auf taube Ohren gestoßen.

Besonders bei ihren Klassenkameraden.

Anna hatte seit Tagen kein Wort mehr mit Freya gewechselt, und Freya hatte das Gefühl, dass sie ihr aus dem Weg ging.

Sie wirkte auch nicht mehr ganz so geknickt wie noch vor ein paar Tagen, was Freya wunderte. Denn immerhin war ihre beste Freundin nach wie vor wie vom Erdboden verschwunden.

Manchmal sah Freya Anna sogar scherzend mit Cora und Birte zusammenstehen.

Cora und Birte.

Mit ihnen hatte Freya bisher noch nicht geredet.

Immer, wenn sie versucht hatte, sie auf dem Flur oder beim Essen anzusprechen, hatten sie Freya keines Blickes gewürdigt.

Dafür hatte sie von einem Jungen aus der zwölften Klasse, der ihr ein bisschen zu tief in die Augen geschaut hatte, erfahren, dass Maria und Cora vor ein paar Tagen einen heftigen Streit gehabt hatten. Er konnte Freya aber nicht sagen, worum es dabei gegangen war.

Freya war sich nicht sicher, ob er sich nur wichtigmachen wollte oder etwas an der Sache dran war.

Immerhin gab es momentan so einige Schüler, die sich damit aufspielten, dass sie angeblich irgendwelche Dinge über Maria zu erzählen hatten, obwohl sie bisher keine Ahnung gehabt hatten, wer Maria überhaupt war.

Freya musste vorsichtig sein, was sie glaubte und was nicht.

Im Sportunterricht ließ Herr Seidler die Klasse wieder Handball spielen, und Freya stellte sich kaum geschickter an als beim letzten Mal.

Dennoch hatte Herr Seidler am Ende der Stunde ein Lob für sie übrig. »Du bist echt wahnsinnig schnell. Hast du mal darüber nachgedacht, ins Leichtathletikteam einzusteigen?«

»Ich … ich weiß nicht.« Verlegen strich Freya sich eine verschwitzte Haarsträhne aus der Stirn.

»Überleg es dir. Wir trainieren immer donnerstagabends ab sieben. Ich hätte dich echt gerne mit dabei.« Er schenkte ihr sein charmantestes Lächeln, und Freya spürte, wie der Raum um sie herum ins Wanken geriet.

»Alles klar, ich denk mal drüber nach«, antwortete sie und schwebte einen halben Meter über dem Boden in die Umkleidekabine.

Die Sportstunde war die letzte an diesem Tag gewesen, und so ließ Freya sich Zeit beim Fertigmachen.

»Kommst du vorm Essen noch mal mit hoch in die Sardinenbüchse?«, fragte Terri.

»Geh ruhig schon vor«, erwiderte Freya. »Ich dusche noch in Ruhe. Wir sehen uns spätestens beim Abendessen.«

»Alles klar.« Terri warf sich ihren überdimensionalen grauen Rucksack über die Schulter und verließ die Umkleidekabine, die inzwischen fast leer war. Cora schminkte sich vor dem Spiegel so stark, als würde sie gleich zum Opernball gehen, und Birte versuchte, ihre widerspenstigen dunkelblonden Haare zu bändigen.

Freya zog sich aus und betrat mit einem um den Körper geschlungenen Handtuch die Gemeinschaftsdusche.

Es dauerte eine Weile, bis das Wasser die gewünschte Temperatur erreicht hatte.

Eine wohlige Wärme umschloss Freyas Körper. Sie seifte sich

ein, und ein süßlicher Geruch nach Mango und Melone erfüllte die Luft. Freya sog den Duft tief in sich ein.

Ihre Gedanken kreisten wie so oft in den letzten Tagen um Maria.

Wo bist du bloß?

Die Maria in ihrem Kopf sah sie traurig an und zuckte mit den Schultern.

Plötzlich drängte sich ein anderes Bild in Freyas Bewusstsein.

Vor Marias zerbrechlich wirkendes Gesicht schoben sich die markanten Züge eines Mannes. Eines Mannes mit einem jungenhaften Lächeln.

»Ich hätte dich echt gerne mit dabei«, flüsterte er.

Freyas nackte Haut schien in Flammen zu stehen.

Beinahe konnte sie die warmen Lippen an ihrem Ohr spüren, die immer wieder ihren Namen sagten und ihr beim Sprechen wohlige Schauer über den Nacken jagten. *Ich hätte dich echt gerne mit dabei, Freya.*

Freya.

Freya.

Sie schloss die Augen, während sie sich Herrn Seidlers Mund vorstellte, der von ihrem Ohr hin zu ihrer Wange glitt. Dessen Atem darüber hinwegstrich, bis er ihren Mund erreichte.

Freya öffnete leicht die Lippen. Das warme Wasser floss an ihr hinab und lag auf ihrer Haut wie eine Umarmung.

Beinahe war es, als stünde Herr Seidler wirklich vor ihr. Ganz nah.

Sie hätte nur die Hand ausstrecken müssen, um ihn zu berühren.

Obwohl sie wusste, dass Herr Seidler nur in ihrer Fantasie bei ihr war, tat sie es.

Reckte die Hand.

Tastete mit geschlossenen Augen durch den Strahl der Dusche nach vorne.

Und schrie auf.

Ihre Finger berührten tatsächlich eine Person.

Im selben Augenblick änderte sich die Wassertemperatur.

Es war nun nicht mehr wohlig warm. Es wurde kalt.

Eiskalt.

Erschrocken riss Freya die Augen auf. Dabei lief etwas Shampoo hinein.

»Na, hast du dich in Dinge eingemischt, die dich nichts angehen?«

Coras Stimme war so kalt wie das Wasser auf Freyas Haut.

Halb blind von dem brennenden Shampoo in ihren Augen tastete Freya nach dem Temperaturregler – doch darauf lag bereits eine Hand, die ihn mit eisernem Griff umklammerte. Im nächsten Moment wurde Freya der Duschschlauch aus der Hand gerissen.

»He, was soll das?« Freya rieb sich die Augen, machte das Brennen damit jedoch nur schlimmer. »Stell das Wasser ab, Cora!«

»Stell das Wasser ab, stell das Wasser ab«, äffte Cora sie nach.

Freya gab es auf, die Seife aus ihren Augen zu entfernen. Stattdessen schlang sie die Arme um ihren fröstelnden Körper und versuchte, sich an Cora vorbeizudrängeln. Doch Birte schoss ihr mit dem Duschschlauch eine Ladung Wasser ins Gesicht und hinderte sie damit an der Flucht.

»Was wollt ihr von mir?«, schrie Freya.

»Halt dich aus Marias Leben raus«, sagte Cora kalt. »Es geht dich nichts an, also hör auf, Detektivin zu spielen.«

»Ich habe doch nur ein paar Fragen gestellt.« Freya versuchte, sich zwischen den beiden Mädchen durchzuschieben, aber sie stießen sie immer wieder zurück.

Birte hielt den Wasserstrahl wie eine Waffe auf Freya gerichtet.

Es fühlte sich an, als ob Tausende winziger Nadeln ihr die Haut durchlöcherten.

»Lass deine Fragerei«, sagte Cora bestimmt.

»Warum?«

»Das geht dich nichts an!«, rief Birte und feuerte eine erneute Ladung Nadelstiche in Freyas Gesicht ab.

Freya brüllte auf.

»Weil das Wasser sonst beim nächsten Mal glühend heiß sein wird«, zischte Cora. »Brauchst du einen kleinen Vorgeschmack?«

Sie griff nach dem Temperaturregler.

»Nein!«, schrie Freya. »Nicht!«

Coras Hand erreichte den Regler.

Freya versuchte, sie wegzuzerren, doch Coras Griff war eisern.

»Hör auf!«

Coras Lächeln wich nicht aus ihrem Gesicht.

Das Wasser auf Freyas Haut wurde immer heißer. Gleich würde es unerträglich werden. Gleich würde es sie verbrühen.

Sie musste hier raus!

»Halt sie fest!«, rief Cora Birte zu.

»Cora, sollten wir nicht –«

»Halt. Sie. Fest!«

Freya schlug um sich, doch ihre Hände trafen ins Leere. Sie heulte auf, als das Wasser ihren Arm verbrannte.

»Was ist hier los?« Donnernd flog eine Stimme durch die

Großraumdusche. Eine Stimme, die Freya kurz zuvor noch an ihrem Ohr geträumt hatte.

»Cora, Birte, was tut ihr da?«

Durch den Nebel aus Shampoo und Wasserdampf konnte Freya Herrn Seidler schemenhaft erkennen, der sich nun mit großen Schritten näherte.

Der Wasserstrahl erstarb.

Sie fühlte, wie ein Handtuch um ihre Schultern gelegt wurde.

»Das wird ein Nachspiel haben!«, rief Herr Seidler. »Diesmal seid ihr eindeutig zu weit gegangen! Raus hier. Raus!« Das letzte Wort schrie er so laut, dass es von den Wänden zurückgepeitscht wurde und Cora und Birte innerhalb von Sekunden nach draußen trieb.

»Alles in Ordnung?«

Eine braun gebrannte Hand schob sich durch den Nebel in Freyas Sichtfeld und stützte ihre Schulter.

»Ich glaub schon.«

Freya senkte den Blick. Mit einem Mal wurde sie sich ihrer Nacktheit bewusst und schlang das Handtuch, das sie nur notdürftig bedeckte, fester um ihren Körper.

»Ich lass dich dann wohl besser alleine, dann kannst du dir was überziehen«, sagte Herr Seidler, doch seine Augen fixierten Freya weiterhin.

»Gut«, stammelte sie verlegen.

Einen Moment lang standen sie einander gegenüber wie festgewachsen. Um sie herum hing noch immer der Wasserdampf in der Luft.

Freyas Haut brannte unter dem Blick ihres Lehrers. Viel stärker noch, als sie es unter dem heißen Wasser getan hatte.

»Gut, dann … gehe ich mal nach draußen.« Herr Seidler wandte sich von ihr ab, und Freya verspürte für den Bruchteil einer Sekunde den verrückten Impuls, einfach das Handtuch fallen zu lassen.

Doch ihre Hände hielten es weiterhin schützend vor ihren Körper.

Sobald Herr Seidler die Dusche verlassen hatte, betrat Freya die Umkleide. Als sie sah, dass er nicht mehr da war, begann sie, sich eilig anzuziehen. Auf dem Flur wartete Herr Seidler bereits auf sie.

»Was war denn da eben los?«, fragte er, als sei ihr Gespräch nie unterbrochen worden.

»Ich weiß es nicht«, antwortete Freya wahrheitsgemäß.

Ja, was war da los gewesen? Diese Frage hatte sie sich in den letzten Minuten selbst unzählige Male gestellt.

Was hatte Cora so wütend gemacht? Warum hatte sie ein so großes Problem damit, wenn Freya Fragen zu Marias Verschwinden stellte?

Freya überlegte, ob sie Herrn Seidler erzählen sollte, dass es um Maria gegangen war, entschied sich dann aber dagegen. Zuerst wollte sie herausfinden, was Cora zu dieser extremen Reaktion getrieben hatte.

»Hat Cora dich schon mal gequält?« Herrn Seidlers besorgt klingende Stimme riss Freya aus ihren Gedanken.

»Nein.«

»Bist du sicher?«

»Ja.«

»Du versuchst nicht, sie zu schützen?«

»Nein.«

»Ich frage nur, weil mir durchaus bewusst ist, dass Cora hier ziemliche Narrenfreiheit genießt. Sie glaubt, sie kann sich alles erlauben, und die meisten Kollegen drücken bei ihr eher mal ein Auge zu.«

Warum erzählte er ihr das? Durfte er das überhaupt? Freya hörte die Verachtung, die in jedem seiner Worte mitschwang.

»Ich will nur, dass du weißt, dass ich ihr nicht alles durchgehen lasse. Egal, wer ihr Daddy ist. Wenn sie dir also schon mal wehgetan hat, dann …«

»Hat sie nicht«, sagte Freya schnell. »Ehrlich nicht.«

»Und falls doch, kannst du mir das jederzeit sagen, okay?«

Er schenkte ihr ein strahlendes Lächeln.

»Okay.« Freyas Herz stolperte kurz.

»Na dann … gute Nacht, Freya. Und pass auf dich auf.«

Die Art, wie er ihren Namen aussprach, ließ Freya innerlich taumeln.

»Gute Nacht«, erwiderte sie kaum hörbar. »Danke, dass … Sie mich gerettet haben.«

»Gern geschehen.« Sein Lächeln begleitete sie in die Nacht, wo es jeden ihrer Albträume ins Gegenteil verkehrte.

12

»Ich wusste ja schon immer, dass sie blöde Ziegen sind, aber das toppt wirklich alles!« Terris Marmeladenbrötchen blieb ihr beinahe im Hals stecken, als Freya ihr erzählte, was in der Dusche vorgefallen war.

Als Freya am Vorabend in ihr Zimmer gekommen war, war Terri bereits – vollkommen bekleidet, mit einem dicken Schmöker auf dem Bauch – eingeschlafen, und Freya hatte ihren Bericht daher auf den nächsten Morgen vertagen müssen.

»Was meinst du, warum sie das getan haben?« Terri sah Freya gespannt an.

»Ich hab keine Ahnung«, sagte Freya.

Ihr Unterbewusstsein war in der Nacht viel zu sehr mit Träumen beschäftigt gewesen, um sich mit Coras Attacke zu beschäftigen. Mit Träumen, in denen Herr Seidler ein bisschen zu oft aufgetaucht war.

»Meine Fragen scheinen Cora aufgeschreckt zu haben«, überlegte Freya laut. »Aber warum? Glaubst du, sie hat etwas mit Marias Verschwinden zu tun?«

»Hm.« Terri verzog den Mund zu einer Schnute. »Kann ich mir irgendwie nicht vorstellen. Sie und Maria sind doch eigentlich befreundet, auch wenn sie in letzter Zeit öfter mal Stress hatten.«

»Weißt du, warum?«

Terri schüttelte den Kopf.

»Aber irgendwas muss da sein! Sie tickt doch nicht ohne Grund so aus!«

Terri lachte. »Wir reden hier von Cora – sie braucht nicht immer einen logischen Grund, um bescheuert zu sein.«

»Auch wieder wahr.« Freya versuchte, sich locker zu geben, auch wenn sie eine Ahnung beschlich, dass Terri sich diesmal täuschte.

»Vielleicht ging es um Fabi. Wobei ich mir das eigentlich nicht vorstellen kann, so lange, wie das her ist.« Terris Unterlippe schob sich vor, während sie laut überlegte.

»Was meinst du?«

»Na ja, bevor Fabi mit Maria zusammen war, hatte er was mit Cora. Nichts Festes, soweit ich weiß. Aber dafür ziemlich intensiv. Ständig hat man sie in irgendeiner Ecke rumknutschen gesehen. Im Garten ist man dauernd über ihre ineinander verwachsenen Körper gestolpert.« Terri grinste, und ein Klecks Erdbeermarmelade tropfte von ihrem Toast auf ihr weißes Shirt.

»Mist.« Sie versuchte, die Marmelade mit einer Serviette zu entfernen, rieb sie dadurch aber nur tiefer in den Stoff.

Nun prangte ein roter Fleck mitten auf dem schwarzen B, sodass auf Terris T-Shirt nun stand: *Ich würde dir ja wirklich gerne helfen – aber ich hab keinen ock.*

Terri seufzte und legte die Serviette zur Seite.

»Jedenfalls hat Fabi das mit Cora beendet, als er sich in Maria verliebt hatte. Das hat der Freundschaft von Maria und Cora 'nen ganz schönen Dämpfer verpasst. Sie haben wochenlang kein Wort mehr miteinander geredet. Irgendwann haben sie sich dann wieder zusammengerauft. Und als Maria sich im Frühjahr von Fabi getrennt hat, waren Cora und sie wieder richtig dicke. Bloß in letzter Zeit war die Stimmung zwischen den beiden irgendwie gereizt.«

»Glaubst du, dass es dabei um Fabi ging?«

»Kann ich mir eigentlich nicht vorstellen. Das mit Maria und Fabi ist schon Monate her. Seitdem ist er nicht besonders gut auf Maria zu sprechen, das hast du ja schon mitbekommen. Und das mit Fabi und Cora ist schon gut anderthalb Jahre her, ich denke also nicht, dass Maria und sie sich seinetwegen gestritten haben.«

Freya schoss ein Gedanke in den Kopf.

Im Chaos der letzten Tage hatte sie ihn völlig verdrängt.

Wenn du oder Maria diese Sache an die große Glocke hängt, werdet ihr es bitter bereuen!, hatte Fabi Anna zugeflüstert.

Freya schlug sich die Hand vor den Mund.

Wie hatte sie das bloß vergessen können?

»Terri«, sagte sie, »traust du Fabi zu, gewalttätig zu sein?«

»Er ist Fußballer«, sagte Terri, als sei die Sache damit klar.

»Er hat Anna neulich gedroht«. Freya senkte die Stimme. »Er hat gesagt, wenn sie irgendetwas an die große Glocke hängt, werden sie und Maria es bereuen. Was, wenn …?«

Terri knetete ihre Lippe. »Na ja, Fabi war außer sich, als Maria sich von ihm getrennt hat. Er hat ihr ständig irgendwo aufgelauert. Und er hat viel getrunken in dieser Phase. Sehr viel. Aber das ist doch schon Monate her. Wieso sollte er ihr ausgerechnet jetzt etwas antun?«

»Vielleicht ist irgendetwas vorgefallen«, sagte Freya. »Etwas, das bei ihm eine Sicherung hat durchbrennen lassen. Ich hab ja auch keine Ahnung, was das sein könnte. Aber offensichtlich wissen Anna und Maria etwas über ihn, das niemand sonst wissen darf.«

»Dann sollten wir schleunigst herausfinden, was das ist«, sagte Terri.

»Hast du gerade *wir* gesagt?«

»Hab ich?« Terri sah Freya unschuldig an.

Freya nickte.

Terri zuckte mit den Schultern. »Tja, dann hab ich das wohl.«

»Soll das heißen, du hilfst mir?«

Terri atmete schwer aus. »Ich kann dich ja wohl kaum alleine weitermachen lassen – noch so 'ne heißkalte Dusche will ich dir lieber ersparen.«

»Da vorne ist er.« Terri deutete auf den Jungen in der Nähe des Tors auf dem Bolzplatz des Internats. Er vollführte mit einem Fußball regelrechte Kunststücke, schoss ihn immer wieder in die Höhe und fing ihn dann abwechselnd mit seinem Fuß, Knie und Nacken auf.

Er trug ein blaues Trikot mit der Aufschrift *Hohenhausen*. Unter einer Kappe, die er verkehrt herum aufgesetzt hatte, lugten dunkelblonde Haare hervor.

Sein Gesicht war rot vor Anstrengung.

»Hallo Fabi«, rief Terri und winkte ihm über den Platz zu.

Der Ball, den Fabi eben noch in die Luft gekickt hatte, schlug neben ihm auf dem Boden auf.

»Scheiße, jetzt kann ich noch mal von vorne anfangen, ich war schon bei hundertzehn.«

»Tut mir leid. Wir wollen auch gar nicht lange stören.«

»Na, dann ist ja gut.« Fabi kehrte den Mädchen den Rücken zu, hob den Ball vom Boden auf und schoss ihn in die Luft.

»Wir wollen nur kurz mit dir reden«, sagte Terri.

»Das ist gerade ganz schlecht, wie du vielleicht siehst«, erwiderte Fabi, den Blick unverwandt auf den Ball gerichtet.

»Es ist aber wichtig!«, rief Terri.

»Ich hab jetzt keine Zeit.« Fabi drehte sich samt Ball um hundertachtzig Grad, sodass er den Mädchen nun den Rücken zuwandte.

»Gut. Wie du meinst.« Terri seufzte tief. Dann machte sie zwei schnelle Schritte auf Fabi zu.

Noch bevor der richtig begriff, was passierte, hatte Terri ihm bereits den Ball entwendet. Sie fing ihn mit dem Fuß aus der Luft, noch bevor Fabis Fuß ihn erreichen konnte, und kickte ihn mit festem Tritt weit über den Platz, wo er mitten im Tor landete.

Fabi sah aus, als wisse er nicht recht, ob er beeindruckt oder wütend sein sollte.

»So, jetzt hast du Zeit«, sagte Terri, und noch bevor Fabi protestieren konnte, fügte sie hinzu: »Wir wissen, was du getan hast.«

Freya starrte sie an. »Woher …?«

Terri warf ihr einen Blick zu, der sie verstummen ließ.

»Was wisst ihr?«, fragte Fabi herausfordernd.

»Na, du weißt schon …« Terri ließ ihre Worte bedeutungsvoll in der Luft hängen. »Das mit Maria.«

Freya bewunderte, wie viel Selbstsicherheit Terri ausstrahlte. Und das, obwohl sie vollkommen ahnungslos war. Sie selbst wäre sicher sofort ins Straucheln geraten.

»Woher …?« Fabi unterbrach sich selbst. Er schob eine lose Strähne zurück unter seine Kappe und sagte entschieden: »Nichts wisst ihr!«

»Doch«, log Terri. »Anna hat uns alles erzählt.«

Freya bemerkte, wie die Ader auf Fabis Stirn heftig zu pochen begann. »Ich habe sie gewarnt …«

»Auch das wissen wir.« Freya war überrascht, als die Worte einfach so aus ihr heraussprudelten. »Du hast Anna gedroht, sie und Maria würden es bitter bereuen, wenn sie die Sache an die große Glocke hängen.«

»Was hast du mit Maria gemacht?« Terri baute sich vor Fabi

auf und sah ihn drohend an, obwohl sie mindestens einen Kopf kleiner war als er.

»Was soll ich schon mit ihr gemacht haben?«

»Hast du deine Drohung wahr gemacht, Fabi? Weil sie dich verraten hat?«

Freya wollte Terri zurückzuhalten. Was, wenn sie sich zu weit aus dem Fenster lehnte?

Freya registrierte Fabis durchtrainierte Statur. Die zuckenden Muskeln. Die hervortretenden Adern auf seinen Unterarmen. Die Wut in seinen Augen.

Sie blickte sich um. Der Bolzplatz lag etwa sechshundert Meter vom Internatsgebäude entfernt, direkt hinter den Gärten. Um diese Uhrzeit war niemand mehr hier draußen unterwegs.

»Red keinen Unsinn, Theresia!«, sagte Fabi kalt. »Ich habe Maria nicht angerührt.«

»Das glaube ich dir nicht«. Terri ging nun aufs Ganze. »Gib es zu, du hast sie aus dem Weg geräumt, weil sie dich verraten hat.«

»Pass auf, was du für Gerüchte in die Welt setzt, Theresia! Nachher passiert dir noch was.«

»Willst du mir etwa auch drohen? Denkst du, ich hab Angst vor dir?«

Freya wusste nicht, ob das ein Bluff war oder ob Terri tatsächlich so furchtlos war, wie sie behauptete.

Ihr Magen krampfte sich zusammen, als sie sah, wie Fabi immer näher auf Terri zukam.

»Lass sie in Ruhe!«, rief Freya. Es klang kläglich.

»Sonst was?« Fabi sah sie spöttisch an.

»Ich erzähle der Polizei, was du getan hast!«, rief Freya und wünschte sich inständig, endlich zu erfahren, was das denn nun war.

»Hui, jetzt hab ich aber Angst.« Fabi lachte, doch sein Gesichtsausdruck veränderte sich, und hinter der Fassade aus Hohn und Spott konnte Freya noch etwas anderes aufblitzen sehen.

Angst.

»Komm schon, Fabi«, sagte Terri, »gib endlich zu, dass du sie aus dem Weg geräumt hast! War es ein Unfall? Warst du wütend und hast sie im Affekt erschlagen?«

»Wie kommst du auf so einen Mist?«

»Na ja, erst verlässt sie dich, und dann noch diese … Sache«, sagte Terri vage und fügte dann streng hinzu: »Du weißt genau, wovon ich rede, Fabi! Du wolltest, dass sie den Mund hält.«

»Besser *du* hältst jetzt den Mund, Theresia!« Fabi funkelte sie an.

Freya befürchtete, dass er jeden Moment zuschlagen würde. Sie sah, wie seine Arme sich anspannten. Sein Unterkiefer mahlte, seine Hände ballten sich zu Fäusten.

Terri hatte nicht den Hauch einer Chance gegen ihn.

»Willst du uns sonst auch zum Schweigen bringen, oder was?«

Erschrocken riss Freya die Augen auf. »Terri –«

Terri hob den Kopf und sah Fabi geradewegs in die vor Wut blitzenden Augen. »Rück endlich mit der Wahrheit raus!«

»Ich habe euch bereits gesagt, dass ich nichts getan habe!«

»Ach ja?«, fragte Terri. »Und was ist mit dem Vorfall neulich?«

Freya fragte sich, wie lange sie wohl noch so tun könne, als wisse sie Bescheid, ohne dass Fabi ihren Bluff durchschaute.

»Das war doch nichts!«

»Das nennst du nichts?!«, rief Terri, und Freya bewunderte ihr Improvisationstalent.

»Es ist doch gar nichts passiert.« Fabi hob abwehrend die Arme. »Ich hab Maria nicht mal angefasst.«

»Aber du … wolltest?!«, mutmaßte Terri.

»Ja, schon. Glaube ich. Mann, ich war sturzbetrunken, okay?! Ich kann mich nicht mehr so genau an alle Details erinnern. Außerdem hab ich mich am nächsten Morgen entschuldigt.«

»Und du glaubst, mit einer Entschuldigung hat sich die Sache?«, fragte Terri.

»Ich wollte Maria doch nichts antun! Okay, ja, vielleicht habe ich sie im Eifer des Gefechts verletzt. Aber nicht mit Absicht. Ehrlich nicht. Außerdem war ich nicht ich selbst.«

»Aber du hattest trotzdem Angst, dass Maria die ganze Sache rumerzählt.« Terri sah Fabi mit erhobenen Brauen an.

»Klar. Wenn sie entsprechend argumentiert, stehe ich am Ende wegen versuchter Vergewaltigung vor Gericht.«

»Und um das zu vermeiden, hast du …« Freya versagte die Stimme. Die unausgesprochene Frage schwebte wie ein Schwert, das jeden Augenblick auf sie niedersausen konnte, über ihnen.

»Nein! Nein, das habe ich nicht! Ich habe Maria seit ihrem filmreifen Abgang aus der Mathestunde nicht mehr gesehen.«

»Und wieso sollten wir dir das glauben?«, fragte Terri.

Freyas Gedanken überschlugen sich. Hatte Fabi Maria wirklich verschwinden lassen, damit sie ihn nicht verriet?

Freya blickte auf seine muskulöse Arme und stellte sich vor, wie diese sich um einen zarten Mädchenhals legten und ihm die Luft abschnürten.

Freya keuchte, als sei ihr selbst gerade der Hals zugedrückt worden.

»Ja, ich war nicht gut auf Maria zu sprechen, das geb ich zu. Sie hat sich einfach so von heute auf morgen von mir getrennt.

Hat mir noch nicht mal ’nen richtigen Grund genannt. Und dann hab ich sie vor Kurzem auch noch zu Oskar ins Zimmer schleichen sehen. Zu Oskar! Da bin ich eben durchgedreht. Ich war betrunken und hab mich nachts in ihr Zimmer geschlichen. Ich weiß, dass ich Scheiße gebaut hab, aber ich könnte Maria niemals etwas antun, ich –«

»Du wolltest sie vergewaltigen!« Terris Stimme überschlug sich vor Fassungslosigkeit.

»Das wollte ich nicht!«

»Du hast gesagt, du erinnerst dich nicht an alle Details!«

»Ich würde Maria nie wehtun! Wenn überhaupt, dann höchstens Oskar. Jedes Mal, wenn ich sein blödes Grinsen sehe, könnte ich ihm eine reinhauen. Sollte ich jemals herausfinden, dass Maria sich seinetwegen von mir getrennt hat, mach ich ihm die Hölle heiß!«

Fabis Gesicht lief rot an.

»Dann kannst du ja bloß froh sein, dass Oskar nicht auch noch verschwunden ist, sonst wärst du hiermit der Hauptverdächtige.« Terri wandte sich an Freya. »Komm, wir gehen. Wir haben genug gehört.«

»Hey, Theres… Terri, warte mal!« Fabi packte sie an der Schulter und drehte sie um, sodass sie ihn ansehen musste. »Ihr sagt doch nichts der Polizei, oder?«

»Das werden wir noch sehen.«

»Glaubst du ihm?« Freya sah Terri eindringlich an.

Terri kickte ein paar Steinchen über den Kiesweg, der sich durch den Garten bis zum Hauptportal des Internats schlängelte, und zuckte mit den Schultern. »Ich bin mir nicht sicher. Aber irgendwie kam er mir nicht so vor, als würde er uns anlügen. Andererseits hatte er gleich mehrere Gründe, Maria aus dem Weg zu räumen.«

»Ja, da hast du recht«, stimmte Freya ihr zu. »Aber trotz seiner Wut auf Maria glaube ich ihm, dass er ihr nichts antun wollte. Ich weiß auch nicht, aber er sah irgendwie immer noch verletzt aus, als er über die Trennung geredet hat.«

»Tja, Fabi ist es wohl nicht gewohnt, der Verlassene zu sein«, sagte Terri. »Vor Maria hatte er ständig nur lose Sachen am Laufen. Mal mit der, mal mit der. Die meisten Mädchen hätten alles gegeben, um an Marias Stelle zu sein. Und dann macht sie Schluss. Das hat Fabis Ego wohl einen ganz schönen Dämpfer verpasst. Wie auch immer … Ich kann mir auch nicht vorstellen, dass Fabi Maria etwas antun würde – wenn, dann würde er sich schon eher Oskar vornehmen.«

»Wer ist eigentlich dieser Oskar?«

»Er geht in die Dreizehnte. Vielleicht hast du ihn schon mal gesehen. So ein düsterer Typ. Er trägt fast immer eine schwarze Kapuze und ist nicht besonders gesprächig. Okay, das ist untertrieben, ich bin mir nicht mal sicher, ob er reden *kann*. Jedenfalls habe ich das noch nie gehört. Es heißt, Oskar verdient sich ein goldenes Näschen mit irgendwelchen krummen Geschäften.«

»Was für Geschäften?«

»Ach, das sind alles bloß Gerüchte. Ich glaube, keiner kennt Oskar so richtig, aber alle zerreißen sich das Maul. Das muss alles nix heißen.«

»Fabi meinte, dass er gesehen hat, wie Maria in Oskars Zimmer geschlichen ist. Was, glaubst du, könnte sie dort gewollt haben?«

Terri runzelte nachdenklich die Stirn. »Ja, das ist sehr sonderbar. Ich kann mir eigentlich nicht vorstellen, dass was zwischen den beiden gelaufen ist. Oskar ist das komplette Gegenteil von Fabi, also überhaupt nicht Marias Typ.«

»Oder gerade. Immerhin hat sie sich ja von Fabi getrennt. Vielleicht war *er* ja nicht ihr Typ.«

»Aber Oskar?« Terri kaute wieder auf ihrer Unterlippe herum, während sie nachdachte. »Ich kann ihn mir einfach nicht mit Maria vorstellen.«

»Aber warum sollte Fabi sich das Ganze aus den Fingern saugen?«

»Vielleicht weil er jemanden braucht, dem er die Schuld daran geben kann, dass Maria ihn verlassen hat. Andernfalls könnte ja jemand auf die Idee kommen, es liege an Fabi selbst«, überlegte Terri laut.

»Vielleicht. Vielleicht aber auch nicht. Das sollten wir herausfinden.«

»Wie gesagt, Oskar redet nicht sehr viel.«

»Dann müssen wir ihn eben zum Reden bringen.«

»Und wie stellst du dir das vor?«

»Das weiß ich noch nicht. Kannst du nicht wieder bluffen? Das hat bei Fabi doch schon super geklappt.«

»Da hatte ich aber auch etwas gegen ihn in der Hand – auch wenn ich bis eben keine Ahnung hatte, was.«

»Na dann … dann …« Freya seufzte. »Ich weiß auch nicht, wir müssen es einfach probieren.«

»Du gibst wohl nie auf, was?« Terri grinste.

»Doch.« Freya spürte, wie der altbekannte Kloß in ihrem Hals zurückkehrte. Das Bild ihrer Mutter, gefesselt an zahllose Schläuche, schob sich unsanft in ihren Kopf. Ihr ganzer Körper versteifte sich. »Manchmal gebe ich zu schnell auf.«

Terri legte Freya einen Arm um die Schultern. »Dann lass uns diesmal nicht aufgeben. Lass uns rausfinden, ob Oskar wirklich stumm ist.«

Düsterer Typ, wie Terri gesagt hatte, traf es wirklich perfekt.

Oskar war nicht nur komplett in Schwarz gekleidet, aus seinem Blick sprach eine ebensolche Dunkelheit.

Freya fröstelte. Sie musterte Oskar, der erst nach mehrmaligem Klopfen seine Zimmertür geöffnet hatte. Er war mindestens einen Meter achtzig groß und fixierte Terri und Freya mit seinen zu schmalen Schlitzen verengten Augen.

»Hi«, presste Freya schüchtern hervor.

Oskar gab lediglich einen grunzenden Laut von sich.

Freyas Blick wanderte von seinen dunklen Augen über sein Gesicht und blieb an einem weiteren Augenpaar hängen, das mitten auf seiner Wange prangte. Diese Augen waren gelb, und ihr Blick war durchdringend.

Freya schluckte.

An dem Stück Hals, das unter Oskars Kapuze hervorlugte, schlängelte sich, wohl über den ganzen Nacken hinweg, am Ohr vorbei bis zur Wange eine schwarze Kobra. Das Schlangentattoo mündete in das Paar gelber Augen, das Freya ebenso finster anstarrte wie Oskar selbst.

»Was wollt ihr?«

Oskar konnte also doch sprechen.

»Wir sind wegen Maria hier.« Freyas Stimme war kaum mehr als ein Krächzen.

»Dann könnt ihr gleich wieder gehen.«

»Aber …«

Oskar schlug ihnen die Tür vor der Nase zu. Geistesgegenwärtig stellte Terri ihren Fuß in den Türrahmen. Sie stieß einen spitzen Schrei aus, als die Tür ihren Fuß einquetschte, zog ihn jedoch nicht zurück.

»Haut ab!«, kam es aus Oskars Zimmer.

Freya konnte durch den Spalt einen Blick hineinwerfen.

Es wirkte wie eine dunkle Höhle. Die Wände waren tapeziert mit schwarzen Postern von Bands, deren Namen Freya noch nie gehört hatte. Selbst die Bettwäsche war schwarz.

Die Vorhänge am Fenster waren zugezogen. Davor stand ein Schreibtisch, auf dem zwei riesige Computerbildschirme thronten, die die einzige Lichtquelle im Zimmer bildeten. Darum herum stapelten sich Teller mit Essensresten.

Freya bekam Gänsehaut, als sie sah, dass sich der oberste Teller bewegte. Eine Horde Fliegen hatte sich über das verschimmelte Brot hergemacht, das darauf lag.

»Wir wollen nur mit dir reden. Wir wissen, dass du und Maria ein Verhältnis habt.« Terri versuchte auch diesmal wieder zu bluffen.

»Dann seid ihr aber ziemlich schlecht informiert.« Oskars feixendes Gesicht tauchte im Türspalt auf. »Maria ist nicht mein Typ.«

»Sie wurde gesehen, als sie sich in dein Zimmer geschlichen hat«, versuchte Terri es weiter. Ihr Gesicht war schmerzverzerrt.

»Kann sein, kann aber auch nicht sein.« Über Oskars schmale Lippen legte sich der Hauch eines Grinsens.

»Was weißt du über Marias Verschwinden?«, fragte Freya. Ihre Stimme war mehr ein Flüstern, obwohl sie sich bemühte, klar und deutlich zu sprechen.

»Nichts.« Oskar und die Schlange neben seinem Ohr bohrten ihre Augen in Freyas. »Und ich sage es euch jetzt zum letzten Mal: Haut ab!«

»Bitte, nur noch …«

Die Tür knallte zu. Diesmal vollständig. Terri hatte ihren Fuß gerade noch rechtzeitig zurückgezogen.

»Mist.« Sie keuchte, zog ihren Schuh aus und betrachtete ihren Fuß, als wollte sie sichergehen, dass noch alle Zehen dran waren.

Auf dem Weg zurück in ihr Zimmer humpelte Terri leicht.

»Das war ja wohl ein ganz schöner Reinfall! Das Einzige, was wir rausgefunden haben, ist, dass die Gerüchte, Oskar könne nicht reden, Blödsinn sind!«

»Das würde ich so nicht sagen«, entgegnete Freya. »Er hat irgendwas zu verbergen, da bin ich sicher. Wir müssen es einfach noch mal versuchen.«

»Und wie willst du das anstellen? Willst du bei ihm einbrechen und ihn fesseln, damit er uns nicht mehr die Tür vor der Nase zuschlagen kann? Oh nein! Freya, guck nicht so! Nein!«

Freya lachte. »Keine schlechte Idee. Aber nein, keine Sorge. Wir brauchen irgendetwas, das ihn zum Reden bringt. Meine Mutter hatte bei ihrer Arbeit oft mit Menschen zu tun, die sie nicht in die Wohnung lassen und mit ihr sprechen wollten. Sie hat immer gesagt, dass es für jeden verschlossenen Mund einen Schlüssel gibt – man muss ihn nur finden.«

13

»So, das müsste alles sein.« Terri stopfte einen letzten Pullover in ihre bis zum Bersten gefüllte Reisetasche. »Wann wirst du abgeholt?«

»In einer Stunde«, antwortete Freya. Sie lag auf ihrem Bett, *Emilia Galotti* in der einen und eine Tafel Nussschokolade in der anderen Hand.

»Dann stell bis dahin keinen Blödsinn an.« Keuchend wuchtete Terri sich die Tasche auf die Schulter.

»Ich hatte aber eigentlich vor, bei Oskar einzubrechen und sein Zimmer zu durchsuchen«, sagte Freya grinsend.

»Na, dann viel Glück. Ich hoffe, ich bin pünktlich zu deiner Beerdigung zurück.« Terri schnappte sich ihre graue Mütze vom Nachttisch und versuchte, sie sich mit einer Hand über den Kopf zu stülpen. Dann warf sie einen Blick auf ihr Handy. »So, ich muss los. Irgendwie hab ich gar keinen Bock auf zu Hause. Meine Mutter und ich haben uns gestern am Telefon gezofft – super Voraussetzung für ein gemeinsames Wochenende.« Sie stöhnte und winkte Freya zu. »Mach's gut, Freya. Bis morgen Abend.«

»Bis dann.«

Die Zimmertür fiel ins Schloss, und Freya kuschelte sich noch ein wenig tiefer unter die Bettdecke.

Der goldene Oktober hatte sich nun endgültig verabschiedet und war einem kalten, grauen November gewichen. Zwar regnete es nur phasenweise, doch ein pfeifender Wind wehte beinahe rund um die Uhr über die Wälder rund um Hohenhausen. Freya konnte durchs Fenster sehen, wie die mächtigen Tannen sich bogen.

Sie schob sich ein Stück Schokolade in den Mund und spürte, wie sie auf ihrer Zunge zu einem süßen Brei schmolz. Freya leckte ihre Finger ab, um die Buchseiten beim Umblättern nicht zu ruinieren, und versuchte, wieder in Emilias Welt hineinzufinden.

Doch ihre Gedanken drifteten immer wieder ab, und so klappte sie das Buch schließlich zu und griff nach ihrem Handy.

Sie öffnete WhatsApp und tippte: »Kommst du gut durch?«

Vor ein paar Tagen hatte sie mit ihrem Vater vereinbart, dass er sie heute gegen elf Uhr abholen würde.

Freya wollte das Handy gerade wieder beiseitelegen und einen neuen Anlauf mit *Emilia Galotti* wagen, als das Telefon in ihrer Hand vibrierte.

»Hi Papa.«

»Hallo Freya.«

Es brauchte kein weiteres Wort, um Freya zu sagen, dass etwas nicht stimmte. Die Stimme ihres Vaters triefte vor Schuldbewusstsein.

»Was ist los?«, fragte Freya.

»Es tut mir so wahnsinnig leid, Freya, aber ich habe dich total vergessen. Also, ich meine das Treffen – ich habe das Treffen total vergessen.«

»Das ist jetzt nicht dein Ernst!«

»Leider ja. Ich bin in den letzten Tagen so in Arbeit ertrunken, dass ich es vollkommen zur Seite geschoben habe.«

Freya hatte das Gefühl, ein Zug würde auf sie zurasen.

»Dann fahr doch jetzt los, dann bist du in knapp drei Stunden hier.«

»Ich fürchte, wir werden bis nächste Woche warten müssen, vielleicht auch bis übernächste. Ich muss das ganze Wochenende durcharbeiten. Es tut mir so leid.«

Der Zug rollte ungebremst über Freya hinweg.

Ihre Augen füllten sich mit Tränen. Wie konnte er seine eigene Tochter vergessen?

Sie hatten sich seit zwei Wochen nicht gesehen, nur selten telefoniert und geschrieben. Vermisste er sie denn gar nicht? War er am Ende vielleicht sogar froh, sie los zu sein?

Freya musste an Marias Tante denken. Bestimmt hatte sie Maria auch nur abgeholt, wenn es unbedingt sein musste. In den Sommerferien zum Beispiel.

»Freya, bist du noch da?« Die Stimme ihres Vaters war ungewöhnlich leise. Sein schlechtes Gewissen sprang Freya regelrecht durch den Hörer an.

Sie nickte. Dann fiel ihr auf, dass ihr Vater das nicht sehen konnte.

Freya räusperte sich, um ihm zu signalisieren, dass sie noch in der Leitung war.

»Wir holen das nach. Versprochen. Wie gesagt, nächstes oder übernächstes Wochenende.«

»Oder nie!«

»Freya!«

»Was denn? Vielleicht vergisst du mich ja dann auch wieder! Wenn du mich überhaupt irgendwie zwischen deine Geschäftstermine schieben kannst! Bei dir geht es immer nur um die Arbeit, das war immer schon so! Nie ging es um mich … oder um Mama!«

»Freya, überleg dir gut, was du sagst.« Er klang nun nicht mehr verlegen, sondern verärgert.

»Und du überleg dir mal gut, was du *tust!*« Zornig legte Freya auf.

Sie konnte es noch immer nicht fassen. Ihr Körper bebte vor

Wut. Sie presste sich ihr Kopfkissen auf den Mund und schrie hinein. Dann packte sie das Handy und entsperrte den Bildschirm.

Wie eine Schlange vor ihrer Beute starrte sie unentwegt auf das Display.

Ruf noch mal an.

Gib nicht so einfach auf!

Kämpf um mich!

Das Display blieb schwarz.

Bloß ihr Spiegelbild blickte sie aus traurigen Augen an.

Sie schleuderte das Handy auf die Bettdecke.

Was sollte sie jetzt tun? Terri würde das ganze Wochenende weg sein, und sonst hatte sie keine Freunde im Internat.

Noch einmal versuchte Freya, sich auf ihr Buch zu konzentrieren, doch es gelang ihr nicht. Sie warf einen letzten Blick auf ihr Handy. Keine Nachricht, kein entgangener Anruf.

»Dann eben nicht«, sagte sie laut und schlug die Bettdecke zurück.

Sie konnte nicht tatenlos rumsitzen. Alleine in diesem winzigen Raum würde sie wahnsinnig werden.

Freya klaubte ein paar Sachen zusammen, stopfte sie in ihre Handtasche und verließ die Sardinenbüchse.

Eine Viertelstunde später stand sie an der kleinen Bushaltestelle, etwa einen Kilometer vom Internat entfernt.

Von Terri wusste sie, dass hier nur selten Busse nach Waidingen fuhren, besonders am Wochenende. Doch vielleicht hatte sie ja Glück.

Freya konnte den Fahrplan kaum entziffern. Die Schutzscheibe war herausgebrochen, und die Schrift auf dem Plan war völlig verlaufen.

Freya beschloss, zu warten, in der Hoffnung, dass irgendwann ein Bus auftauchen würde.

Eine halbe Stunde später stand Freya noch immer an der Haltestelle. Inzwischen hatte es angefangen zu regnen, und ihre Kapuze reichte kaum aus, um sie zu schützen. Zu dumm, dass es hier kein Wartehäuschen gab. Mittlerweile war Freya völlig durchgefroren.

Was war das hier bloß für ein Riesenmist?! In die Stadt zu laufen, würde Stunden dauern, und bei dem Regen hatte das ohnehin wenig Sinn.

Freya fröstelte unter ihrer klammen Regenjacke. Sie hatte sie über die Jeansjacke gezogen, die dem Temperaturabfall der letzten Tage eigentlich nicht mehr gewachsen war.

Es hatte keinen Sinn. Sie musste dringend ins Warme.

Gerade, als sie sich zum Gehen wandte, vernahm Freya ein Motorengeräusch. Der Bus! Na endlich!

Doch es war lediglich ein Auto, das an Freya vorbeiraste und dabei durch eine tiefe Pfütze schoss. Das braune Wasser spritzte nach allen Seiten und landete in Freyas Gesicht.

»Kannst du nicht aufpassen?«, rief sie zornig, froh darüber, endlich ein Ventil für all die aufgestaute Wut zu haben, die sie seit dem Anruf ihres Vaters empfand. »Idiot!«

Das Auto bremste, wurde langsamer und stoppte schließlich ganz.

Freya sah, wie es rückwärts auf sie zugerollt kam.

Hektisch sah sie sich um. Nirgends war ein anderes Auto, ein Mensch, den sie notfalls um Hilfe bitten könnte, falls der Fahrer Stress machen würde.

Das Auto kam direkt neben Freya zum Stehen.

Die Scheibe an der Beifahrerseite wurde heruntergelassen.

»Tut mir leid«, stammelte Freya. »Ich hab es nicht so …«

Sie stockte.

»Hallo Freya.«

Die dunklen Augen von Herrn Seidler strahlten sie vom Fahrersitz aus an.

»Hallo. Ich hab Sie gar nicht gesehen.«

»Ich dich auch nicht. Tut mir leid wegen der Schlammschlacht.« Er reichte ihr ein Taschentuch durchs Fenster. »Du bist ganz braun im Gesicht.«

Eilig rieb Freya sich Regen und Schlamm von der Wange.

»Wartest du auf den Bus?«, fragte Herr Seidler.

»Ehrlich gesagt, hab ich das gerade aufgegeben.«

»Ja, das ist wohl auch besser. Bei so einem Wetter fahren die oft gar nicht erst bis hier rauf. Völlig übertrieben, meiner Meinung nach, als ob sie hier nicht mehr wegkämen. Aber es beschwert sich keiner. Jedenfalls nicht öffentlich, also können sie machen, was sie wollen. Ich glaube, sie haben einfach keine Lust, hier raufzufahren, da eh selten jemand hier einsteigt.« Herr Seidler zog die Stirn kraus.

»Verstehe. Dann … gehe ich mal wieder rein.« Freya deutete auf das Internat, dessen Türme ein paar Hundert Meter entfernt in den wolkenverhangenen Himmel ragten.

»Wo wolltest du denn hin?«, erkundigte sich Herr Seidler.

»Nach Waidingen. Ich war noch nie dort, seit ich hier bin.«

»Ich bin gerade auf dem Weg dorthin. Ich muss ein paar Besorgungen machen. Wenn du magst, kann ich dich mitnehmen.«

»Das wäre nett, aber ich bin ganz nass, ich saue Ihr Auto doch total ein.«

»Ach, das macht nichts. Nicht bei der alten Kiste. Steig ruhig ein, Freya.«

»Danke.«

Freya ließ sich neben ihrem Lehrer auf dem Beifahrersitz nieder. Sie war froh, endlich ins Trockene zu kommen.

Herr Seidler lächelte sie an, und mit einem Mal spürte sie die Kälte nicht mehr. Stattdessen breitete sich eine Wärme im ganzen Wagen aus und hüllte Freya ein.

Herr Seidler setzte den Blinker, und sie fuhren an Feldern und dem Wald vorbei, durch unzählige Schlaglöcher hindurch auf die Stadt zu, die sich malerisch am Fuß des Hügels erstreckte.

»Waidingen ist eigentlich ganz nett«, sagte Herr Seidler. »Aber ohne Auto ist es echt schwierig, hinzukommen. Die Busse fahren viel zu unzuverlässig, und der letzte schon um acht zurück nach Hohenhausen.«

»Ja, das hat mir Terri auch schon erzählt.«

»Wollte sie nicht mitkommen?«

»Sie ist dieses Wochenende zu Hause.«

»Und du? Wolltest du nicht auch nach Hause?«

Freya schmeckte Bitterkeit auf der Zunge.

»Doch, schon.« Die Worte sprudelten aus Freya heraus, ehe sie sie aufhalten konnte. »Aber mein Vater hat mich vergessen. Ihm ist seine Arbeit wichtiger.«

Sie spürte, wie sich ihre Augen mit Tränen füllten, und versuchte, sie wegzublinzeln. Freya fürchtete, von der Traurigkeit weggespült zu werden und darin zu ertrinken.

Herr Seidler nickte mitfühlend. »Das tut mir sehr leid, Freya.«

Seine Worte waren wie ein Rettungsboot. Freyas Trauer griff danach und hielt sich daran fest.

»Aber ich glaube nicht, dass deinem Vater die Arbeit wichtiger ist als du. Das kann ich mir einfach nicht vorstellen.«

»Wieso? Sie kennen meinen Vater doch gar nicht.«

»Aber ich denke, dass für einen Vater seine Kinder immer an erster Stelle stehen, auch wenn er das nicht immer zeigen kann. Vielleicht ist Abstand seine Strategie, mit seinem eigenen Schmerz umzugehen. Versteh mich nicht falsch, ich heiße das nicht gut, aber vielleicht muss dein Vater sich schützen, indem er sich in die Arbeit stürzt.«

»Und was ist mit mir? Glaubt er, mir geht es anders als ihm? Ich war dabei. Ich war dabei, als meine Mutter gestorben ist. Nein – als wir sie getötet haben. Ich hätte es verhindern können, aber ich habe es nicht getan. Und er ebenso wenig.«

Freya legte sich die Hände vors Gesicht, im verzweifelten Versuch, die Tränen zu verbergen, die nun ohne Weiteres mit dem Regen, der auf die Windschutzscheibe schlug, mithalten konnten. Ihr ganzer Körper zitterte, als all die Wut, all die Trauer und all die Selbstvorwürfe, die sie sich in den letzten Monaten immer wieder verboten hatte, auf sie niederprasselten. Schonungslos. Brutal.

»Es tut mir leid«, stammelte Freya, »es tut mir leid, ich weiß auch nicht, warum ich Ihnen das erzähle.«

»Unsinn, Freya, du musst dich nicht entschuldigen. Aber du siehst das ganz falsch. Niemand hat Schuld am Tod deiner Mutter.«

»Doch.« Freya schluchzte. Ihre Wangen brannten. »Wir hätten warten können. Wer weiß, vielleicht wäre sie doch noch eines Tages aufgewacht? Wir haben ihr keine Chance gegeben!«

»Ich bin mir sicher, die Ärzte stellen Maschinen nur dann ab, wenn sie keine Hoffnung mehr haben. Du hättest nichts ändern können.«

»Vielleicht ja doch. Vielleicht wäre sie schon ein paar Wochen später von selbst wieder wach geworden.«

Die Tränen liefen nun in Sturzbächen Freyas Wangen hinunter. Sie schniefte und spürte, wie ihr ein Taschentuch sanft ins Gesicht gedrückt wurde und einen Teil der Tränen wegwischte.

Freya schlug die Augen auf und stellte fest, dass der Wagen zum Stehen gekommen war.

Sie hatte nicht einmal bemerkt, wie Herr Seidler ihn an den Straßenrand gelenkt hatte.

Herr Seidler tupfte ihr mit dem Taschentuch die Wangen ab, und Freya versuchte, ihren Atem zu beruhigen.

Ihre Schultern bebten unter heftigen Schluchzern. Sie verschluckte sich, hustete. Rang kurz nach Luft, beruhigte sich dann wieder und ließ die Tränen einfach fließen. So lange, bis sie sich ganz leergeweint fühlte und langsam wieder zu Atem kam. »Irgendwie fühle ich mich jedes Mal, wenn wir uns treffen, schrecklich«, murmelte Freya.

»Das tut mir leid, das wollte ich nicht.« Herr Seidler grinste, und Freya rang sich ein Lächeln ab, auch wenn es sie ziemlich viel Kraft kostete. »Nein, so meine ich das nicht.«

»Na, dann bin ich ja beruhigt.«

»Sie halten mich sicherlich für eine furchtbare Heulsuse.«

»Nein, Freya, ganz im Gegenteil. Ich halte dich für eine junge Frau, die etwas Schreckliches durchgemacht hat und versucht, damit irgendwie weiterzuleben.«

Freya hatte das Gefühl, dass der Schmerz an Gewicht verlor, während Herr Seidler sprach. Sie wischte sich die restlichen Tränen weg und versuchte zu lächeln. Diesmal gelang es ihr schon etwas leichter.

»So, und jetzt fahren wir weiter und dann lade ich dich zu einem heißen Kakao ein – immer noch der beste Seelentröster überhaupt.«

Freyas Herz machte einen kleinen Purzelbaum. Noch etwas unbeholfen, aber auch mit einer Leichtigkeit, die es lange nicht mehr empfunden hatte.

Eine halbe Stunde später fand Freya sich auf einer hölzernen Eckbank in der hintersten Ecke eines urigen Cafés wieder. Außer Herrn Seidler und ihr waren kaum Gäste da. Offenbar verspürten die meisten Waidinger keine große Lust, bei dem Regen das Haus zu verlassen.

Noch vor einer Stunde hatte Freya es bereut, dass sie sich nicht einfach unter der Bettdecke vergraben hatte, statt hinaus in die Kälte zu gehen. Nun war sie glücklich, Herrn Seidler gegenüberzusitzen und über ihre dampfende Kakaotasse hinweg seinen Erzählungen von seiner eigenen Schulzeit in Hohenhausen zu lauschen.

»Dr. Wilhelm kenne ich noch von früher«, sagte er. »Damals war er allerdings noch kein Direktor, sondern Chemielehrer. Der alte Rektor ist vor ungefähr zehn Jahren gestorben.«

»Und wie kam es dazu, dass Sie nach Hohenhausen zurückgekehrt sind?«

»Ich mochte das Internat schon zu meiner Schulzeit sehr. Ich hatte dort eine tolle Zeit. Habe viele Leute kennengelernt, mit denen ich bis heute eng befreundet bin. Und nach meinem Referendariat in Hamburg war klar, dass die Großstadt nichts für mich ist und ich hierher zurückkommen möchte.«

»Wohnen Sie denn hier in der Umgebung?«

»Nein, wir wohnen in der Nähe von Stuttgart. Ungefähr zwei

Stunden von hier. Ich bin an den Wochenenden meistens zu Hause, wenn ich keine Aufsicht habe. Manchmal bleibe ich aber auch im Internat, vor allem, wenn ich noch viel zu tun habe.«

Wir.

Er hatte *wir* gesagt.

Freyas Herz bekam einen Stich.

Sie hatte sich keine Gedanken über Herrn Seidlers private Situation gemacht, hatte nicht darüber nachgedacht, ob er vielleicht verheiratet war. Er trug keinen Ring, aber was bewies das schon?

Freya nahm erst einen großen Schluck Kakao und dann all ihren Mut zusammen. »Wohnen Sie dort mit Ihrer Familie?«

»Ja.«

Also doch! Freya hatte das Gefühl, dass der Raum plötzlich grauer wurde.

»Mit meinem Bruder. Er sitzt im Rollstuhl und ist auf fremde Hilfe angewiesen. Unter der Woche hat er einen Pflegedienst, am Wochenende muss ich mich um ihn kümmern. Aber wenn ich es mal nicht schaffe, nach Hause zu fahren, gibt es die Möglichkeit, dass die Pfleger auch samstags und sonntags zu ihm kommen.«

Die Farben kehrten in den Raum zurück.

»Das ist sicher sehr belastend für Sie«, sagte Freya.

»Ja, allerdings. Aber es ist schon okay. Unsere Eltern schaffen es nicht mehr, sich um ihn zu kümmern. Es hätte auch die Möglichkeit gegeben, ihn komplett in ein Pflegeheim zu schicken, aber er ist fit im Kopf und möchte das nicht, was ich ehrlich gesagt gut verstehen kann.«

»Aber das bedeutet, dass Sie nie mal ein Wochenende Freizeit haben?«

»Ja, das stimmt schon. Manchmal denke ich, die Arbeit ist

meine Entspannung.« Herr Seidler lachte, und Freya bewunderte seine wahnsinnig positive Art, mit diesem Schicksal umzugehen.

»Aber genug von mir. Erzähl mir ein bisschen was von dir, Freya. Was möchtest du nach der Schule machen? Hast du schon Pläne?«

»Auf jeden Fall etwas im sozialen Bereich, am liebsten was mit Kindern. Vielleicht Sozialpädagogik oder so. So ganz genau weiß ich es noch nicht.«

»Du hast ja auch noch ein bisschen Zeit. Ich wusste selbst nach dem Abi noch nicht, was ich beruflich machen wollte. Dann hab ich erst mal meinen Zivildienst absolviert, und da ich Sport schon immer geliebt habe, lag das nahe. Leider war ich aber für eine Profihandballkarriere nicht gut genug, also wurde es dann Lehramt.« Er sah sie erschrocken an. »Oh, tut mir leid, Freya, jetzt rede ich schon wieder von mir.«

Über sein Gesicht legte sich das entwaffnende Strahlen, das Freya nicht oft genug sehen konnte.

»Gut, dass es Ihnen selbst auffällt, ich dachte schon, Sie hören nie auf«, sagte Freya lachend und war überrascht, wie locker ihr die Worte über die Lippen kamen.

»Das hätte auch leicht passieren können. Aber ich habe gesehen, wie du innerlich die Augen gerollt hast.«

Herr Seidler lachte ebenfalls. In seinen Wangen bildeten sich kleine Grübchen, und Freya musste all ihre Willenskraft aufbringen, um sie nicht mit ihren Fingerspitzen zu berühren.

»Mist, und ich dachte, ich hätte es gut versteckt.«

Was tat sie da? Flirtete sie etwa gerade mit ihrem Lehrer?

Nein, das war doch nicht flirten, das war … Na gut, vielleicht war es doch flirten – aber immerhin sah niemand zu.

»Außerdem hab ich dein genervtes Stöhnen gehört!«, rief Herr Seidler mit gespielter Entrüstung.

»Und dabei war ich so leise.«

»Warst du nicht. Alle haben sich schon zu uns umgedreht.«

»Unsinn, das war bloß, weil Sie nicht aufhören konnten, von sich zu erzählen. Die Leute konnten es nicht mehr mit anhören.«

Herr Seidler lachte noch lauter. »Eins zu null für dich.«

Freyas Nacken begann zu kribbeln, als seine Hand sich über den Tisch auf sie zubewegte. Wollte er etwa nach ihrer Hand greifen?

Das konnten sie nicht machen, das ging zu weit!

Gleichzeitig wünschte Freya sich nichts mehr, als dass Herr Seidler genau das tun würde.

Seine Hand kam näher, jeden Augenblick würde Freya ihre Wärme auf ihrer Haut spüren.

Sie hielt die Luft an.

Ihr Körper begann von Kopf bis Fuß zu kribbeln.

Beinahe konnte sie Herrn Seidlers Berührung schon spüren.

Doch er griff an Freya vorbei nach seinem Rucksack, der neben ihr auf der Eckbank lag.

»Ich würde wirklich gerne noch länger mit dir hier sitzen, Freya«, sagte er, »aber ich muss noch ein bisschen was erledigen. Zur Bank, zur Post und so weiter. Aber wenn du magst, kann ich dich nachher wieder mit hoch nehmen. Sagen wir um fünf?«

Freya hatte Mühe, sich ihre Enttäuschung nicht anmerken zu lassen. Am liebsten wäre sie ewig mit ihm in dieser Nische sitzen geblieben. Hätte Kakao getrunken, geplaudert und gelacht. »Ja, in Ordnung«, sagte Freya. »Ich schau mir dann mal ein bisschen die Stadt an.«

»Alles klar. Wir treffen uns dann beim Auto, okay?«

»Okay.«

Wie hatte sie nur glauben können, ihr Lehrer wolle ihre Hand nehmen? Wie naiv war sie eigentlich? Er war zwar sehr freundlich ihr gegenüber, ja, aber sicher bloß, weil sie ihm leidtat.

Natürlich! Deshalb hatte er sie überhaupt erst in das Café eingeladen. Aus purem Mitleid. Wie dumm von ihr zu glauben, es läge an ihr!

»Ich nutze dann mal die kurze Regenpause«, sagte Herr Seidler mit einem Blick zum Fenster. »Wir sehen uns später.«

Er erhob sich, und Freya stand ebenfalls auf.

Mit einem Mal hatte Freya keine große Lust mehr, die Stadt zu erkunden.

An der Tür verabschiedeten sie sich. Als Freya sich zum Gehen wandte, spürte sie plötzlich Herrn Seidlers Hand auf ihrer Schulter. Die Hand streichelte sie vorsichtig, genau wie die Worte, die er ihr nun zuflüsterte: »Tut mir leid, dass ich jetzt keine Zeit mehr habe, ich hoffe, wir wiederholen das bald mal.«

Mit einem dicken Grinsen im Gesicht machte sich Freya auf Besichtigungstour durch Waidingen. In einer Broschüre aus der Touristeninformation las sie, dass die Stadt viertausend Einwohner hatte, was Freya doch recht viel vorkam. Sie hätte eher auf sechshundert getippt, so verschlafen, wie das kleine Nest wirkte.

Die größte Attraktion war eine alte Glockengießerei, und Freya beschloss, sich diese einmal anzusehen. Doch als sie dort ankam, verkündete ein Schild an der Tür: *Heute geschlossen.*

Also bummelte Freya ein wenig durch die Altstadt, vorbei an schnuckeligen Fachwerkhäusern und über Kopfsteinpflaster. Bei Sonnenschein war Waidingen sicher eine sehr schöne Stadt, und Freya konnte sich gut vorstellen, dass sie im Sommer den ein oder anderen Touristen anzog. Doch bei dem Nieselregen, der soeben wieder eingesetzt hatte, wirkte die Stadt ziemlich trist.

In der Broschüre fand Freya eine hochgelobte Eisdiele, die angeblich das cremigste Eis der ganzen Region herstellte und dafür bis weit über die Grenzen von Waidingen hinaus bekannt war.

Freya fand, dass das sehr gut klang, und beschloss, trotz des tristen Wetters herauszufinden, ob das Eis wirklich so lecker war.

An der Glastür blickte ihr ein vertrautes Gesicht entgegen.

Wer hat Maria gesehen?, prangte in Großbuchstaben auf dem Plakat über einem Foto, auf dem Maria so glücklich aussah, wie Freya sie noch nie gesehen hatte. Unter dem Foto standen einige Informationen zu Marias Verschwinden und die Bitte, sich bei Hinweisen an die Polizei zu wenden.

Freya betrat die Eisdiele und blickte sich um.

»Gibt es hier kein Eis?«

»Nein, tut mir leid. Im Winter stellen wir das Sortiment immer auf Lebkuchen um. Echte Nürnberger zum Beispiel. Möchtest du welche?«

Eigentlich hatte Freya keine Lust auf vorzeitiges Weihnachtsfeeling. Weihnachten würde noch früh genug kommen, und davor graute ihr schon jetzt, denn es würde das erste ohne ihre Mutter sein.

Doch ihr Magen knurrte. Der Kakao hatte nicht gereicht, um ihn längerfristig zufriedenzustellen.

»Ja, einen Nürnberger Lebkuchen, bitte.«

»Das macht dann drei Euro.«

Ein riesiger viereckiger Lebkuchen wanderte über die Ladentheke.

Freya ging nach draußen und nahm den ersten Bissen. Eine

vertraute Wärme durchströmte ihren Körper, kaum dass der Lebkuchen ihren Gaumen berührte.

Kerzenlicht, der Duft nach Tannen, Lachen und Gesang. Familie. Geborgenheit. Liebe.

Freya schlug die Augen auf. Sie hatte gar nicht bemerkt, dass sie sie geschlossen gehalten hatte.

Um sie herum war nichts als Grau. Und ein tiefer dumpfer Schmerz. Ein Schmerz, ausgelöst durch die Erkenntnis, dass nichts je wieder so sein würde, wie es einmal war.

Freya warf den Lebkuchen in den nächstbesten Mülleimer und setzte ihre Erkundungstour fort.

Sie sehnte sich danach, dass es endlich fünf Uhr sein und sie Herrn Seidler wiedertreffen würde. In seiner Gegenwart hatte der Schmerz deutlich weniger Macht über sie.

Um sich die Zeit bis dahin zu vertreiben, besuchte Freya die wenigen Läden, die es hier gab. In einem Bastelladen kaufte sie ein paar Bleistifte für Terri. Ein Klamottengeschäft verließ sie sofort wieder, da es nur Kleidung für Menschen ab sechzig führte. In einer Drogerie testete sie einige Parfüms, und ein Sportgeschäft, das sie nicht wirklich interessierte, bot ihr Schutz vor einem kurzen Regenschauer.

Um halb fünf machte Freya sich schließlich auf den Rückweg Richtung Auto.

Um Viertel vor fünf stellte sie fest, dass sie im Kreis gelaufen war.

Um zehn vor fünf suchte sie vergeblich jemanden, den sie nach dem Weg fragen konnte. Denn sie hatte das Stadtzentrum verlassen und irrte nun durch Seitengassen, in denen weit und breit keine Menschenseele zu sehen war.

Der Regen setzte wieder ein, und diesmal war es mehr als ein

Nieseln. Es schien sich richtig einzuregnen, und binnen weniger Minuten war Freya bereits zum zweiten Mal an diesem Tag komplett durchnässt.

Sie holte ihr Handy hervor. Vielleicht half ihr ja Google Maps weiter. Doch das Handy hatte nur noch fünf Prozent Akku, und die würde sie möglicherweise noch brauchen, um ein Taxi zu rufen, wenn sie nicht schnell den Parkplatz fand, auf dem Herr Seidler sein Auto abgestellt hatte.

Freya hielt inne und versuchte, sich zu orientieren. Sie sah nach oben, auf der Suche nach dem Hügel, auf dem Hohenhausen lag. Doch die Häuser, die in dieser Straße nicht mehr niedlich, sondern äußerst baufällig aussahen, versperrten ihr die Sicht.

Freya besah die Fensterläden, die im Wind scheppernd gegeneinanderschlugen und so immer wieder den Blick auf die zerborstenen Scheiben dahinter freigaben. Offensichtlich war keines der Häuser um sie herum bewohnt. So wie sie aussahen, schon lange nicht mehr. Hier war Freya auf dem Hinweg definitiv nicht langgekommen. Sie bog in eine weitere Seitenstraße ab, von der sie glaubte, dass sie zumindest wieder zum Stadtkern zurückführte.

Doch auch hier erhoben sich zu ihrer Linken und Rechten heruntergekommene, gottverlassene Häuserfassaden, die durch den Regenschleier noch grauer wirkten, als sie es ohnehin schon waren.

Freya sah auf die Uhr und stieß ein genervtes Schnauben aus. Herr Seidler wartete sicher bereits auf sie.

Sie bog noch einmal rechts ab. Wie viele Straßen gab es hier? Die Stadt war doch gar nicht so groß.

Freya schirmte ihre Augen gegen den Regen ab und spähte um die nächste Ecke. Hier waren die Häuser etwas niedriger.

Erleichtert atmete Freya auf, als sie über einem der Dächer den Kirchturm aus der Ferne aufragen sah. Sie musste ihm nur folgen, er würde sie direkt zurück ins Zentrum führen.

Freya beschleunigte ihre Schritte. Vielleicht schaffte sie es ja noch rechtzeitig zum Auto, bevor Herr Seidler, genervt von ihrer Unpünktlichkeit, ohne sie starten würde.

Sie ignorierte den Regen, der sich noch einmal so richtig ins Zeug legte, um ihr die Sicht zu erschweren, und schritt schnell die Straße entlang.

Der Kirchturm verschwand immer wieder hinter den Dächern, nur um wenige Schritte später wieder in Freyas Blickfeld aufzutauchen.

Freya jubilierte innerlich, als sie feststellte, dass sie ihm bereits um einiges näher gekommen war. Vielleicht noch ein, zwei Häuserblocks, dann würde sie auf den Platz vor der Kirche gelangen.

»Mist!« Freyas Stimme hallte von den Häuserwänden wider.

Sie war in eine Sackgasse geraten.

Mitten in einen schäbig aussehenden, von Unkraut überwucherten Hinterhof, der bis auf vier riesige Müllcontainer, neben denen sich alte Bretter und vom Regen durchweichte Kisten stapelten, leer war.

Vor Freya erhob sich eine meterhohe, unüberwindbare Mauer und versperrte ihr den Weg.

Enttäuscht wandte sie sich um. Und stolperte.

Der Kiesboden riss ein klaffendes Loch in Freyas Jeans und eine dicke Schramme in ihr Knie.

Sie rieb sich das schmerzende Bein und sah an sich hinab.

Die Schnürsenkel ihres linken Turnschuhs hatten sich gelöst und sie zu Fall gebracht. Freya beeilte sich, den Schuh zuzubinden, als sie Stimmen auf der Straße vernahm.

Stimmen, die sich dem Hinterhof näherten.

Freya konnte nicht erkennen, um wen es sich dabei handelte, da einer der riesigen Müllcontainer ihr die Sicht versperrte, doch es waren eindeutig Männerstimmen.

Endlich jemand, den sie nach dem Weg fragen konnte!

Die Stimmen wurden lauter. Offenbar hatten die Männer bereits den Hinterhof betreten.

Freya fixierte ihren Schuh mit einem Doppelknoten und wollte sich erheben, um auf sich aufmerksam zu machen. Doch etwas hielt sie zurück. Ein vages Gefühl in der Magengegend.

Sei nicht paranoid, Freya, es ist alles in Ordnung, versuchte sie sich selbst gut zuzureden, als einer der beiden Männer etwas sagte, das sie erstarren ließ.

Einen Satz wie ein Fausthieb, bei dem Freya sich tief in die Ecke hinter dem Container presste.

»Spar dir deine Ausreden.« Es klang, als stünde die Person, zu der die Stimme gehörte, direkt vor Freyas Versteck, das nun zu einem Gefängnis geworden war. »Wenn du diesmal die Kohle wieder nicht hast, mach ich dich kalt!«

Freya biss sich auf die Lippen, um nicht laut aufzuschreien. Sie schmeckte etwas Metallisches, das ihre Kehle hinunterlief.

»Beruhige dich, ich hab dir doch gesagt, du kriegst dein Geld.«

Die zweite Stimme kam Freya merkwürdig bekannt vor. Doch sie konnte sie nicht sofort einordnen.

»Das will ich dir auch geraten haben, ich warte nun schon seit vier Wochen drauf. Meine Geduld ist langsam am Ende.« Das Knurren ging in ein Husten über.

Freya hörte ein Rascheln.

»Hier. Zweitausend Euro. Auf den Cent genau.«

Eine Weile blieb es still, dann knurrte die Stimme: »Sauber.«
Wieder ein Rascheln.
»Hier. Die beste Ware, die du kriegen kannst.«
»Diesmal nicht gestreckt?«
»Hör mal, ich werde dir doch keinen Schund verkaufen.«
»Wäre nicht das erste Mal.«
»Bist doch mein bester Mann.«
»Auf einmal?«
»Wenn du zahlst, ist alles in Ordnung.«
»Ich hab bisher immer gezahlt, Dexter, die Verzögerung war eine Ausnahme, und das weißt du auch.«

Freya kroch noch ein wenig tiefer in ihr Versteck. Mittlerweile waren ihre beiden Hosenbeine völlig durchweicht vom Kauern am nassen Boden.

Sie flehte in Gedanken, dass die beiden endlich wieder verschwinden würden.

»In zwei Wochen selbe Zeit, selber Ort?«, fragte Dexter.

»Ich brauche länger, bis ich das Zeug vertickt hab.«

Woher nur kannte Freya die Stimme?

»Gut, dann eben in drei Wochen.« Dexter schien nicht besonders erfreut darüber.

Haut endlich ab, betete Freya.

»Kann ich sonst noch etwas für dich tun, Oskar?«

Na klar, das war es! Deshalb war ihr die zweite Stimme so bekannt vorgekommen. Der zweite Mann auf dem Hinterhof war Oskar.

Oskar dealte mit Drogen. Mit Drogen, die er offenbar von diesem Dexter bezog.

Freyas Herz schlug so laut, dass sie befürchtete, die beiden könnten es hören und sie entdecken.

Sie versuchte, ruhig zu atmen und ihren Herzschlag herunterzufahren.

»Nein, danke, im Moment habe ich keinen Bedarf.«

»Na, wie du meinst.« Dexter klang enttäuscht. »Dann sehen wir uns in drei Wochen wieder.«

»Alles klar.«

Freya hörte scharrende Schritte, die immer leiser wurden. Erleichtert atmete sie aus und erhob sich langsam. Dabei stützte sie sich an dem Müllcontainer ab, da sie fürchtete, ihre Knie würden sonst jeden Moment einknicken, so wackelig, wie sie waren.

Das war ja gerade noch mal gut gegangen.

Freyas Hand suchte Halt an dem nassen Container, was gar nicht so leicht war. Sie tastete sich zum Deckel empor und versuchte, den Griff zu erreichen, um sich daran hochzuziehen.

Doch ehe sie ihn zu fassen bekam, glitt ihre Hand ab. Freya stolperte. Sie knallte mit der Schulter gegen den Container.

Ein lautes Scheppern zerriss die Luft.

Es hallte von allen Hauswänden wider. Dem Scheppern folgte Stille. Gespenstische Stille.

Freyas Atem ging stoßweise.

Ihr Herz überschlug sich, und sie wagte es nicht, sich zu bewegen.

Wie festgefroren hing sie in ihrer Position irgendwo zwischen Sitzen und Stehen, die Hände noch immer an dem Container abgestützt.

»Was war das?«

Dexters Knurren durchschnitt die Stille, und Freya hatte das Gefühl, sich übergeben zu müssen.

»Keine Ahnung. Komm, lass uns gehen.« Oskars Stimme war kaum noch zu verstehen. Er schien bereits auf der Straße zu stehen.

»Nein«, knurrte Dexter. »Ich will wissen, was das war.«
»Na schön, von mir aus, lass uns nachsehen.«
Freya unterdrückte einen Schrei.
Es gab keine Möglichkeit zur Flucht.
Sie saß in der Falle.
Und die Männer kamen direkt auf sie zu.

14

Der eisige Wind trug ihre Worte in Freyas Versteck, mitten hinein in ihr Ohr, wo sie wie Sprengkörper explodierten, obwohl Dexter und Oskar die Stimmen gesenkt hatten.

»Das kam von da drüben«, zischte Dexter.

»Dann schau halt nach.« Genervtes Stöhnen von Oskar.

»Ich glaube, von den Containern.«

»Vielleicht 'ne Katze.« Oskar machte nicht den Eindruck, als sei er sonderlich erpicht darauf, einen Blick in die Mülltonnen zu werfen.

Freya hörte, wie einer der Container schwungvoll aufgerissen wurde.

»Nichts.« Dexter.

Dann ein weiterer.

»Mach schon, es wird hier langsam ungemütlich.« Erneut Oskar.

Containerdeckel schwangen auf und zu, der Gestank nach Vermodertem legte sich über den Hof.

Freya zählte im Stillen mit: eins, zwei, drei.

Nun war nur noch ein Container übrig.

Ihrer.

Sobald Dexter kommen würde, um ihn zu öffnen, würde er sie unweigerlich entdecken.

Freya ging im Kopf ihre Möglichkeiten durch.

Doch ihr fiel beim besten Willen keine Ausrede ein, die den beiden glaubhaft vermitteln würde, dass sie nichts von ihren Geschäften mitbekommen hatte.

Und ein weiteres Versteck gab es nicht.

Freya fröstelte nun noch mehr. Sie war nass bis auf die Knochen.

Sie hörte Schritte auf sich zukommen.

Jeden Moment würden Dexter und Oskar sie entdecken.

Und was sie dann mit ihr machen würden, wollte sie sich gar nicht erst ausmalen.

Ihr blieb nur eine Chance.

Eilig zog sie die Kapuze ihrer Regenjacke tiefer ins Gesicht.

Spannte all ihre Muskeln an und wappnete sich für das Einzige, was ihr vielleicht noch helfen konnte.

Dexters scharrende Schritte kamen näher.

Freya schloss die Augen, um sich zu fokussieren.

»So, dann wollen wir doch mal sehen …« Dexters Stimme war jetzt ganz nah.

Freya sah seinen breiten Schatten auf dem Boden auftauchen.

Sie holte tief Luft.

Sie war bereit.

»Hey!« Ein zorniger Schrei entfuhr Dexter, als er Freya entdeckte. Im selben Moment stieß Freya sich mit beiden Händen vom Container ab.

Die Erleichterung, dass sie diesmal nicht abgerutscht war, gab ihr Kraft für die ersten Meter.

Sie schlug einen Haken und entkam den Händen, die nach ihr griffen.

Das Überraschungsmoment war auf ihrer Seite, und der massige Dexter nicht schnell genug.

Freya konnte kurz sein Gesicht erkennen. Seine stechend blauen Augen starrten sie wutverzerrt an. Seine Haut sah aus, als hätte sie schon lange keine Sonne mehr gesehen, und war von einer hässlichen Narbe überzogen, die sich von seinem linken Mundwinkel bis runter zu seinem Kinn erstreckte.

Mit weit aufgerissenen Augen betrachtete er Freya, als sei sie ein Geist. Erneut versuchte er, sie zu packen. Doch Freya wich ihm geschickt aus. Dexters Arme schlugen wie Windmühlen durch die Luft.

Freya war längst an ihm vorbeigehechtet, als sie einen dumpfen Knall hinter sich hörte. Offenbar war Dexter zu Boden gestürzt.

Gut so!

Nun rannte Freya direkt auf Oskar zu, der etwas weiter hinten nahe der Straße stand.

»Stopp!« Oskar breitete seine langen Arme aus und schnellte nach vorne.

Im letzten Moment duckte Freya sich unter seinen Armen hindurch, taumelte, fing sich wieder und rannte weiter. Erst stolpernd, dann immer sicherer und schneller.

Das Adrenalin ließ ihre Schritte über den Boden rasen wie selten zuvor.

Freya erreichte die Straße und bog blindlings um eine Ecke.

Links, rechts, völlig egal, nur weg hier!

Hinter sich hörte sie wütende Schreie, gefolgt von Füßen, die donnernd hinter ihr herjagten.

Ihre Seite begann zu schmerzen, doch Freya ignorierte es.

»Bleib stehen, Miststück!« Das war Dexters Stimme.

Erleichtert registrierte Freya, dass sie von weit weg kam.

Doch ein Keuchen hinter ihr verriet ihr, dass Oskar ihr dicht auf den Fersen sein musste.

Sie durfte jetzt auf keinen Fall schlappmachen.

Hektisch blickte sie nach oben, suchte den Himmel nach dem Kirchturm ab.

Fluchte, als sie ihn nirgends entdecken konnte.

Freya rannte weiter und hoffte inständig, nur nicht wieder im Kreis zu laufen. Der Regen peitschte ihr ins Gesicht. Sie konnte kaum mehr die Hand vor Augen sehen.

»Stehen bleiben!«, brüllte Oskar.

Freya dachte nicht daran. Sie ignorierte das brennende Seitenstechen und versuchte, gleichmäßig zu atmen. Aber es nützte nichts.

Langsam ging ihr die Puste aus. Sie war zwar eine hervorragende Sprinterin, doch im Langstreckenlauf eher Mittelmaß.

Wenn sie nicht bald einen öffentlichen Platz erreichte, würde sie dieses Tempo nicht mehr lange durchhalten.

Wo nur war diese verdammte Kirche?

»Ich krieg dich, du verfluchte Schlampe!«

Freya wagte nicht, sich vorzustellen, was passieren würde, wenn Oskar recht behielt.

Noch einmal zog sie das Tempo an.

Aktivierte all ihre Kraftreserven.

Sie hörte, wie die Schritte hinter ihr zurückfielen. Freya schoss um eine weitere Ecke. Und stieß einen Jubelruf aus.

Da war sie. Die Kirche. Nur etwa hundert Meter von ihr entfernt.

Oskar brüllte etwas Unverständliches, und Freya sprintete auf die Kirche zu. Sie lag mitten auf einem großen Platz, umgeben von einigen Häusern.

Bewohnten Häusern.

Und nicht nur das. Bereits von Weitem konnte Freya Menschen erkennen, die, ihre Regenschirme schützend über sich haltend, über den Kirchplatz gingen.

Nun wagte Freya doch einen Blick über die Schulter.

Sie sah Oskar in einiger Entfernung stehen, die Hände auf die Oberschenkel gestützt, offenbar vollkommen außer Atem.

Sein Blick war fest auf Freya gerichtet, sein Gesicht rot angelaufen. Wutverzerrt.

Für einen Moment glaubte Freya, er habe sogar Schaum vorm Mund, aber das war sicher bloß der Regen.

Sie wandte sich um und trabte nun etwas gemächlicher auf die Kirche zu.

Ein weiterer Blick zurück verriet ihr, dass Oskar die Verfolgung endgültig abgebrochen hatte. Offensichtlich wollte er nicht riskieren, Freya vor jeder Menge Zeugen zu jagen.

Freya drosselte ihr Tempo. Sie riss die Arme über den Kopf und atmete bei jedem zweiten Schritt tief ein, um das Seitenstechen zu vertreiben.

Als sie endlich wieder zu Atem gekommen war, ging Freya auf einen Passanten zu. »Entschuldigen Sie bitte, wie komme ich denn von hier aus am schnellsten zum Café Bohne?«

Der Mann unter dem roten Schirm zuckte zusammen. Er schien Freya erst jetzt zu bemerken.

»Es gibt einen Weg über den Platz, durch die Langgasse bis rüber zum Brunnen und dann rechts. Der dauert etwa fünfzehn Minuten. Oder du gehst durch die Geisterstadt, also die verlassene Siedlung da drüben. Dann sparst du etwa fünf Minuten. Einfach immer geradeaus bis zum Ende der Hauptstraße und dann links.«

Freya bedankte sich und schlug den Weg über den Platz ein. Keine zehn Pferde würden sie zurück in die Geisterstadt bringen. Auch wenn Geister vermutlich das Harmloseste waren, das dort auf einen lauerte.

»Da bist du ja endlich, Freya. Ist alles in Ordnung?«

Herr Seidler sprang aus seinem Wagen, kaum dass Freya auf dem Parkplatz hinter dem Café eintraf.

Er war noch da!

Freyas Herz machte einen Luftsprung.

Er hatte auf sie gewartet.

Fünfundvierzig Minuten lang.

»Es tut mir so unglaublich leid, aber ich habe mich verlaufen, und dann bin ich irgendwo falsch abgebogen und …«

Sie stockte.

»Was und?«

»Dann bin ich im Kreis gelaufen.«

Freya wusste selbst nicht so genau, weshalb sie ihm nichts von Oskar und seinem Dealer erzählte. Doch sie hatte das Gefühl, dass sie es erst mal für sich behalten sollte.

»Du bist ja völlig durchnässt.« Herr Seidler musterte sie von oben bis unten.

Peinlich berührt blickte Freya zu Boden. Sie musste ein furchtbares Bild abgeben.

Ihre langen Haare hingen ihr in nassen Strähnen ins Gesicht. Die Klamotten klebten wie eine zweite Haut an ihrem Körper, die Hose war am Knie aufgerissen und der Rand des Lochs rot eingefärbt von ihrem Blut.

»Komm, steig schnell ein. Ich drehe die Heizung noch mal ordentlich auf.« Herr Seidler hielt Freya die Beifahrertür auf, und sie konnte gar nicht schnell genug in den Wagen kommen.

So unangenehm es ihr auch war, den ganzen Sitz vollzutropfen, sie konnte einfach nicht mehr.

Die Kälte stach in jeden Zentimeter ihrer Haut, und ihr Puls raste immer noch.

Herr Seidler stieg nun ebenfalls ein und hantierte an der Heizung herum.

»Konntest du dich denn wenigstens ein bisschen hier umsehen?«, fragte er und bog auf die schmale Straße ein, die aus der Stadt hinausführte.

»Ja, schon«, sagte Freya. »Ich hab den ersten Lebkuchen des Jahres gegessen.«

Herr Seidler lachte.

»Und Sie? Haben Sie alles geschafft, was Sie erledigen wollten?«

»Ja, alles fertig. Ich bin so froh, endlich nach Hause zu kommen. Das ist echt so ein Mistwetter.«

Freya sah aus dem Fenster. In der Dunkelheit konnte sie kaum etwas erkennen.

Je mehr Abstand sie zwischen sich und die Stadt brachten, desto allumfassender wurde die Finsternis. Bald waren die Scheinwerfer des Autos die einzige Lichtquelle.

Freya konnte sich nicht erinnern, je eine solch durchdringende Dunkelheit gesehen zu haben.

In München war es selbst mitten in der Nacht nie ganz schwarz, irgendein Licht, eine Laterne, eine Leuchtreklame gab es immer.

Sie blickte zum Himmel. Er war vollkommen wolkenverhangen. Kein Sternenlicht. Kein Mondlicht.

Irgendwo unter diesem Himmel war Maria, schoss es Freya durch den Kopf.

Oder war sie bereits unter der Erde?

Die Vorstellung, dass Maria irgendwo da draußen war, dem Unwetter schutzlos ausgeliefert, ließ sie trotz der Heizungswärme frösteln.

Sie betrachtete Herrn Seidler von der Seite. Sein Blick war fest auf die Straße gerichtet. Bei jedem Schlagloch, das sie passierten und aus dem das Wasser in hohem Bogen zu beiden Seiten des Wagens hochstob, zuckte er zusammen, als habe er es nicht kommen sehen.

»Ich musste gerade an Maria denken.« Freya wusste selbst nicht, warum sie ihm das erzählte. Vielleicht, weil die Gedanken dann an Schrecken verlieren würden. Ähnlich wie die Gedanken an ihre Mutter in seiner Gegenwart schrumpften.

Herr Seidler sah weiterhin unbewegt auf die Straße. »Und was hast du gedacht?«

»Ich hab mich gefragt, ob sie wohl gerade irgendwo da draußen ist.«

»Wo auch immer sie ist, ich hoffe, dass sie gefunden wird«, erwiderte er.

»Was, denken Sie, ist mit ihr passiert?«

»Ich habe mehrere Theorien. Keine davon besonders schön … Die harmloseste ist, dass sie einfach weggelaufen ist. Es ging ihr nicht gut in letzter Zeit.«

»Das habe ich mitbekommen. Glauben Sie, ihr könnte etwas Schlimmes zugestoßen sein?« Freya wagte nicht auszusprechen, was das sein könnte, doch Herr Seidler schien ihre Gedanken gelesen zu haben.

»Ich fürchte, auch das ist eine Theorie.« Seine Stimme klang nun belegt. »Sie ist ein sehr impulsives Mädchen. Sie hatte es in der Vergangenheit nicht leicht und neigt zu Kurzschlussreaktionen.«

»Sie meinen …«

»Ja, ich meine, es könnte durchaus sein, dass sie nicht mehr leben wollte. Natürlich hoffe ich sehr, dass meine erste Theorie stimmt, aber ich würde nicht darauf wetten.«

Freya schluckte.

»Aber, wenn sie sich umgebracht hätte, hätte man sie doch im Wald finden müssen, oder? Oder irgendwo in der Nähe.«

»Das ist ein Punkt, der mir auch Hoffnung gibt, dass es ihr gut geht. Bestimmt wäre sie sonst längst gefunden worden. Jedenfalls könnte das ein gutes Zeichen sein.«

Herr Seidler brachte ein kleines Lächeln zustande, und Freya tat es ihm gleich.

Er hatte recht. Sicher wäre Maria längst gefunden worden, wenn sie sich …

Und was, wenn sie sich in einem See ertränkt hat? In einem anderen als dem, in dem die Polizei nach ihr gesucht hatte?

Die Stimme in Freyas Kopf hauchte ihr neue Zweifel ein: Oder sie hat sich von irgendeinem Felsen gestürzt. Es gibt viele Möglichkeiten, warum sie noch nicht gefunden wurde. Das heißt noch lange nicht, dass sie noch lebt.

Freya schüttelte sich, um die Gedanken zu vertreiben.

Sie wollte lieber an etwas Schönes denken.

An … an … Eis zum Beispiel. Ja, Eis war harmlos. Doch sofort schob sich das Bild eines Lebkuchens vor ihr inneres Auge. Gefolgt von einem Tannenbaum. Einem Tannenbaum, unter dem ein kleines Mädchen saß, das die Hand seiner Mutter fest umklammerte, und trotzdem nicht verhindern konnte, dass sie sich langsam auflöste.

Freya schüttelte sich.

Lieber doch nicht an Eis denken.

Also vielleicht lieber an … an …

Gab es denn nichts, an das man einfach mal ganz unverbindlich denken konnte, ohne Gefahr zu laufen, dass es sich in das Bild der eigenen Mutter oder eines verschwundenen Mädchens verwandeln würde?

Freya sah zu Herrn Seidler hinüber. Betrachtete sein markantes Gesicht. Das dunkle Haar, auf dem ein paar Regentropfen glitzerten. Seine langen Finger, die das Lenkrad fest umschlossen hielten. Seine Augen, die konzentriert auf die Fahrbahn geheftet waren und keine Notiz von dem Mädchen auf dem Platz neben ihm nahmen, dessen Blick nun schon viel zu lange auf ihm ruhte.

Und mit einem Mal konnte Freya gar nichts mehr denken.

Nichts Trauriges, nichts Schreckliches, nichts Beängstigendes.

In ihrem Kopf war nur ein dumpfes Rauschen, das selbst das Geräusch des Motors übertönte.

Aus dem Augenwinkel nahm sie wahr, wie das Internat vor ihnen auftauchte. Turm um Turm schob sich hinter der Hügelkuppe hervor, bis Hohenhausen in seiner ganzen Pracht vor ihnen lag.

Herr Seidler lenkte den Wagen auf den Parkplatz hinter dem Hauptgebäude, der wie immer am Wochenende nahezu leer war.

Er schaltete den Motor ab und wandte sich Freya zu.

Ihre Blicke trafen sich, verhakten sich ineinander, ließen nicht mehr voneinander ab.

Freya brach der Schweiß aus. Eine Tatsache, die sie kurz irritierte, hatte sie doch eben noch vor Kälte gezittert.

»Du bist wirklich total nass, Freya«, sagte Herr Seidler, als sei dies eine Neuigkeit.

Freya nickte nur.

Ihr Blick sank tiefer in seinen hinein.

»Danke, dass Sie auf mich gewartet haben.« Freyas Stimme klang durch das Rauschen in ihren Ohren wie die einer Fremden.

»Natürlich. Ich konnte dich doch nicht einfach zurücklassen.« Herr Seidler entblößte seine strahlend weißen Zähne.

Freya tastete nach dem Türgriff und zog daran.

Die Autotür sprang auf, und Freya spürte den Wind ins Innere des Wagens dringen.

»Ich gehe dann jetzt mal«, sagte sie.

Herr Seidler hielt weiter ihren Blick gefangen.

»Okay«, erwiderte er, doch es klang, als meine er nicht, was er sagte.

Freya schob ihr rechtes Bein aus dem Wagen. Ihr Knie schmerzte noch immer. Beim Rennen hatte sie den Schmerz weggedrückt, nun kämpfte er sich zurück in ihr Bewusstsein.

»Gute Nacht, Freya.«

Die Stimme streichelte ihr Ohr, drang durch ihren Kopf in ihren Körper und floss durch jede einzelne seiner Fasern.

»Gute Nacht.« Freya schob nun auch ihr linkes Bein nach draußen in die Nacht.

Ein Stück Himmel hatte sich zwischen den Wolken hervorgequetscht. Ein einzelner Stern war darauf zu sehen. Er schien Freya zuzuzwinkern.

Vorsichtig setzte sie einen Fuß auf den völlig aufgeweichten Boden des Parkplatzes. Doch noch ehe der zweite Fuß den Boden erreichte, flog sie. Binnen Sekunden war sie zurück im Wagen.

Bei ihm.

Ihre Lippen fanden seinen Mund. Er schmeckte süßlich und gleichzeitig ein klein wenig bitter. Freya konnte spüren, wie er die Lippen leicht öffnete.

Sie atmete seinen Duft ein und war sogleich völlig benebelt davon.

Nach einer gefühlten Ewigkeit spürte Freya, wie Herrn Seidlers Lippen sich von ihren entfernten. Sie losließen.

Freya keuchte. Sie starrte ihn mit weit aufgerissenen Augen an. Was hatte sie getan?

Sie hatte eine Grenze überschritten, und das konnte sie nie wieder rückgängig machen.

Herr Seidler blickte genauso erschrocken drein, wie Freya sich fühlte.

»Was …?«, stammelte er, doch Freya dachte nicht daran, sich zu erklären.

Sie fühlte, wie ihr die Schamesröte ins Gesicht schoss.

Fluchtartig verließ sie das Auto. Rutschte in einer Pfütze aus und stürzte zu Boden, rappelte sich wieder auf und rannte, so schnell ihre wackeligen Beine sie trugen, auf den Hintereingang zu. Wollte nur noch auf ihr Zimmer flüchten und nie wieder herauskommen.

Was war nur in sie gefahren? Wie hatte sie sich nur so vergessen können?

Hinter sich hörte sie, wie Herr Seidler ihren Namen rief. Es klang nun nicht mehr zärtlich, sondern erschrocken.

Freya warf keinen Blick zurück. Rannte bloß. Erreichte das Tor, den Korridor, die Treppe, ihr Zimmer.

Schnell verriegelte sie die Tür und warf sich aufs Bett.

Dann zog sie die Decke über den Kopf und sperrte die Welt aus.

15

»Wieso hast du die Tür nicht abgesperrt, du Idiotin?!« Cora funkelt Birte so wütend an, dass diese unter ihrem Blick zu schrumpfen scheint. Dann wandert ihr Blick zu mir herüber: »Mach gefälligst die Tür zu.«

Ich trete ins Zimmer und schließe die Tür hinter mir. Mein Blick klebt immer noch an Cora. Ich bin so fassungslos, dass ich mich einfach nicht losreißen kann.

»Was ... wieso? Ich verstehe das nicht, Cora.«

»Ich brauche das Geld«, antwortet sie knapp.

»Aber dein Vater –«

»Ja, ich weiß schon, was die Leute hier denken. Mein Daddy regelt alles für mich. Und genauso ist es ja auch. Nur, dass er eben wirklich *alles* für mich regelt. Auf welche Schule ich gehe, auf welche Uni. Und dass ich dort BWL studieren werde, steht für ihn bereits seit meiner Geburt fest. Ich hasse es!«

»Aber deswegen musst du doch nicht –«

»Oh doch – das ist mein Ticket in die Freiheit! Mit der Kohle kann ich nach der Schule in die USA – weit weg von Daddy.«

Ich nicke. Seltsam, dass ausgerechnet Cora hinter ihrer perfekten Fassade Geheimnisse hütet, die niemand vermuten würde. Geheimnisse, von denen sie sicher niemals möchte, dass sie nach außen dringen. Wahrscheinlich würde sie über Leichen gehen, um sie zu schützen. Ein Glück, dass wir befreundet sind, wenn auch nicht besonders eng.

»Wehe, du erzählst das jemandem, Maria«, zischt Cora, als hätte sie meine Gedanken erraten. »Mein Vater rastet aus, wenn er das erfährt. Du darfst es niemals jemandem erzählen! Versprich es.«

Sie starrt mich immer noch wie hypnotisiert an.

»Versprich es mir, Maria!«, sagt sie noch einmal, und ich nicke.

Im Geheimnissehüten bin ich schließlich Profi.

16

Am Sonntagmorgen saß Freya allein am Frühstückstisch. Die Zahl der anwesenden Schüler war ziemlich dezimiert. Die meisten waren wie Terri übers Wochenende nach Hause gefahren.

Lustlos schob Freya ihr Toastbrot von einer Seite des Tellers auf die andere. Ihr war ganz flau im Magen, und sie bekam einfach keinen Bissen hinunter.

Sie sehnte sich danach, mit jemandem über den gestrigen Abend zu sprechen. Zum Beispiel mit Terri. Aber die würde erst in ein paar Stunden von ihrem Heimatbesuch zurück sein. Oder mit Lotta. Doch die rief seit Tagen nicht zurück, und Freya hatte keine Lust, sich aufzudrängen.

Nachdem sie eine halbe Stunde ihr Frühstück angestarrt hatte, gab Freya es schließlich auf und brachte das unangerührte Tablett zum Geschirrwagen.

Dort stieß sie um ein Haar mit Cora zusammen.

Zum ersten Mal, seit Freya sie kannte, war sie nicht ganz so perfekt gestylt wie sonst. Unter ihren Augen lagen dunkle Schatten, die die dicke Schicht Make-up nicht ganz verdecken konnte.

Sie sah aus, als hätte sie dringend eine Riesenportion Schlaf nötig.

»Na, hast du dich gut bei Herrn Seidler eingeschmeichelt?«, zischte Cora ihr zu.

Freya erstarrte. »Was? Wieso?«

Hatte Cora sie etwa gestern beobachtet? Hatte sie gesehen, wie Freya ihren Lehrer geküsst hatte? Wenn das der Fall sein sollte, würde das Ganze im Handumdrehen die Runde durch die ganze Schule machen. Freya würde vermutlich keinen Schritt mehr ohne gehässige Blicke und Kommentare machen können.

»Ich weiß ja nicht, was du ihm nach deinem kleinen Duschunfall erzählt hast«, flüsterte Cora, »aber glaub mir, es wäre besser, wenn du nicht zu viel erzählst. Nicht, dass du noch mal einen Unfall hast. Einen, bei dem kein Herr Seidler in der Nähe ist, um dich zu retten.«

Damit ließ sie Freya einfach stehen und stolzierte hocherhobenen Hauptes aus dem Speisesaal.

Freya spürte Wut in sich aufsteigen. Die Art, wie sie *Duschunfall* gesagt hatte! Mit einem süffisanten Grinsen, so als handle es sich dabei um etwas, an dem Freya selbst schuld war.

Was auch immer Cora verbergen wollte – Freya musste es allein deshalb schon herausfinden, damit ihr dieses fiese Grinsen endlich vergehen würde.

Freyas Muskeln waren immer noch zum Zerreißen gespannt, als sie den Frühstücksraum verließ.

Vor ihrem geistigen Auge erschien, wie schon so oft an diesem Morgen, das Gesicht von Herrn Seidler, das sie erschrocken anstarrte und vor ihr zurückwich. Freya versuchte, es abzuschütteln, doch es gelang ihr nicht. Sie musste es loswerden. Auf der Stelle!

Wie automatisch schlugen Freyas Füße den Weg zu den Jungenzimmern ein. Sie merkte, wie Herrn Seidlers Bild mit jedem ihrer Schritte blasser wurde, bis es schließlich von einem anderen Bild überdeckt wurde. Dem Bild eines hochgewachsenen Jungen mit schwarzer Kapuze und einer Schlange neben dem Ohr.

Sie musste Oskar noch einmal zur Rede stellen. Wie ferngesteuert bewegte Freya sich fort.

Ein Teil von ihr wäre am liebsten auf der Stelle umgekehrt und hätte sich erneut unter der Bettdecke verkrochen. Die Angst davor, Oskar gegenüberzustehen, legte sich über die Angst vor einer Begegnung mit Herrn Seidler. Doch Freya fand, dass die Angst vor Oskar irgendwie erträglicher war. Ein Plan nahm in ihrem Kopf Gestalt an, der ebenso irrwitzig wie riskant war.

Mit pochendem Herzen klopfte Freya an Oskars Tür. In der rechten Hand hielt sie ihr Handy, in das sie bereits die 110 eingetippt hatte. Ihr Daumen schwebte über der grünen Taste, bereit, jeden Moment Hilfe anzufordern.

»Bin nicht da«, raunte jemand aus dem Zimmerinneren.

»Oskar, hier ist Freya«. Sie überlegte, dass er ihren Namen vermutlich gar nicht kannte, die *Schlampe* von gestern. »Ich möchte mit dir reden, und ich denke, du möchtest sicher auch mit mir reden.«

»Nö.«

»Auch gut, dann rede ich eben mit der Polizei.«

Freya machte ein paar laute Schritte auf der Stelle. Keine drei Sekunden später wurde die Tür aufgerissen.

»Stopp … Oh!«

Oskar starrte sie an. Seine Kapuze war ihm vom Kopf gerutscht und gab den Blick auf kurz rasierte braune Haare frei.

»Hi.« Freyas rechte Hand schloss sich fester um ihr Handy.

»Was gibt's?«

»Ich will noch einmal mit dir über Maria reden. Ich bin sicher, du weißt etwas. Und du wirst es mir sagen, sonst werde ich der Polizei sagen, dass ich dich gestern beim Drogenkauf beobachtet habe«, sagte Freya betont locker, auch wenn jede Faser ihres Körpers nach Flucht schrie.

»Gestern?« Oskar verzog das Gesicht zu einem spöttischen Lächeln. »Hm, was habe ich gestern noch mal gemacht? Ach ja, jetzt weiß ich es wieder: Ich habe den ganzen Tag gelernt. Tut mir wirklich leid, aber ich habe keine Ahnung, was du meinst.«

»Schon klar«. Freya seufzte. »Wen willst du hier eigentlich verarschen?«

Oskar sah sich übertrieben umständlich im Flur um. »Du, keine Ahnung, wer das sein könnte. So, ich muss dann auch mal wieder – lernen, du weißt schon.«

Er warf den Kopf in den Nacken und stieß ein höhnisches Lachen aus, ehe er auf dem Absatz kehrtmachte.

»Ich hab ein Video von der Übergabe gemacht!«, rief Freya.

Oskar fuhr herum. Seine Augen weiteten sich, und Freya konnte sehen, wie seine coole Fassade feine Risse bekam: »Wie bitte?«

»Ich hab euch gefilmt, dich und … wie hieß er noch gleich?« Freya machte eine bedeutungsschwangere Pause. »Ach ja, jetzt weiß ich es wieder: Dexter. Dieses Tattoo, das du da hast, ist wirklich … hübsch. Auf dem Video kommt es richtig toll zur Geltung. Die Polizei dürfte dich unschwer identifizieren können.«

»Wo hast du das Video?« Oskars Kiefer mahlte bedrohlich, und Freya wich einen Schritt zurück.

Sie hielt ihr Handy hoch.

»Hier drauf. Ich habe es schon in eine Nachricht an die Polizei eingefügt, ich muss nur noch auf Absenden drücken.«

Freya konnte Schweißperlen auf Oskars Gesicht erkennen, die langsam über die gelben Augen der Schlange rollten.

»Wenn du nicht mit mir reden willst, gut, dann kann ich es ja jetzt abschicken.«

Sie reckte den Daumen und hoffte, dass ihre Lüge Oskar dazu bringen würde, sie davon abzuhalten.

Er starrte sie an. Freya ließ ihren Daumen in Zeitlupe sinken und zählte stumm. Eins. Zwei. Drei …

»Warte!« Wie eine Kobra schnellte Oskar vor und versuchte, Freyas Arm zu packen. Doch sie wich gerade noch rechtzeitig zurück.

»Vorsicht! Sonst landet mein Finger aus Versehen noch auf der falschen Taste.«

»Lösch das Video!«

»Das mache ich – wenn du mir sagst, was du über Maria weißt.«

Nervös beobachtete Freya, wie Oskar sich wand.

»Okay«, zischte er schließlich. »Ich kann keinen weiteren Ärger gebrauchen. Was willst du wissen?«

Freya hätte am liebsten laut jubiliert. Niemals hätte sie für möglich gehalten, dass ihr Trick wirklich funktionieren würde.

Gehofft, ja, aber wirklich daran geglaubt hatte sie nicht.

Terri wäre stolz auf sie!

»Alles«, sagte Freya, »ich will alles wissen, was du weißt. Und lass dir bitte nicht alles aus der Nase ziehen.«

Oskars Brauen zogen sich zusammen, und Freya fürchtete schon, sich nun doch zu weit aus dem Fenster gelehnt zu haben. Aber Oskar überlegte nur kurz, dann begann er zu erzählen.

»Sie hat gesagt, sie braucht was, das gegen schlechte Stimmung hilft. Es klang für mich irgendwie nach einer Kurzschlussreaktion. Jedenfalls habe ich ihr Koks empfohlen, aber dann kam raus, dass sie nicht genug Geld hatte. Und bei mir gibt's nichts auf Pump, damit hatte ich schon zu oft Ärger. Also hab ich sie weggeschickt.«

»Und dann?« Freya starrte Oskar mit großen Augen an.

»Ein paar Tage später stand sie wieder vor meiner Tür.« Oskar kratzte über die Kobra an seiner Wange. »Diesmal hatte sie 'nen Fuffi dabei und hat mir gesagt, sie hätte es sich noch mal überlegt, und ob ich ihr nicht etwas ganz anderes besorgen könne.«

»Was?«

»Tabletten. Sie wollte ein verschreibungspflichtiges Medikament haben.«

»Hast du es ihr verkauft?«

Oskar zuckte lässig mit den Schultern, als ginge es hier um Gummibärchen. »Klar, wieso nicht? Ich habe zum Glück meine Quellen für so was.«

»Dieses Medikament – war das ein Schlafmittel?«

»Kann schon sein.«

Freya hob das Handy und sah ihn drängend an.

»Okay, ja. Ja, es waren Schlaftabletten. Keine Ahnung, was sie damit vorhatte, sie hat gesagt, es gehe ihr nicht so gut. Hab auch nicht wirklich nachgefragt. Ist nicht meine Art, meine Nase in Dinge reinzustecken, die mich nichts angehen.«

Er warf Freya einen vielsagenden Blick zu.

»Und dann? Das ist nicht alles, oder?«

»Nach ein paar Tagen, vielleicht auch Wochen, so genau weiß ich es nicht mehr, kam sie wieder zu mir. Diesmal wollte sie doch wieder Drogen haben. Sie hat gesagt, sie hätte jetzt mehr als genug Kohle, und das stimmte. Ich habe echt keine Ahnung, wie sie die so schnell aufgetrieben hat, aber es war mir auch egal. Doch ich hatte gerade nichts da und habe sie an jemand anderen verwiesen.«

»An wen?«

Er schwieg.

»An wen, Oskar?«

Freyas Daumen kreiste bedrohlich über dem Display.

»An Dexter. Du weißt ja jetzt, wer Dexter ist.«

»Na ja, so wirklich weiß ich das nicht.«

»Dexter ist ein Schatten. Er kennt alle und jeden. Du kriegst von ihm Drogen aller Art, aber auch Waffen, 'nen gefälschten Führerschein und …« Er stockte mitten im Satz.

»Und?«

»Na ja, es gibt Gerüchte«, sagte Oskar ausweichend.

»Was für Gerüchte?«

»Keine Ahnung, ob da wirklich was dran ist. Obwohl … zuzutrauen wäre es ihm.«

»Was für Gerüchte, Oskar?!«

»Gerüchte, dass er neben all diesen Dingen auch mit lebender Ware handelt.«

»Du meinst …?« Freyas Mund wurde ganz trocken.

»Genau. Menschenhandel.«

»Und du hast für Maria den Kontakt zu Dexter hergestellt?«

»Ja, ich hab ihr gesagt, dass Dexter Ware hat, die ich momentan nicht führe. Danach haben wir nie wieder darüber gesprochen. Und wenige Wochen später … Nun, das weißt du ja …«

»Fabi hat behauptet, du hättest ein Verhältnis mit Maria.«

Freya beobachtete jede Regung in Oskars Gesicht, doch seine Miene blieb gänzlich unbewegt.

»Das ist vollkommener Blödsinn. Er hat einmal gesehen, wie sie in mein Zimmer gegangen ist, und ist ausgeflippt. Hat die falschen Schlüsse gezogen, das ist alles.«

Eine Weile taxierten Freya und Oskar sich schweigend.

»So, das war's jetzt aber«, sagte Oskar schließlich. »Das ist alles, was ich zu dem Thema zu sagen habe. Wie gesagt, ich kannte Maria kaum. War alles rein geschäftlich.«

»Ich muss mit Dexter sprechen«, sagte Freya. »Wo finde ich ihn?«

»Das wirst du schön sein lassen! Wenn Dexter mitkriegt, dass ich über ihn geredet habe, flippt er aus.«

»Aber …«

»Ich hab dir gesagt, was ich weiß. Ende der Diskussion. Und jetzt lösch das Video.«

»Welches Video?«

»Haha, sehr lustig.«

»Nein, ich meine es ernst, welches Video?«

»Pass mal auf, mein Geduldsfaden ist zum Zerreißen gespannt, du löschst jetzt augenblicklich dieses Video, oder …«

»Das kann ich nicht.«

»Was? Wieso?«

»Weil es nie ein Video gegeben hat«, entgegnete Freya.

Dann rannte sie.

»Au, Vorsicht!«

Freya riss die Augen auf. Hals über Kopf war sie ins Treppenhaus geflohen, das zu den Mädchenzimmern führte, als ihr Sprint ein jähes Ende fand.

Mitten im Lauf krachte sie in etwas hinein.

Einen Körper.

Freya sah in ein dunkles Augenpaar, das sie voller Besorgnis musterte.

»Oh nein«, entfuhr es ihr.

»Freya, ist etwas passiert?«

»Ich muss los!« Freya wollte sich schnell an Herrn Seidler vorbeischieben, doch seine Finger legten sich mit sanftem Druck um ihr Handgelenk.

»Bitte.« Freya konnte ihm nicht in die Augen sehen.

Warum musste sie ausgerechnet mit ihm zusammenprallen?

Das Treppenhaus war bis auf sie beide menschenleer.

»Geht es dir gut, Freya?«

Freyas Wangen glühten, sie hielt den Blick weiterhin gesenkt.

»Ich … ich … wegen gestern, es … ich weiß auch nicht, was da plötzlich in mich gefahren ist. Es tut mir so leid.« Sie biss sich eilig auf die Lippen, bevor noch mehr wirre Worte aus ihrem Mund sprudeln konnten.

»Du musst dich nicht entschuldigen.« Herrn Seidlers Stimme war reine Wärme.

Schüchtern schielte Freya von unten zu ihm hinauf.

Sie sah ein Lächeln, das sein Gesicht in strahlendes Licht tauchte.

»Aber …«

»Scht.«

Freya bemerkte, wie er den Griff um ihr Handgelenk lockerte, und verspürte den Impuls, sofort wieder loszurennen. Herr Seidler machte ein paar Schritte die Stufen hinauf und zog Freya sanft mit sich bis zu einem riesigen Blumenkübel, in dem eine gigantische Palme wuchs. Freyas Gedanken rasten. Obwohl alles in ihr nach Flucht schrie, ließ sie zu, dass ihr Lehrer sie in die Ecke hinter der Palme führte.

»Was …«

Sein Zeigefinger schob sich sanft über ihren Mund und sorgte dafür, dass ihre Füße am Boden festwuchsen.

»Du musst mir nichts erklären, Freya«, flüsterte er, und Freyas gesamter Körper begann augenblicklich zu vibrieren.

Sie hob den Kopf und blickte mitten hinein in seine braunen Augen.

Sie sah die Zärtlichkeit, die darin lag. Sah, wie seine Augen von den ihren über ihr Gesicht wanderten und auf ihrem Mund haften blieben. Sah, wie sie sich langsam schlossen und er den Kopf ein wenig herunterneigte.

Sie sah seine Lippen, die immer näher kamen. Schon konnte sie seinen Atem auf ihrer Haut spüren.

Freyas Herz hämmerte und trug einen inneren Kampf zwischen Bleiben und Fliehen aus, doch ihre Füße waren unfähig, sich auch nur einen Millimeter von der Stelle zu bewegen.

Ihre Augenlider flatterten und fielen schließlich endgültig zu.

Im nächsten Moment gab es nur noch seinen Mund auf ihrem, seine Zunge, die mit ihrer spielte, als hätte sie nie etwas anderes getan. Seine Arme, die sich um ihren Rücken legten und sie so nah an seine Brust zogen, dass Freya glaubte, sie würde jeden Moment in ihn hineingesogen.

Seine Finger, die über ihr Gesicht strichen, durch ihr Haar, ihren Rücken entlangglitten und kurz vor dem Steißbein innehielten.

Mit all ihren Sinnen ließ Freya sich in den Kuss fallen, der ewig anzudauern schien. Schmeckte Herrn Seidlers süß-bitteren Geschmack, saugte seinen herben Duft auf und versank in seiner grenzenlosen Wärme.

Schließlich lösten sie sich voneinander.

Freya schossen tausend Dinge gleichzeitig durch den Kopf. Ein wenig verlegen scharrte sie mit den Füßen, unsicher, was sie sagen sollte.

»Das war …« Herr Seidler wirkte nicht minder verlegen. »Das war ein sehr schöner Kuss. Ich … ich wollte dich nicht überrumpeln.«

»Ich habe Sie ja gestern zuerst überrumpelt.«

»Ja, das hast du. Aber ich bin froh, dass du es getan hast.«

»Und jetzt?«

»Ich weiß auch nicht.« Er sah sie ernst an. »Wenn das herauskommt, fliege ich von der Schule.«

»Ich weiß.« Freya schlug die Augen nieder.

Das war es dann wohl. Vorbei, ehe es begonnen hatte.

»Aber ich will nicht, dass es aufhört.« Freya konnte die Worte nicht mehr einfangen, sie hatten sich klammheimlich an ihrem Verstand vorbeigestohlen. Sie biss sich auf die Zunge.

Ein warmes Lächeln breitete sich auf Herrn Seidlers Gesicht aus. »Ich auch nicht.«

Freyas Herz machte einen Salto.

»Aber es darf auf keinen Fall rauskommen, niemand darf etwas mitbekommen …« Herr Seidler legte die Stirn in Falten. Er wirkte ratlos.

»Ich könnte die Schule verlassen«, sagte Freya. »Mir bedeutet Hohenhausen ohnehin nicht viel.«

»Wenn du zurück nach München gehst, würden wir uns nicht mehr sehen«, warf Herr Seidler ein.

»Aber ich möchte Sie nicht in Gefahr bringen.«

»Ich kann schon ganz gut selbst auf mich aufpassen, Freya. Und ich will … ich will dich kennenlernen, Zeit mit dir verbringen. Du … du verwirrst mich, Freya. Ich weiß nicht, wann ich so was zum letzten Mal gefühlt habe.«

Freya wusste genau, wann sie so etwas gefühlt hatte.

Noch nie.

»Wir müssen einen Weg finden, uns heimlich zu sehen, was meinst du?«, flüsterte er ihr ins Ohr. Freyas Bauch begann vor Aufregung zu kribbeln.

»Ja, unbedingt!«

Er überlegte.

»Mein Zimmer ist zu gefährlich, dann müsstest du an den ganzen anderen Lehrerzimmern vorbeischleichen …«

»Und bei mir wohnt Terri.«

»Und draußen im Wald ist es inzwischen zu kalt.« Falten legten sich auf seine Stirn, während er fieberhaft nach einer Lösung suchte. Plötzlich entspannten sich seine Gesichtszüge und machten einem breiten Lächeln Platz. »Der Wald! Das ist es!«

Freya sah ihn fragend an.

»Erinnerst du dich noch an die Suchaktion nach Maria neulich?«

Sie nickte.

»Frau Taupe, Ms Miller und ich haben doch diese alte Jagdhütte entdeckt, weißt du noch? Sie war ziemlich runtergekommen. Vor allem aber war sie verlassen. Ich kann mir nicht vorstellen, dass dort jemand freiwillig hinkommt. Das wäre das ideale Versteck für uns!«

Er lachte und sah dabei fast wie ein kleiner Junge aus, der einen Streich ausheckt.

Freya konnte gar nicht anders, als in sein Lachen mit einzustimmen. »Das klingt toll!«

»Gib mir bitte deine Handynummer, Freya, dann können wir uns verabreden, ohne dass es jemand mitbekommt.«

Freya diktierte ihm die Nummer und musste zweimal ansetzen, da sie die Zahlen vor Aufregung durcheinanderbrachte.

»Wunderbar. Ich melde mich bei dir.«

Herr Seidler blickte sich im Treppenhaus um. Niemand war zu sehen, was für einen Sonntag nicht ungewöhnlich war.

Er senkte den Kopf und hauchte einen weiteren Kuss auf Freyas Lippen.

»Ich freue mich schon sehr, dich wiederzusehen«, flüsterte er und spielte mit einer ihrer Haarsträhnen.

»Ich freue mich auch, Sie wiederzusehen.«

Freya schenkte ihm ihr schönstes Strahlen und ging die ersten Stufen rückwärts hinauf, um ihn noch ein wenig länger ansehen zu können. Dann riss sie sich schließlich von seinem Anblick los und griff nach dem Treppengeländer.

»Ach, Freya?«, rief er ihr nach.

»Ja?«

»Bitte sprich mit niemandem ein Wort – auch nicht mit Terri. Wenn das irgendwie durchsickert, dann –«

»Ich weiß. Sie können sich auf mich verlassen!«

»Gut. Ach, und noch etwas, Freya.«

»Ja?«

Er grinste sie an. »Hör auf, mich zu siezen. Zumindest außerhalb des Unterrichts. Ich bin Leo.«

Freya nickte und spürte ein nie gekanntes Gefühl ihren Körper durchströmen.

Sie lief in ihr Zimmer und zog sich die Decke über den Kopf. Auch diesmal wollte sie die Welt aussperren. Doch nicht wie gestern Abend, weil sie Angst vor ihr hatte, sondern weil sie nichts anderes um sich haben wollte als seinen Namen.

Leo. Leo. Leo.

Freya schloss die Augen und fiel mitten hinein in einen Traum aus Licht und Glück, der sich beim Aufwachen als Realität entpuppte.

17

»Ich bin wieder da!«

Mit einem breiten Grinsen stand Terri im Türrahmen.

Auf ihrem grauen Kapuzenpulli prangte in grünen Buchstaben die Aufschrift *Ich kann jetzt auch nur vermuten, was ich damit meine.*

»Ich sag dir, zwei Tage mit drei kleinen Brüdern ist kein Zuckerschlecken, dagegen ist Hohenhausen die reinste Wellnessoase. Sie brauchen die ganze Zeit Entertainment. Ich glaube, ich habe jetzt alle Verstecke auf dem gesamten Grundstück getestet, und ich sag dir, hinter dem Komposthaufen ist man zwar nahezu unauffindbar, aber wenn man da eine geschlagene halbe Stunde kauert, nimmt man irgendwann den Geruch von faulen Eiern an. Ich hab meine Sachen gestern Abend gefühlte hundert Mal gewaschen, und ich hab das Gefühl, sie stinken immer noch.«

Schwungvoll warf Terri ihre Reisetasche auf ihr Bett und sich selbst gleich daneben. »Ich bin durch.«

Freya lachte. »Kann ich dir irgendwas Gutes tun?«

»Du könntest mir die Füße massieren.« Terri streifte ihre Turnschuhe ab, unter denen blaue Ringelsocken zum Vorschein kamen. »Aber Vorsicht, sie könnten etwas müffeln, zum Abschied musste ich noch zwei Stunden Fangen mit der Rasselbande spielen.«

»Bäh!« Freya schleuderte lachend ihr Kissen auf Terri.

»Hey, hab Erbarmen! Ich bin zu k.o., um mich zu wehren.« Terri seufzte theatralisch. »Und wie war es bei dir? Seit wann bist du wieder hier?«

»Ich war gar nicht weg.«

»Was? Wieso?«

»Mein Vater hat mich vergessen.«

»Nicht dein Ernst!«

»Leider doch.«

»Oh Mann, und ich dachte, meine Familie sei schräg. Tut mir leid, Freya. Hattest du denn wenigstens hier eine gute Zeit?«

Freya platzte beinahe. Wie gerne hätte sie Terri von all den wunderbar verrückten Dingen erzählt, die sich während ihrer Abwesenheit ereignet hatten.

Doch das durfte sie nicht. Es war zu gefährlich.

Mit großer Mühe schluckte Freya das Bedürfnis, Terri von Leo zu erzählen, herunter und sagte stattdessen: »Ein Gutes hatte es, dass ich hiergeblieben bin. Ich habe den Schlüssel zu Oskars Mund gefunden.«

Freya erzählte Terri von ihrer Begegnung mit Oskar und Dexter auf dem Hinterhof. Dass Leo sie mit in die Stadt genommen hatte, erwähnte sie lediglich in einem Nebensatz, und zu ihrer Erleichterung interessierte sich Terri nicht weiter dafür. Viel zu sehr brannte sie darauf, zu erfahren, wie Freya aus der brenzligen Lage entkommen war.

Freya berichtete kurz von ihrer Flucht, ehe sie Terri erzählte, was sie von Oskar über Maria erfahren hatte.

Terri klappte der Mund auf. »Immerhin wissen wir jetzt, woher Maria die Schlaftabletten hatte, auch wenn immer noch unklar ist, ob sie sie auch wirklich geschluckt hat. Aber Maria und Drogen? Das passt so gar nicht zu ihr! Darauf wäre ich nie gekommen!«

»Aber es erklärt, wieso sie oft im Unterricht fehlte und ihre Leistungen so stark abgefallen sind«, sagte Freya.

»Ja, da ist was dran. Die Frage ist nur, was ist Henne und was Ei?«

»Wie meinst du das?«

»Na ja, hat Maria Drogen genommen und sind deshalb ihre Noten in den Keller gerutscht? Oder hat sie leistungsmäßig abgebaut und dann Drogen genommen, weil sie damit die Angst um ihr Stipendium betäuben wollte?«

»Das finden wir auch noch raus.« Freya wusste auch nicht genau, woher sie diese Zuversicht nahm. Doch seit einigen Stunden war sie von dem Gefühl erfüllt, dass alles möglich sei. Das Leben fühlte sich plötzlich leicht und unbeschwert an.

»Ist alles in Ordnung mit dir?« Terri musterte Freya skeptisch.

»Ja, wieso?«

»Ich weiß nicht, du hattest mit einem Mal so einen grenzdebilen Ausdruck im Gesicht.«

Freya spürte, wie sie rot wurde: »Was? Äh … ich bin nur froh, dass wir endlich vorankommen.«

»Und jetzt?«

»Was meinst du?«

»Wollen wir es der Polizei sagen? Also das mit den Drogen?«

Freya versuchte, Ordnung in das Chaos ihrer Gedanken zu bringen. Versuchte logische Schritte abzuwägen, statt sich immer wieder von den Bildern weicher Lippen und warmer Haut ablenken zu lassen.

»Hm … Ich denke schon. Ob sie uns glauben, ist die andere Frage, aber wir sollten ihnen schon sagen, was wir wissen, meinst du nicht?«

Terri kaute auf ihrer Unterlippe herum. »Ja, ich denke auch, das wird das Vernünftigste sein. Bleibt nur noch eine Frage offen.«

»Welche?«

»Woher um Himmels willen hatte Maria plötzlich so viel Geld?«

18

»Und du glaubst, wir ermitteln nicht ohnehin in jede Richtung, Mädchen?«

Freya konnte durch den Telefonhörer förmlich vor sich sehen, wie Herr Mayer sich die fettverschmierten Finger ableckte. Offenbar hatte sie ihn in seiner Mittagspause erwischt, denn jeder seiner Sätze wurde von einem Kaugeräusch untermalt.

Mein Name ist Freya, du Idiot!, hätte sie ihm am liebsten an den Kopf geworfen. Doch sie biss sich auf die Lippen. Das hier war nicht der richtige Zeitpunkt. »Doch, sicher. Aber Sie haben doch gesagt, wir sollen uns melden, wenn uns noch etwas einfällt.«

»Ja, das sagte ich. Und du kannst dir gar nicht vorstellen, wie viele Anrufe wir seitdem erhalten haben. Von Schülern, von besorgten Bürgern, aber auch von sogenannten Hellsehern und allerlei anderen Spinnern.«

»Ich bin keine Spinnerin. Ich weiß aus erster Hand, dass Maria Drogen konsumiert hat.«

»Von Maria selbst?«

»Nein, von …«

»Also aus zweiter Hand.«

»In gewisser Weise, ja.«

»Gut, Mädchen. Ich mache mir eine Notiz deswegen. Aber im Moment ist das nicht unsere oberste Priorität. Wir haben noch eine Menge anderer Spuren, denen wir erst mal nachgehen müssen.«

»Darf ich fragen, welche das sind?«

»Nein, darfst du nicht. Ich muss jetzt auch auflegen, wir haben zu tun.«

Freya verstand ihn kaum, so hemmungslos schmatzte er in den Hörer.

»Aber …«

In der Leitung tutete es.

Er hatte einfach aufgelegt.

Freya schnaubte und bereute zum ersten Mal in ihrem Leben die Erfindung des Handys. Hätte sie ein altes Festnetztelefon benutzt, hätte sie nun wenigstens den Hörer aufknallen können. Das wäre zumindest ein kleines Ventil für ihre Wut.

»Und?« Terri hatte während des gesamten Telefonats neben ihr auf dem Bett gesessen und so aufgeregt gewippt, dass Freya beinahe schlecht geworden war.

»Nichts. Er macht sich eine Notiz. Klang nicht so, als würde er mir glauben. Scheinbar hat er schon zu viele verrückte Storys gehört in den letzten Wochen.«

»Oder er ist einfach nur ein Depp!«

»Oder das.« Freya spürte ihre Wut ein wenig schrumpfen. »Und was machen wir jetzt?«

»Als Erstes sollten wir zusehen, dass wir was in den Magen bekommen, mit leerem Bauch denkt es sich so schlecht«, sagte Terri.

Sie hatten das Abendessen an diesem Montag erst mal hintenangestellt und gleich nach dem Unterricht mit der Polizei telefoniert. Nun drückte beide der Hunger.

»Ja, du hast recht«, sagte Freya, »lass uns gehen.«

In diesem Moment piepste ihr Handy. Eine Nachricht war eingetroffen. Von Herrn Seidler.

Freyas Herz machte einen Hüpfer.

»Geh schon mal vor, Terri, ich muss noch kurz auf Toilette, ich komme gleich nach. Halt mir ’nen Platz frei.«

»Als ob das nötig wäre …«, murmelte Terri.

Kaum war sie zur Tür hinaus, öffnete Freya mit zitternden Fingern die Nachricht. Ihr Puls raste, und für einen qualvollen Moment befürchtete sie, Herr Seidler würde ihr mitteilen, dass der Kuss ein Riesenfehler gewesen war und sie sich nicht mehr sehen könnten.

Liebe Freya,
ich muss immer wieder an gestern denken. Ich kann gar nicht mehr aufhören zu lächeln. Ich hoffe, das verrät mich nicht. ☺
Wenn du möchtest, können wir uns gerne heute Abend in dieser Jagdhütte im Wald treffen. Hast du Lust? Um 23 Uhr, wenn alle schlafen?
Gruß, Leo

Freyas Herz galoppierte davon. Sie las die Nachricht wieder und wieder und konnte sich nicht sattsehen an den Worten, die er geschrieben hatte.

Ob sie Lust hatte? Da fragte er auch noch? Natürlich wollte sie ihn sehen! Mehr als alles andere auf der Welt!

Gut, vielleicht sollte sie das etwas weniger pathetisch formulieren …

Lieber Leo,
ja, wir können uns gerne treffen. Ich bin nur nicht sicher, ob ich diese Hütte wiederfinde. ☺
Liebe Grüße, Freya

Kein Problem. Dann treffen wir uns am Waldrand und suchen sie zusammen. Ich habe den Weg noch ungefähr im Kopf. Was meinst du?

Freya wusste, dass sie dabei war, eine riesige Dummheit zu begehen. Aber ihr wild klopfendes Herz wollte davon nichts hören. Und bevor ihr Verstand sie daran hindern konnte, tippte sie:

Okay.

»Was, wenn Maria eine Überdosis genommen hat?«, fragte Terri leise, während sie sich zusammen mit Freya in die Schlange vor der Essensausgabe einreihte.

Freya schauderte: »Wäre möglich. Aber wo ist sie dann? Also ihre Lei…«

»Darf ich mal bitte durch?« Anna drängte sich an ihnen vorbei. Ihre Augen waren gerötet.

»Alles okay, Anna?«, fragte Freya besorgt.

»Das kann dir doch egal sein!«, fauchte Anna.

»Ist es wegen Maria?«, hakte Freya vorsichtig nach.

»Ist es wegen Maria? Ist es wegen Maria?«, äffte Anna sie nach. »Kann ich nicht mal schlechte Laune haben, einfach nur, weil es mir nicht gut geht, ohne dass es gleich was mit Maria zu tun haben muss? Es geht mir so auf die Nerven, dass alle jeden schiefen Blick von mir gleich auf Maria beziehen!«

»Hey, ist ja gut!« Terri hob beschwichtigend die Arme. »Sie hat ja nur gefragt.«

»Tut mir leid«, sagte Freya sanft. Sie ahnte, dass sie sich auf hauchdünnem Eis befand. »Es ist nur so, dass wir etwas über Maria herausgefunden haben. Etwas Wichtiges! Vielleicht könnte es dich interessieren. Vielleicht weißt du auch bereits davon.«

»Und was soll das sein?« Anna klang feindselig.

»Nicht hier«, flüsterte Terri Freya zu und deutete über deren Schulter nach hinten.

Freyas Blick folgte Terris.

»Hello, Ms Miller«, begrüßte sie ihre Lehrerin, die mit klackernden Absätzen an ihnen vorbeischritt. Dann wandte sie sich wieder Anna zu. »Wir treffen uns nach dem Abendessen, okay? Komm zu unserem Zimmer, dann reden wir in Ruhe.«

»Von mir aus.« Anna wirkte nicht sehr überzeugt, war aber offensichtlich neugierig genug, erfahren zu wollen, was Freya ihr zu sagen hatte.

Sobald Terri und Freya auf ihren Plätzen neben den Mülleimern saßen, flüsterte Terri: »Glaubst du, Anna weiß von den Drogen?«

»Ich hab keine Ahnung, das werden wir hoffentlich heute Abend herausfinden.«

»Vorausgesetzt, sie sagt uns die Wahrheit.«

Freya nickte.

Und vorausgesetzt, Anna wollte überhaupt, dass Maria gefunden wurde.

Ihrem Ausraster gerade eben nach zu urteilen, war Freya sich da plötzlich gar nicht mehr so sicher.

Kurz nach dem Abendessen klopfte es zaghaft an Freyas und Terris Zimmertür, und Anna trat ein. Sie sah noch immer etwas geknickt aus, wenn auch schon deutlich gefasster als am Nachmittag.

»Magst du dich setzen?« Terri räumte ein paar der T-Shirts, die über ihrem gesamten Bett verstreut lagen, zur Seite.

Anna verschränkte die Arme vor der Brust. »Nein, ich stehe lieber.«

»Auch gut.« Terri ließ sich auf ihr Bett fallen.

Freya blieb wie Anna stehen und räusperte sich: »Schön, dass du gekommen bist –«

»Spar dir das Vorgeplänkel. Sag, was du weißt.« Anna blickte Freya fest in die Augen.

»Gut, wie du meinst.« Freya gab sich Mühe, nicht beleidigt zu klingen. »Es ist so: Wir haben herausgefunden, dass Maria vor einiger Zeit Drogen gekauft hat. Hast du etwas davon gewusst?«

Anna brauchte gar nicht erst zu antworten. Ihr Gesicht verriet sie auf der Stelle. Die Augen weiteten sich, und ihr Mund stand einen Spalt weit offen.

Langsam nickte sie. »Ja, ich habe es mir schon gedacht.«

»Was soll das heißen?«, fragte Terri. »Hast du es gewusst oder nicht?«

»Ja … nein … jein … also, ich habe mal Drogen bei ihr gefunden. Aber sie hat abgestritten, dass sie die auch konsumiert. Sie hat behauptet, sie seien für eine Freundin.«

»Und das hast du ihr geglaubt?« Terri musterte Anna skeptisch vom Bett aus.

»Na ja, es gab für mich erst mal keinen Grund, ihr nicht zu glauben. Sie hat abgestritten, dass sie die Drogen selbst nimmt. Hat gesagt, dass sie nur ein Kurier ist, um sich ein bisschen was zu verdienen – von ihrer Tante bekommt sie ja keinen Cent.«

»Und woher hatte sie dann das Geld, um sich die Drogen zu besorgen?«, fragte Freya.

»Keine Ahnung. Das hab ich nicht gefragt. Für mich war die Frage wichtiger, ob sie …« Anna stockte. »Warte mal! Woher habt ihr diese Info überhaupt?«

»Wir haben unsere Quellen«, sagte Terri, und es klang beinahe so, als sei sie eine professionelle Ermittlerin. Freya konnte sich ein Grinsen nicht verkneifen.

»Ihr wollt von mir wissen, was ich darüber weiß, aber selber nicht mit Informationen rausrücken? Ihr könnt mich mal!« Anna wandte sich zum Gehen.

»Warte!«, rief Freya so laut, dass Anna die Türklinke wieder losließ. »Schon gut, wir werden dir sagen, von wem sie die Drogen hat. Versprochen. Aber wichtiger ist doch, ob sie sie wirklich weiterverkauft oder selbst konsumiert hat. Hast du irgendwelche Veränderungen an ihr bemerkt?«

Anna überlegte kurz. »Ja, schon. Ich hatte das immer auf ihre schlechten Noten geschoben, aber vielleicht hing ihre Fahrigkeit und schlechte Laune auch mit den Drogen zusammen. Es fing so kurz nach den Sommerferien an, glaube ich. Maria hatte sich verändert. Sie war irgendwie wie … wie hinter einem Schleier. So, als würde nichts mehr richtig zu ihr durchdringen. Als sei sie völlig in ihrer eigenen Welt.«

Terri und Freya warfen sich einen Blick zu.

»Und du hast das mit den Drogen nicht gemeldet?«, fragte Terri. »Du hättest Hilfe holen können!«

»Lass sie«, sagte Freya.

»Doch, sie hat recht.« Annas Augen trübten sich. »Ich hätte es jemandem sagen müssen. Vielleicht wäre es noch nicht zu spät gewesen. Vielleicht hätte ihr noch geholfen werden können.«

»Es ist nicht deine Schuld.« Vorsichtig legte Freya den Arm um Annas Schulter. Mit einem Mal schob sich ein Bild in Freyas Bewusstsein. Ein Mann in einem weißen Kittel, der seinen Arm um die von Weinkrämpfen geschüttelte Freya legte und dieselben Worte flüsterte, die sie gerade zu Anna gesagt hatte.

Es ist nicht deine Schuld.

Nicht. Deine. Schuld.

Anna schüttelte Freyas Arm ab, und das Bild verblasste. Ein stechender Schmerz blieb in Freyas Brust zurück.

»Wer war es, der Maria die Drogen verkauft hat?«, fragte Anna. Ihre Stimme wurde wieder fester. »Sagt es mir endlich!«

»Maria hat sich an Oskar gewandt«, begann Freya.

»Ich hätte es wissen müssen.« Anna schnaubte verächtlich. »Wer sonst? *Er* hat sie also auf dem Gewissen!«

»Wir wissen doch überhaupt nicht, was passiert ist.« Freya legte Anna beschwichtigend eine Hand auf den Arm, die diese wieder sofort abschüttelte. Also machte Freya einen Schritt von Anna weg, die immer noch dicht neben der Tür stand, als wolle sie jeden Moment abhauen, und sagte ruhig: »Außerdem hat Oskar ihr keine Drogen verkauft. Er hat sie weiterverwiesen. An einen gewissen Dexter.«

»Wer soll das denn sein?«

»Der Typ, von dem Oskar seine Drogen bezieht.« Terri stand vom Bett auf, goss sich ein Glas Wasser ein und leerte es in einem Zug. »Wobei Dexter wohl kaum sein richtiger Name ist. Nicht mal Oskar weiß Näheres über ihn. Jedenfalls behauptet er das.«

»Wir haben der Polizei bereits von ihm erzählt«, sagte Freya, »aber sie nehmen das Ganze nicht besonders ernst.«

Anna nickte. »Wundert mich nicht. Die sind so verstrahlt.«

»Jedenfalls wissen sie jetzt Bescheid, und wir müssen wohl oder übel abwarten«, sagte Freya.

»Ich rede mit Oskar!«, sagte Anna scharf. »Er soll mir gefälligst alles erzählen, was er über diesen Dexter weiß.«

»Na, dann viel Glück.« Terri füllte ihr Glas erneut. »Freya hat es trotz Erpressungsversuch nicht herausbekommen.«

»Erpressungsversuch?«

»Nicht so wichtig.«

»Gut, dann werde ich mal gehen. Danke für eure Informationen.« Ohne ein weiteres Wort verließ Anna das Zimmer.

»Was hältst du von ihr?«, fragte Terri, kaum dass die Tür hinter Anna zugefallen war.

»Sie war nicht besonders überrascht.«

»Seltsam, dass sie Maria einfach so die Geschichte mit der Freundin abgekauft hat. Sie hätte doch stutzig werden müssen, findest du nicht?« Terri nippte an ihrem Wasser.

»Ja, schon.« Freya legte die Stirn in Falten. »Mein Kopf raucht ganz schön. So kommen wir einfach nicht weiter. Wir wissen ja nicht mal, wem wir glauben können.«

»Also Schluss für heute mit Detektivspielen.« Terri gähnte herzhaft und setzte sich wieder auf ihr Bett. Auch Freya streckte sich auf ihrem Bett aus. Sie schloss die Augen und versuchte, die Gedanken an Anna, Maria und Dexter zu vertreiben.

Durch den Nebel in ihrem Kopf stahl sich das Bild von Herrn Seidler. Erst blass und verschwommen, dann immer klarer und intensiver. Nur noch zwei Stunden bis zu ihrem Wiedersehen!

Hoffentlich schlief Terri rechtzeitig ein.

Doch ihrem Gähnen nach zu urteilen, sollte das kein allzu großes Problem darstellen.

Nachdem Terri noch eine Weile in ihrem Fantasywälzer *Seele aus Schatten* gelesen hatte, war bald nur noch ein leises Schnarchen aus ihrem Bett zu vernehmen.

Freya schlich ins Badezimmer und schloss leise die Tür hinter sich. Eilig streifte sie ihre Kleidung ab und stieg unter die Dusche. Das warme Wasser tat gut und beruhigte ihre angespannten Nerven.

Sie ließ sich Zeit beim Einmassieren des Pfirsichshampoos und rasierte sich so penibel wie sonst nie Beine und Achseln. Nach dem Duschen cremte sie ihren gesamten Körper mit einer nach Vanille duftenden Bodylotion ein, die sie nur selten benutzte. Während ihre Hände über ihre Haut glitten, kroch ihr plötzlich die Angst den Nacken hinauf. Was, wenn Herr Seidler es sich doch noch anders überlegte, sobald er sie sah? Vielleicht käme er am Ende doch noch auf den Trichter, dass sie bloß ein blasses Mädchen mit einer viel zu großen Jeansjacke und einer viel zu geringen Lebenserfahrung war.

Freya versuchte, ihren Atem zu beruhigen, und schloss für einen Moment die Augen.

Ich bin ganz ruhig, alles ist gut, wiederholte sie immer wieder stumm. Sie kannte dieses Mantra noch aus ihren Therapiesitzungen, zu denen ihr Vater sie nach dem Tod ihrer Mutter verdonnert hatte. Nicht, dass das die schlechteste Idee gewesen wäre. Doch statt mit einem Wildfremden hätte Freya viel lieber mit ihrem Vater über ihre Mutter gesprochen.

»Was machst du da?«

Freya fuhr herum.

Sie schlang die Arme um ihren nackten Körper und starrte Terri mit großen Augen an. »Äh … ich … ich mach mich nur fertig. Wieso bist du nicht im Bett?«

»Ich muss mal.« Terri deutete schlaftrunken auf die Toilette.

»Oh. Okay.« Verlegen verbarg Freya sich hinter einem Handtuch und verließ das Badezimmer. Eilig schlüpfte sie in die schönste Unterwäsche, die sie besaß: ein lila Höschen mit passendem BH. Beides mit ein paar Spitzen verziert und alles andere als bequem.

Terri kam zurück ins Zimmer.

Sie schien so müde zu sein, dass sie gar keine Notiz von Freya nahm, die in Unterwäsche vor ihr stand.

»Gute Nacht«, murmelte sie und zog die Decke bis unters Kinn.

Freya durchforstete ihren Schrank nach einem passenden Outfit. Die Nächte waren inzwischen richtig kalt. Sie entschied sich für einen dunkelblauen Strickpullover mit V-Ausschnitt und eine eng anliegende Jeans.

Auf Zehenspitzen hastete Freya zurück ins Bad, wo sie etwas Make-up auflegte und ein paar Tropfen Parfüm hinter ihre Ohren tupfte. Den Lidstrich musste sie mehrfach abwischen und neu ziehen, so sehr zitterten ihre Hände.

Noch ein Hauch Lipgloss und goldene Ohrstecker, die ihrer Mutter gehört hatten.

Beim Blick in den Spiegel stellte Freya erschrocken fest, dass sie ihr in diesem Augenblick so ähnlich sah wie noch nie zuvor.

Freya wurde ganz schummrig. Ihr Äußeres konnte vielleicht Leo vortäuschen, dass sie beinahe schon eine Frau war, doch sie fühlte sich wie ein Kind, das mit dem Schminkkasten seiner Mutter herumexperimentiert hatte.

Sie schlich aus dem Badezimmer.

Terri grunzte im Schlaf. Freya hielt die Luft an, während sie die Tür öffnete. Sie warf einen nervösen Blick über die Schulter, doch Terris blauer Haarschopf ragte immer noch unbewegt unter ihrer Bettdecke hervor.

Leise schloss Freya die Tür hinter sich und lief auf Zehenspitzen den Korridor entlang. Es war inzwischen 22.30 Uhr, und niemand war mehr auf den Gängen unterwegs.

Freya wagte es nicht, Licht zu machen, und tastete sich stattdessen im schummrigen Schein des Mondes, der durch die Fenster fiel, voran.

Endlich erreichte sie das Treppenhaus. Nun musste sie nur noch die Treppe hinunter, durch den Hauptkorridor zum … Freya hielt inne.

Was war das für ein Geräusch?
Wieso war da überhaupt ein Geräusch?
Mit klopfendem Herzen lauschte Freya in die Dunkelheit.
Sie hatte sich nicht geirrt.
Sie hörte es ganz deutlich.
Schritte.
Schnelle Schritte.
Jemand war im Treppenhaus.
Jemand, der kein Licht machte.
Jemand, der offensichtlich nicht gesehen werden wollte.
Jemand, der immer näher kam.

19

Panisch blickte Freya sich nach einer Fluchtmöglichkeit um. Zurück in den Korridor?

Und dann? Wieder in ihr Zimmer?

Aber dann riskierte sie, dass Terri aufwachte und ihre Verabredung mit Leo platzte. Ob er ihr dann noch eine zweite Chance geben würde?

Die Schritte wurden lauter. Das Treppenhaus war menschenleer. Bis auf die ausladende Palme im mindestens einen Meter hohen Übertopf gab es nichts, was als Versteck dienen konnte.

Freya zögerte nicht lange und duckte sich dahinter in die Ecke.

Sekunden später hatten die Schritte die oberste Stufe erreicht.

Freya wagte es nicht, den Kopf zu weit hinter dem Übertopf hervorzuschieben, und konnte lediglich die Schuhe der Person sehen, die nun ihr Versteck passierte.

Braune, knöchelhohe Schnürschuhe. Männerschuhe. Und ihr Besitzer ging geradewegs zu den Mädchenschlafsälen.

Überrascht hob Freya den Kopf ein wenig, um zu sehen, wer hier nachts herumschlich. Doch da war die Person schon um die Ecke gebogen.

Mit wild pochendem Herz eilte Freya hinunter ins Erdgeschoss, wo sie in den Hauptkorridor einbog. Auch dieser war wie ausgestorben. Die Störung der Nachtruhe wurde in Hohenhausen mit Sanktionen wie Ausgangssperre oder Putzdienst im Treppenhaus bestraft, weshalb die meisten Schüler sich peinlich genau daran hielten.

Nur noch wenige Meter trennten Freya vom Haupteingang.

Sie begann zu rennen, wollte einfach nur noch raus hier. Sie rutschte auf dem frisch polierten Boden und schlitterte auf das schwere Holztor zu.

Freya griff nach der Klinke und zog daran.

Nichts.

Die Tür ließ sich keinen Millimeter bewegen.

Freya drückte dagegen. Vielleicht ging sie ja in die andere Richtung auf.

Wieder nichts.

Freya stieß einen Fluch aus und schlug sich dann schnell die Hand vor den Mund. Eine Sekunde später wurde das Echo ihre Stimme bereits über den Flur geworfen.

Freya rüttelte an der schweren eisernen Türklinke, doch nichts geschah.

Das durfte doch nicht wahr sein! Zwar gab es noch viele weitere Nebenausgänge, aber um diese Zeit waren die sicher genauso verriegelt wie der Haupteingang.

Freya entschied, es trotzdem an einem der anderen Ausgänge zu versuchen, und wollte sich gerade auf den Weg machen, als sie aus dem Augenwinkel eine Bewegung wahrnahm. Direkt hinter ihr.

Freya entfuhr ein Schrei, der sofort von einer kräftigen Hand erstickt wurde, die sich auf ihren Mund schob.

»Na, wen haben wir denn da?«

»Lass mich los!«, schrie Freya, doch kein Laut drang aus ihrem Mund.

»Pscht, Freya, ich bin's.«

Erleichterung durchströmte Freya. In ihrer Panik hatte sie Herrn Seidler nicht erkannt, vielleicht auch, weil seine Stimme kaum mehr als ein Flüstern gewesen war.

Seine Hand löste sich von ihrem Mund, und er drehte sie sanft an den Schultern zu sich herum.

»Sie haben mir einen Riesenschrecken eingejagt«, wisperte Freya.

»Du.«

»Was?«

»Du. Das hatten wir doch schon. Ich bin Leo.«

Freya konnte im Halbdunkel den zärtlichen Ausdruck erkennen, mit dem er sie betrachtete.

»Du siehst toll aus, Freya.«

Freya spürte, wie sie rot wurde, und wandte den Blick ab.

»Die Tür ist verschlossen«, sagte sie rasch, da sie nicht wusste, was sie sonst sagen sollte.

»Ich weiß. Sie wird immer um zehn zugesperrt. Aber …« Mit einer triumphierenden Geste griff er in seine Hosentasche und präsentierte einen Schlüssel. »Ich habe den hier.«

Sie traten in die kühle Nachtluft, und während Freya versuchte, ihren Herzschlag etwas zu beruhigen, verriegelte Leo das Tor hinter ihnen.

»Für alle Fälle«, sagte er. »Fürs nächste Mal lasse ich dir einen Schlüssel nachmachen. Also natürlich nur, wenn du das magst. Was meinst du?«

Freya strahlte übers ganze Gesicht.

Einen Schlüssel nachmachen. Also wollte er, dass es noch weitere Treffen geben würde.

Freyas Herz füllte sich mit Wärme, die sich über ihren ganzen Körper ausbreitete, als Leo ihre Hand nahm und sie durch die Gärten an den Waldrand führte. Seine Finger kreuzten sich dabei mit ihren, und es fühlte sich für Freya wie die natürlichste Sache der Welt an, Händchen haltend mit ihm durch die Nacht zu spazieren.

Eine gute halbe Stunde später hatten sie die verlassene Jagdhütte erreicht. Die Tür war unverschlossen und knarzte beim Öffnen so laut, dass Freya sicher war, sie würde den ganzen Wald aufwecken.

Leo schaltete die Deckenlampe ein, und Freya war überrascht, dass sie überhaupt funktionierte.

Direkt gegenüber der Eingangstür gab es einen Kamin, über dem sie die Augen eines toten Hirsches anklagend anstarrten. Freya wurde ganz flau im Magen.

Außer den Wildschweinköpfen, die von jeder Wand auf sie herabblickten, befanden sich in den Ecken des Raumes ein ausgestopfter Marder, drei Hasen und, was Freya am meisten schockierte, ein ausgestopftes Rehkitz, das so winzig war, als sei es erst wenige Tage alt gewesen, bevor jemand seinem viel zu kurzen Leben ein brutales Ende gesetzt hatte.

Freya konnte nicht begreifen, welchen Sinn manche Menschen darin sahen, Tiere erst zu töten, um ihre Körper dann wie lebensecht zu Dekorationszwecken aufzustellen.

Sie fand diese Art von Sammelleidenschaft einfach nur pervers.

Schaudernd wandte sie den Blick von dem Rehkitz ab.

In der Mitte des kleinen Raumes stand ein zerschlissenes tannengrünes Sofa, auf dem mindestens vier Personen bequem Platz gehabt hätten. Darunter lag ein riesiger bunter Flickenteppich, der im Gegensatz zur übrigen Einrichtung wie neu aussah.

An der Wand links neben dem Kamin erstreckte sich ein großes Holzregal, dessen unterste zwei Bretter rausgebrochen waren und das bis auf eine dicke Staubschicht vollkommen leer war.

Die Decke und die Wände waren übersät von Spinnweben, und Freya schauderte, als sie sah, wie eine besonders dicke Kreuzspinne sich über eine Fliege hermachte. Vergeblich versuchte das kleine Tier, dem sicheren Tod zu entrinnen, und verhedderte sich dabei immer mehr im Netz der Spinne.

Die Fenster der Hütte waren so schmutzig, dass man bestimmt nicht einmal bei Tageslicht durch sie hindurchsehen konnte.

Freya griff erneut nach Leos Hand. Die Hütte verströmte etwas Unheimliches, und wenn Leo nicht an ihrer Seite gewesen wäre, wäre sie sicher gestorben vor Angst.

»Na ja, es ist nicht gerade das Hilton, aber immerhin haben wir hier unsere Ruhe«, sagte Leo. Er ließ Freyas Hand los und begann, seinen Rucksack auszupacken.

Erstaunt beobachtete Freya, wie er eine Ladung dicker weißer Kerzen, zwei Weingläser und eine Flasche Weißwein daraus hervorholte. Gefolgt von einem Baguette, Trauben und verschiedenen Sorten Hartkäse.

Zuletzt entnahm Leo dem Rucksack ein rot-weiß kariertes Geschirrhandtuch, das er auf dem bunten Teppich ausbreitete und auf dem er die Sachen platzierte.

Auf dem Boden um den Teppich herum stellte er die mitgebrachten Kerzen auf, und wenig später flackerte ihr heller Schein durch die Hütte und sorgte für gerade genug dämmriges Licht, dass Leo die Deckenlampe wieder ausschalten konnte.

Freya ließ sich auf den Teppich neben Leo sinken. Etwas drückte unsanft von unten gegen ihren Oberschenkel, vermutlich ein Stein, und so rückte sie noch ein wenig näher an Leo heran.

»Magst du Wein? Ich weiß, eigentlich darfst du das noch nicht, aber …«

»Wein ist gut«, sagte Freya schnell. Sie wollte auf keinen Fall über ihr Alter und all die Dinge, die ihr noch verboten waren, sprechen.

Leo füllte die beiden Gläser und reichte eins davon Freya.

»Du hast ja wirklich an alles gedacht«, sagte sie und konnte ihr Strahlen kaum im Zaum halten.

Im Hilton hätte es kaum romantischer sein können.

»Na ja, den Geigenspieler konnte ich leider nicht mehr erreichen«, erwiderte Leo lachend und hob sein Glas. »Auf einen schönen Abend.«

»Auf einen schönen Abend.«

Sie tranken und grinsten sich über die Gläser hinweg an. Freya durchforstete ihren Kopf nach Gesprächsthemen, doch nichts schien ihr passend. Ihr Gehirn war wie leer gefegt. Sie konnte sich nicht erinnern, wie so was funktionierte. Flirten. Ein Date haben.

Sie hatte sich schon das ein oder andere Mal mit Jungs getroffen, aber erstens waren das *Jungs* gewesen, und zweitens hatte keiner von ihnen ihr wirklich etwas bedeutet.

Bei Leo war das ganz anders.

Sag was, Freya. Irgendwas!

Aber ihr Mund hatte offenbar vergessen, wie sprechen funktionierte.

Er öffnete und schloss sich wieder, ohne dass auch nur ein Wort entwich.

Freya konnte nichts anderes tun, als Leo immerzu anzuschauen, und war machtlos dagegen, dass ihr Lächeln breiter und breiter wurde.

»Geht es dir gut, Freya?«, fragte Leo.

Sie nickte bloß.

Sie wollte ihm sagen, *wie* gut es ihr in seiner Gegenwart ging, doch sie wagte es nicht. Wollte ihn nicht damit überfordern, nicht vergraulen.

»Hast du Hunger?«

Wieder ein Nicken. Freya stopfte sich eine Ladung Käse und Trauben in den Mund. Nun konnte sie ohnehin nichts mehr sagen.

Eine Weile aßen sie stumm und warfen sich nur hin und wieder tiefe Blicke zu. Leo goss noch etwas Wein nach, und Freya fühlte, wie ihr Gehirn sich langsam schlafen legte und dem Bauch das Feld überließ.

Sie rückte noch ein Stück näher an Leo heran. Ganz langsam sank ihr Kopf auf seine Schulter.

Leo umfasste ihre Taille. Mit seiner freien Hand strich er über Freyas Gesicht. Zeichnete jeden Millimeter ihrer Haut nach.

Freyas Lippen suchten nach Leos, fanden sie. Sein Kuss schmeckte nach Wein.

Freya ließ sich mitten hineinfallen in den Rausch aus Küssen und Berührungen.

Hände, die den fremden und doch so vertrauten Menschen betasteten. Erst vorsichtig, dann immer fordernder. Münder, die sich schlossen und öffneten. Zungen, die miteinander tanzten.

Warme Finger unter Freyas Pullover, auf ihrem Rücken. Nesteln am Verschluss ihres BHs. Eine Hand auf ihrer Brust. Sanftes Zudrücken. Stöhnen aus ihrem Mund.

Scham. Leidenschaft. Verlegenheit. Zärtlichkeit.

Die Hand an ihrem Hosenbund, in ihrem Slip.

Freya öffnete leicht die Beine, wollte die Berührung so sehr.

Doch ihr Gehirn war noch nicht gänzlich im Schlaf versunken.

Was machst du da?, rief es dem Gefühl zu. *Stopp, stopp!*

»STOPP!«

Leo zuckte zurück.

Freya schlug sich erschrocken die Hand vor den Mund. »Tut mir leid, das ist mir jetzt so rausgerutscht.«

»Kein Problem, alles in Ordnung.«

»Es ist nur ... Es geht mir etwas zu schnell.«

»Das verstehe ich.«

»Weißt du, ich will dich wirklich sehr, aber ich ...«

Sie sah an ihm vorbei. Ihr Blick fiel auf das tote Rehkitz, und schnell wandte sie sich wieder Leo zu.

»Es ist dein erstes Mal«, sagte Leo.

Freya nickte.

Und da war er. Der Beweis, dass sie doch noch ein kleines, unerfahrenes Mädchen war und nicht die Frau, die Leo in ihr zu sehen geglaubt hatte. Bestimmt würde er jetzt erklären, dass es besser war, es dabei zu belassen.

»Das ist doch nicht schlimm«, sagte Leo sanft. »Wir haben alle Zeit der Welt. Wir müssen nichts überstürzen. Lass uns uns einfach weiter treffen und schauen, wohin es führt.«

Leos Worte streichelten Freya zärtlicher, als seine Finger es eben noch getan hatten.

Sie knöpfte Hose und BH wieder zu, setzte sich auf das Sofa und suchte Leos Blick. »Magst du zu mir kommen?«

Leo kroch neben Freya, und ihre Körper verknoteten sich augenblicklich miteinander.

»Danke, dass du Verständnis dafür hast«, flüsterte Freya.

»Ist doch klar.«

Er benetzte ihre geschlossenen Augenlider mit Unmengen von Küssen. Freya seufzte selig und glitt langsam in den Schlaf.

Als sie erwachte, lag Leo nicht mehr neben ihr. Freya blinzelte. Im Schein der mittlerweile stark heruntergebrannten Kerzen erkannte sie, wie Leo seinen Rucksack packte. Er bemerkte, dass sie ihn beobachtete, kam zu ihr und strich ihr eine Strähne hinters Ohr. »Gut, dass du aufwachst. Es ist schon drei Uhr. Wir sollten lieber wieder zurück ins Internat, bevor die Ersten aufwachen.«

Freya gähnte ausgiebig und rieb sich die Arme. Ohne Leos Körper neben sich fror sie in der unbeheizten Hütte. Wankend vor Müdigkeit schlüpfte sie in ihre Jacke und half Leo, die Reste des Picknicks zu verstauen.

Leo pustete die Kerzen aus und nahm Freyas eiskalte Hand in seine. »Du frierst ja fürchterlich, Freya.«

»Schon okay, halt mich einfach warm.«

Leo zog sie in seine Arme, und eng umschlungen verließen die beiden die Hütte.

Der Wald lag in vollkommener Dunkelheit vor ihnen, und Freya klammerte sich an Leo fest, um nicht über irgendwelche Steine und Äste zu stolpern, die überall nach ihren Füßen zu greifen schienen.

Als sie nach etwa einer halben Stunde Fußmarsch die Gärten von Hohenhausen erreicht hatten, zog Leo Freya noch einmal zu sich heran und drückte ihr einen langen Kuss auf den Mund.

Freya wollte nicht, dass er sie jemals wieder losließ. Sie fühlte sich so sicher in seinen Armen.

Der Kuss endete viel zu früh, und Leo hauchte ihr ins Ohr: »Das war eine wunderschöne Nacht, Freya.«

»Das fand ich auch.«

Sie stockte. Durfte sie fragen? Oder wäre das zu aufdringlich?

Noch bevor sie die Worte bremsen konnte, stoben sie bereits aus ihr heraus. »Wann werden wir uns wiedersehen?«

Leo runzelte die Stirn. »Am liebsten sofort, aber ich muss die nächsten Tage viel arbeiten. Die Zwölfer hatten gerade Klausurenphase. Die Bioarbeiten stapeln sich auf meinem Schreibtisch. Vielleicht gegen Ende der Woche? Was meinst du?«

Ende der Woche? Freya wollte am liebsten den Kopf schütteln und ihm sagen, dass sie keinen einzigen Tag ohne ihn aushalten würde.

Stattdessen nickte sie und tröstete sich damit, dass sie ihn zumindest im Sportunterricht wiedersehen würde.

»Ich lasse dir den Schlüssel zum Haupttor nachmachen, und dann schreiben wir noch mal, wann genau wir uns treffen, okay?«

»Okay.«

»Und jetzt ganz leise.« Leo hielt den Zeigefinger an die Lippen und schlich voraus.

Vorsichtig folgte Freya ihm durch den Garten und das Haupttor, dessen Knarren Tote hätte erwecken können. Zum Glück waren die Schlafsäle nicht auf derselben Etage.

»Ich muss da lang«, flüsterte Leo und deutete nach links. »Schlaf noch gut, Freya. Ich freu mich schon auf unser Wiedersehen.«

»Ich mich auch«, wisperte Freya und stellte sich auf die Zehenspitzen, um noch ein letztes Mal in dieser Nacht seine Lippen schmecken zu können. Einen Herzschlag später war Leo in der Dunkelheit des Korridors verschwunden.

Freya schlich die Treppe in den zweiten Stock hinauf. Mittlerweile war es kurz vor vier. Ein paar Stunden konnte sie sich noch hinlegen, bevor der Wecker klingeln würde.

Vorsichtig öffnete Freya die Tür zu ihrem Zimmer. Terri regte sich nicht. In der Dunkelheit tastete Freya sich bis zu ihrem Bett vor und schlug die Decke zurück.

»Was ist los?« Ein verschlafendes Murmeln drang von der anderen Seite des Zimmers zu ihr.

Freya erstarrte mitten in der Bewegung. »Nichts«, flüsterte sie. »Schlaf weiter. Ich war nur kurz auf der Toilette.«

»Okay«, grunzte Terri. Sekunden später füllte ihr leises Schnarchen den Raum.

Mit einer Mischung aus Glück und schlechtem Gewissen kroch Freya unter ihre Bettdecke.

Am nächsten Morgen konnte Freya Terri kaum in die Augen schauen. Sie befürchtete, dass diese ihr sofort an der Nasenspitze ansehen würde, dass sie ihr etwas verheimlichte. Beim Frühstück sprachen die beiden über Belangloses, und Freya war nahezu erleichtert, als es zur ersten Unterrichtsstunde läutete.

Nach einer endlos langen Mathestunde und einer Doppelstunde Englisch stand Sport auf dem Stundenplan.

Auf dem Weg aus dem Klassenzimmer war Freya so sehr darauf konzentriert, ihr Lächeln unter Kontrolle zu bringen, dass sie um ein Haar über Fabi gestolpert wäre, der zwischen den Tischen stehen geblieben war, um sich die Schuhe zu binden.

»Oh sorry, ich hab dich nicht ge…« Freya stockte. Ihr Blick klebte an Fabis Schuhen.

Braune Schnürschuhe. Knöchelhoch.

Freya gab Terri ein Zeichen, schon mal vorzugehen, und wartete, bis auch alle anderen Schüler den Raum verlassen hatten.

Fabi erhob sich, ohne wirklich Notiz von Freya zu nehmen.

Sie räusperte sich und wollte gerade zu sprechen ansetzen, als ihr einfiel, dass es ziemlich unklug wäre, Fabi damit zu konfrontieren, dass sie ihn in der Nacht gesehen hatte. Da hatte sie es geschafft, sich aus dem Zimmer, einmal quer durch die Schule bis in den Wald und zurück zu schleichen, und dann riskierte sie, das alles innerhalb einer Sekunde zunichtezumachen!

Fabi schien Freyas Blicke im Nacken gespürt zu haben. Er fuhr zu ihr herum und beäugte sie misstrauisch: »Was starrst du mich so blöd an?«

»Ich starre dich nicht an«, erwiderte Freya. Auch wenn es genau das war, was sie tat.

»Ist irgendwas?«

»Nein.«

»Schnüffelst du etwa immer noch rum?« Fabis Stimme nahm einen scharfen Klang an.

»Und wenn es so wäre?«

»Ist mir egal. Ich hab nichts zu verbergen.«

»Na ja.« Freya zog vielsagend die Augenbrauen hoch.

»Du hast doch nicht etwa mit der Polizei geredet wegen … wegen dieser Sache?« Fabis Augen verengten sich zu Schlitzen.

»Nein«, entgegnete Freya schnell.

»Und dabei bleibt es auch«, sagte Fabi drohend und machte einen Schritt auf Freya zu.

Freya zuckte mit den Schultern und wandte sich zum Gehen, doch Fabi packte ihr Handgelenk und hielt sie fest.

»Ich warne dich nicht noch einmal. Wenn ich mitbekomme, dass du das der Polizei erzählst, mach ich dich fertig!«

Noch während Freya in der Umkleidekabine in ihre Sportsachen schlüpfte, hallte Fabis Drohung in ihren Ohren nach.

Wer wollte sie denn eigentlich noch alles bedrohen? So langsam lief die ganze Sache aus dem Ruder. Sie machte sich immer mehr Feinde.

War es das wirklich wert? Immerhin kannte sie Maria kaum.

Doch es schien sich inzwischen niemand mehr für deren Verbleib zu interessieren. Alle lachten, schwatzten, lernten, lebten weiter wie zuvor. Als hätte es Maria nie gegeben. Die Zeitungsmeldungen und Internetposts zu ihrem Verschwinden waren in letzter Zeit abgeebbt, und selbst Anna war heute wieder gut drauf.

Freya sah sie mit Cora und Birte in der Ecke neben dem Tor stehen und kichern, als sie die Turnhallte betrat. Immer wieder fuhr Anna sich mit der Hand durch das offene Haar.

Cora warf den Kopf in den Nacken, und ihr Lachen drang glockenhell durch die gesamte Halle. Lediglich Birte wirkte ein wenig gedrückt. Ihr Blick flog zwischen Anna und Cora hin und her, doch ihre Augen waren leer.

»Alles klar?«, fragte eine Stimme hinter Freya.

Terri stand in einem azurblauen T-Shirt und einer schwarzen Sporthose da. »Was wolltest du denn von Fabi?«

»Wieso von Fabi?«

»Ach Freya, mach mir nichts vor, du hast ihn beim Rausgehen die ganze Zeit angeglotzt.«

»Unsinn, ich war nur in Gedanken … Hast du gesehen? Anna hat plötzlich wieder super Laune. Scheint das Verschwinden ihrer Freundin ja ganz gut verdaut zu haben.«

»Ja, das ist mir auch schon aufgefallen«, erwiderte Terri. »Sie grinst schon den ganzen Tag wie ein Honigkuchenpferd.«

»Guten Morgen zusammen.« Mit einem breiten Lächeln betrat Leo die Turnhalle.

Die Welt hörte auf, sich zu drehen.

Freya suchte Leos Blick. Ihre Augen versanken ineinander. Am liebsten hätte Freya ihm all die Dinge zugeflüstert, die sie in diesem Moment mit ihm tun wollte. Dinge, die alle in der Halle schockiert hätten.

Freyas Herz drohte zu zerspringen unter dem Druck, ihm so

viel sagen zu wollen und nicht zu dürfen. Ihr Blick verhakte sich in seinem, wollte ihn nie wieder loslassen. Sie suchte in seinen Augen nach einem Hinweis, dass es ihm genauso ging wie ihr. Dass auch er beinahe platzte vor Gefühl.

»Spielen wir heute wieder Handball?«

Eine Stimme von irgendwo weit, weit weg.

Die Welt nahm Anlauf und drehte sich weiter.

Leo fuhr zu der Stimme herum. Die Verbindung zwischen Freya und ihm riss ab.

Freya sah sich um. Sie hatte erwartet, dass alle sie anstarren würden, da bestimmt jedem aufgefallen war, was da gerade zwischen ihr und Leo passiert war. Doch ihre Mitschülerinnen schienen alle völlig mit sich selbst beschäftigt. Vermutlich war es eine Sache von Sekunden gewesen, bis Leo den Blick von ihr abgewandt hatte.

Das war ja auch vernünftig so. Das Risiko, dass eine ihrer Klassenkameradinnen registrierte, welche Blicke sie einander zuwarfen, war viel zu hoch.

»Nein, heute steht Volleyball auf dem Programm«, hörte Freya Leos Antwort, gefolgt von allgemeinem Stöhnen.

Ihr war es ganz egal. Sie war mit allem einverstanden, solange er nur in ihrer Nähe war.

Oh Mann, war sie peinlich.

Zum Glück konnte niemand ihre Gedanken lesen. Früher hatte sie ihre Freundinnen damit aufgezogen, wenn sie mal wieder von irgendwelchen Typen besessen gewesen waren.

Lotta hatte sich sogar einmal um ein Haar ein Herz mit den Initialen ihres damaligen Freundes auf den Bauch tätowieren lassen. Beim Anblick der riesigen Tattoonadel war sie jedoch ohnmächtig geworden, was wirklich ein Glück gewesen war, denn schon zwei Wochen später war ihr Freund ihr Ex-Freund.

Freya hatte damals begriffen, dass Liebe nicht nur blind, sondern manchmal auch dämlich machte, und sich geschworen, alles dafür zu tun, um niemals inmitten des eigenen Erbrochenen auf dem Boden eines heruntergekommenen Tattoo-Studios zu erwachen.

Zwar war sie davon tatsächlich noch weit entfernt, doch andererseits hätte Freya ihre Hand nicht dafür ins Feuer gelegt, dass sie sich nicht auch zu einem kleinen Herztattoo überreden lassen würde, wenn Leo sein charmantestes Lächeln aufsetzen würde.

»Birte, Terri, ihr wählt bitte heute die Mannschaften!«, rief Leo und holte Freya damit ins Hier und Jetzt zurück.

Diesmal musste sie zum Glück nicht bis ganz zum Schluss warten, bis sie gewählt wurde, denn Terri nahm sie sofort in ihr Team auf.

Bevor das Volleyball-Match startete, ließ Leo seine Schülerinnen noch ein paar Runden durch die Halle joggen. Dabei überholte Anna Freya und lief nun ein kleines Stück vor ihr her. Freya betrachtete sie von hinten. Ein kirschrotes Haarband sorgte dafür, dass ihre langen braunen Haare ihr nicht ins Gesicht fielen. Beim Laufen schwangen sie von links nach rechts über Annas gebräunte Schultern. Anna trug eng anliegende schwarze Hotpants und ein mintgrünes Top, dessen Spaghettiträger sich im Rücken kreuzten.

Annas Haare schwangen nach links. Freya ließ ihren Blick über ihren Rücken bis hoch zu den breiten Schultern wandern. Die Haare schwangen nach rechts.

Dort, eine Handbreit über der linken Schulter, prangte ein roter Fleck auf Annas Hals. Keine Verletzung, nein, das war etwas anderes. Etwas, das gestern Abend noch nicht da gewesen war, da war sich Freya sicher. Anna hatte offenbar versucht, den Knutschfleck zu überschminken, denn er drückte sich durch eine vom Schweiß schon fast weggespülte Make-up-Schicht hindurch.

Freya hatte Lotta oft dabei beobachtet, wie sie versucht hatte, Knutschflecke zu kaschieren. Aber sie war damit jedes Mal genauso gescheitert wie Anna, deren Haare nun wieder nach links schwangen und den Fleck für einen kurzen Moment verbargen. Ob das der Grund für ihre plötzliche gute Laune war? War sie frisch verliebt? Aber in wen?

Freya stolperte und schlug hart mit dem Knie auf dem Boden auf.

»Autsch!«, schrie sie und rieb sich das Knie, das bis auf eine leichte Schürfwunde jedoch unverletzt war.

»Alles okay?« Terri joggte neben Freya auf der Stelle.

»Ja, alles gut, ich bin nur über meine eigenen Füße gestolpert«, antwortete Freya, und Terri lief weiter.

Freya stand auf und bemerkte, dass es nicht ihre wirren Gedanken, sondern ihr offener Schnürsenkel gewesen war, der sie zu Fall gebracht hatte.

Während sie den Schuh zuband, musste sie wieder an Fabi und seine Drohung denken.

Fabi!

Freya riss die Augen auf.

Anna hatte einen Knutschfleck. Und er war noch frisch. Maximal ein paar Stunden alt.

Und Freya wusste genau, wer sich ein paar Stunden zuvor klammheimlich zu den Mädchenzimmern geschlichen hatte.

Ein mulmiges Gefühl wuchs in ihrer Brust. Wenn es wirklich

stimmte, was sie vermutete, dann hatte Anna aus einem ganz bestimmten Grund so gute Laune.

Freya rappelte sich hoch und zog ihr Tempo an, bis sie Anna eingeholt hatte. Sie überholte sie und warf ihr im Vorbeilaufen einen langen Blick zu. Das selbstgefällige Lächeln, das Annas Mundwinkel umspielte, gefiel Freya ganz und gar nicht.

20

Die nächsten Tage dehnten sich wie Kaugummi. Freya sehnte sich so sehr nach einem Wiedersehen mit Leo, dass es körperlich wehtat.

Ihre Laune erreichte Berge und Täler, die sie bisher nicht gekannt hatte, und Terri war zunehmend irritiert von Freyas Stimmungsschwankungen. Doch immer, wenn sie Freya fragte, was denn mit ihr los sei und warum sie in einem Moment übers ganze Gesicht strahlte, nur um im nächsten Moment wie ferngesteuert durch den Tag zu wandeln, wechselte Freya rasch das Thema.

Zu gerne hätte sie Terri in die Sache mit Leo eingeweiht, aber er hatte sie eindringlich gebeten, mit niemandem darüber zu reden, auch nicht mit Terri, und Freya wollte ihn und ihr Glück auf keinen Fall in Gefahr bringen.

Sie hatte Terri von Annas Knutschfleck erzählt, wusste aber nicht, wie sie ihr klarmachen sollte, dass der von Fabi stammte, ohne sich selbst zu verraten. Terri ging daher immer wieder sämtliche Jungs der Oberstufe durch, ohne Fabi auch nur in Betracht zu ziehen. Offenbar hielt sie eine Liebschaft zwischen Anna und Fabi für ausgeschlossen.

Doch gerade das war es, was es so brisant machte. Niemand hätte es erwartet. Noch vor Kurzem hatte Fabi Anna bedroht. War das nur gespielt gewesen?

Freya hatte das Ganze tausendmal hin und her gewälzt. Immer dann, wenn ihre Gedanken eine Leo-Pause brauchten, um nicht vor Sehnsucht zu vergehen.

Anna und Fabi.

Fabi und Anna.

Wie lange ging das schon zwischen den beiden? Hatte es bereits vor Marias Verschwinden angefangen? Hatte Maria etwas davon mitbekommen? So etwas konnte man nicht auf Dauer verbergen, schon gar nicht, wenn man im selben Zimmer wohnte.

Freya schluckte, als sie an Terri dachte. Ob sie auch eines Tages von ihrer – was war das eigentlich zwischen Leo und ihr? Eine Affäre? Eine Romanze? Eine … Beziehung? Freya wagte es kaum zu hoffen – erfahren würde?

Nur, dass es sich in diesem Fall nicht um Terris Ex-Freund handelte. Maria aber wäre sicherlich bitter enttäuscht gewesen, wenn sie Anna und Fabi erwischt hätte. So enttäuscht, dass ihre Noten in den Keller sacken würden? Ihr Stipendium in Gefahr geriet?

Freya wurde schwindelig von all den Fragen.

Aber selbst, wenn die Sache zwischen Anna und Fabi schon länger lief und Maria Wind davon bekommen hatte, war das noch lange kein Beweis dafür, dass die beiden etwas mit ihrem Verschwinden zu tun hatten.

Denn auch wenn Anna und Fabi sich nicht gerade ritterlich verhalten hatten, konnten sie ja nichts dafür, wenn sie sich ineinander verliebt hatten. Wieso also hätten sie Maria aus dem Weg räumen sollen?

Freya hätte so gerne Ordnung in ihr Gedankenchaos gebracht, indem sie mit Terri darüber sprach.

Die hatte im Gegensatz zu Freya, die seit der Nacht in der Hütte alles andere als Herrin ihrer Sinne war, einen kühlen Kopf und würde vielleicht die richtigen Schlüsse ziehen.

Freya massierte ihre Schultern, die völlig verspannt waren. Sie brauchte dringend etwas Bewegung. Es war bereits neun Uhr abends, und die meisten Internatsschüler hatten sich bereits auf ihre Zimmer zurückgezogen.

»Ich glaube, ich gehe noch mal ein bisschen nach draußen«, sagte Freya.

Terri, die auf ihrem Bett liegend gelesen hatte, sah von ihrem neusten Fantasyroman *Der Schildknappe der Königin* auf. Freya fragte sich, wie schnell Terri eigentlich lesen konnte, da sie es neben den Schullektüren immer wieder schaffte, Tausend-Seiten-Schinken innerhalb von wenigen Tagen zu verschlingen.

»Wohin willst du denn? Soll ich mitkommen?«

»Nein, nein, schon gut. Ich wollte mir nur ein bisschen die Beine vertreten und einen klaren Kopf bekommen«, sagte Freya. Auch wenn der Gedanke, allein durch die dunklen Gärten zu spazieren, ihr Unbehagen bescherte.

»Okay.« Terri klang beinahe erleichtert und wandte sich wieder ihrem Buch zu.

Freya zog ihre Jeansjacke und die Regenjacke über. Es nieselte schon den ganzen Tag. Nachmittags hatte es sogar zum ersten Mal in diesem Jahr geschneit. Doch es war eher Schneeregen gewesen, der statt einer Zuckerguss- Hügellandschaft braunen Matsch hinterlassen hatte.

Durch diesen stapfte Freya nun und hatte bereits nach wenigen Minuten nasse Füße. Aber das war ihr im Moment vollkommen egal. Sie reckte ihr Kinn in den Nieselregen und ließ sich von dem kalten Wind den Kopf freipusten. Den ganzen Tag hatte sie vergeblich auf ein Lebenszeichen von Leo gewartet. Eine Nachricht, einen Anruf. Es war Donnerstag. Gegen Ende der Woche, hatte er ihr versprochen, würden sie sich wiedersehen. Was um alles in der Welt war Ende der Woche? Donnerstag? Freitag? Das Wochenende? Meinte er die Arbeitswoche oder die generelle Woche? Lag nicht in dem Wort Wochenende bereits die Antwort? Aber hatte er nicht gesagt, er müsse am Wochenende meistens zu seinem Bruder fahren?

»AAAAAHHH!« Freya stieß einen Schrei aus, den der Wind zerpflückte und dessen Einzelteile er in jeden Winkel des Gartens warf.

Es tat gut, zu schreien.

Sie durfte nicht zulassen, dass sie völlig auf Abruf war. Ihr Zeigefinger tat schon weh, so oft hatte sie an diesem Tag das Handy angeschaltet, nur um es jedes Mal erneut frustriert wieder wegzulegen.

Auch jetzt glitt Freyas Hand wie automatisch in die Hosentasche, obwohl sie wusste, dass sie leer war. Sie hatte sich gezwungen, ihr Handy oben auf dem Zimmer liegen zu lassen, um wenigstens hier draußen mal zur Ruhe zu kommen. Klappte ja super …

Freya stapfte durch den Matsch. Einmal durch den Obstgarten und zurück. In den letzten Wochen hatten die Bäume den Großteil ihrer Blätter erst bunt gefärbt und dann abgeworfen. Sie blieben an ihren Schuhen haften, als Freya darüberstapfte. Es regnete jetzt stärker, aber es war Freya gleichgültig.

Sie wollte noch nicht zurück nach oben. Nicht zu ihrem Handy. Nicht schon wieder enttäuscht sein, wenn keine neue Nachricht darauf war. Nicht von Leo. Nicht ihrem Vater. Und auch nicht von Lotta oder Kimmy. Sie alle schienen Freya vergessen zu haben! Sie alle konnten sie mal!

Einem inneren Impuls folgend rannte Freya los. Links und rechts stoben Erdklumpen auf, spritzten auf ihre Hose, ihre Jacke, doch sie ignorierte es.

Das Rennen tat ihr unendlich gut. Mit jedem Schritt spürte

Freya ihre Sorgen leichter werden. Halb blind sprintete sie durch den Garten, an den kahlen Bäumen, die sie nur als Schemen wahrnahm, vorbei, bis zum Sportplatz und wieder zurück.

Ihre Lunge brannte. Die kalte Nachtluft legte sich wie eisige Klauen um ihren Körper. Dennoch fühlte Freya sich zum ersten Mal seit Stunden frei.

Keuchend kam sie zum Stehen. Triefend vor Nässe machte sie sich auf den Rückweg und hinterließ braune Fußabdrücke und eine Blätterspur im gesamten Treppenhaus. Das schlechte Gewissen gegenüber der Putzkolonne meldete sich leise.

Freya machte sich eine gedankliche Notiz, in Zukunft ihre Schuhe vor der Tür auszuziehen.

Endlich erreichte sie den Mädchenflur.

Freya hielt inne. Was war das für ein Geräusch? Es klang wie … ein Keuchen.

Freyas Augen weiteten sich. Ein leises Stöhnen.

Nicht vor Anstrengung, sondern vor … Lust.

Freya löschte das Flurlicht und zog nun doch die Schuhe aus. Leise schlich sie vorwärts.

Das Geräusch kam aus einem der Mädchenzimmer auf der rechten Seite. Freya näherte sich den Türen mit klopfendem Herzen. Dort drüben lag Annas Zimmer. Das Stöhnen wurde lauter. Es war eindeutig eine Frau, die diese Töne von sich gab. Und es klang eindeutig erregt. War das Anna?

Freyas Puls raste. War Fabi bei ihr? Würde sie gleich den Beweis für eine Beziehung zwischen den beiden geliefert bekommen?

Freya stand nun genau vor Annas Zimmer. Sie legte ihr Ohr an die Tür, konnte jedoch nicht sicher sagen, ob das Stöhnen aus dem Zimmer kam.

Freya beugte sich herunter, kniff das rechte Auge zu und schielte mit dem linken durch das Schlüsselloch.

Annas Zimmer lag im Dunkeln. Freya hätte nicht einmal sagen können, ob Anna in ihrem Bett lag oder nicht.

Doch das Stöhnen hatte nicht aufgehört.

Freya schloss die Augen und versuchte, es zu orten. Es kam von weiter links. Zwei Zimmer weiter kroch ein Lichtschein unter der Tür hervor. Dort wohnten Cora und Birte. Hatten die beiden etwa Besuch? Oder eine von ihnen?

Das würde Freya schnell herausfinden. Mit wenigen Schritten war sie an der Tür und spähte durch das Schlüsselloch in das hell erleuchtete Zimmer hinein.

Freya hatte alles erwartet, doch nicht das. Mit offenem Mund starrte sie auf die Szene, die sich vor ihr abspielte. Unfähig, sich zu rühren. Unfähig, die Bilder zu begreifen, die ihr Auge unablässig an ihr Gehirn sandte.

Bilder, die niemals für ihre Augen bestimmt gewesen waren.

Bilder, die sich in ihre Netzhaut einbrannten.

Bilder, die sie zutiefst verstörten.

21

»Sie hat *was* getan?« Terri saß kerzengerade im Bett und starrte Freya entgeistert an.

»Ich konnte es auch kaum glauben, aber ich habe es wirklich gesehen.« Freya schloss die Augen und versuchte, die Bilder der nackten Cora und der Banane aus ihrem Gedächtnis zu löschen, was ihr jedoch nicht gelang.

Vermutlich nie gelingen würde.

»Aber warum tut Cora so was? Und lässt sich dann auch noch dabei von Birte filmen?«

»Ich hab keine Ahnung. Wegen der Kohle vielleicht?« Freya zuckte mit den Schultern.

»Quatsch, die braucht wahrscheinlich in ihrem ganzen Leben nicht zu arbeiten – Daddy sei Dank.« Terri verrollte abfällig die Augen.

»Aber warum dann?«

Terri zuckte mit den Schultern. »Keine Ahnung. Ich bin mir nicht mal sicher, ob ich das überhaupt wissen will.«

»Wer hätte gedacht, dass die perfekte Cora sich vor der Kamera mit einer Bana…«

»Stopp, Freya! Ich will diese Bilder nicht in meinem Kopf haben!« Terri schleuderte lachend ein Kissen in Freyas Richtung, dann hielt sie sich die Ohren zu.

Freya schmunzelte. Sie konnte Terri gut verstehen. Auch sie hätte die Bilder am liebsten aus ihrem Kopf gelöscht. Aber Ohren zuhalten würde da wohl nicht mehr helfen.

Freyas Blick wurde von einem Blinken angezogen, das von ihrem Handy auf dem Nachttisch kam. Unter dem Schock, den

Cora in ihr ausgelöst hatte, hatte Freya es völlig vergessen. Zum ersten Mal an diesem Tag.

Das Blinken verkündete den Eingang einer Nachricht. Sie bestand nur aus einem einzigen Satz und reichte doch aus, um Freyas Puls in schwindelerregende Höhen zu treiben.

Morgen Abend um elf am Haupteingang? Kuss, Leo

Freya musste keine Sekunde überlegen, was sie darauf erwidern sollte.

Gerne. X, Freya

»Was grinst du denn so?« Terri hatte inzwischen die Finger aus den Ohren genommen. Ihr Blick wanderte von Freyas Gesicht zu dem Handy in ihrer Hand. »Holt dein Vater dich am Wochenende ab?«

»Nein. Ich habe seit Tagen nichts mehr von ihm gehört. Und ich hatte auch keine Lust, mich zu melden.«

»Und wer bringt dich dann so zum Strahlen?«, fragte Terri neugierig.

»Niemand. Ich … hab nur gerade 'nen lustigen Spruch auf Instagram gelesen.«

»Welchen denn?«

»Äh …« Freya durchforstete ihren Kopf nach einem guten Spruch. *»Du … verwechselst mich mit jemandem, den das interessiert.«*

Wo kam denn dieser Spruch plötzlich her?

»Der ist doch uralt. Ich habe sogar ein T-Shirt mit diesem Aufdruck.«

Okay, daher also …

Kopfschüttelnd kroch Terri unter ihre Bettdecke. »Also diese Geschichte mit Cora muss ich echt erst mal verdauen.«

»Meinst du, es hat was mit Maria zu tun?«, überlegte Freya laut.

»Nein, wieso sollte es?«

»Keine Ahnung. Bloß dass ... na ja, die Drohungen von Cora. Dass ich mich aus allem raushalten soll. Warum? Vielleicht, weil ich genau das nicht herausfinden sollte?«

»Hm, schon möglich. Aber ich verstehe trotzdem nicht, was das mit Maria zu tun haben soll.«

Freya gähnte. »Ich auch nicht. Aber das finden wir schon noch heraus.«

Der nächste Tag raste nur so an Freya vorbei. Sie fieberte dem Abend so sehr entgegen, dass ihr alles leicht von der Hand ging. Der Unterricht, die Hausaufgaben, das Lernen für die anstehende Deutschklausur. Alles war überzogen von einer Schicht aus Glück und Freude, und die Stunden vergingen wie im Flug.

Nach dem Abendessen, bei dem Freya vor Aufregung kaum einen Bissen herunterbekommen hatte, räumte sie zusammen mit Terri ihren schmutzigen Teller auf den Geschirrwagen und verließ gut gelaunt den Speisesaal. Terri, die heute Aufräumdienst hatte, blieb zurück.

Freyas Herz schlug schneller, als sie im Flur Leo entdeckte. Doch er warf ihr nur einen kurzen Blick zu, der sagte: Es ist gerade ziemlich ungünstig.

Vor Leo hatte sich Anna mit vor der Brust verschränkten Armen aufgebaut. Ihre Augen funkelten zornig. Als sie Freya entdeckte, wandte sie sich von Leo ab und zischte: »Dann eben nicht.« Ohne sich noch einmal umzusehen, marschierte sie davon.

»Was war denn los?«, fragte Freya beim Näherkommen.

»Ach, nichts weiter. Ich habe ihr nur erklärt, dass ihr Platz in der Handballmannschaft in Gefahr ist.«

»Wieso? Hat sie was angestellt?« Freya wusste, dass Anna eine sehr gute Spielerin war, eine der besten – zumindest, soweit sie das beurteilen konnte.

»Bitte frag nicht weiter, Freya, ich darf dir das alles gar nicht erzählen. Du bist eine Schül… ihre Mitschülerin.«

Freya schluckte. Sie wollte das nicht aus seinem Mund hören. Dass sie eine Schülerin war. Nur eine Schülerin. Denn genau so hatte es geklungen, auch wenn er es nicht explizit gesagt hatte.

»Ich verstehe«, sagte Freya, und es klang enttäuschter als beabsichtigt.

Leo blickte sich nach allen Seiten um. Dann legte er ihr sanft eine Hand auf die Schulter. »So war das nicht gemeint, für mich bist du viel mehr als eine Schülerin. Ich freue mich schon sehr auf nachher.«

»Ich mich auch«, flüsterte Freya, und nur unter Aufbringung all ihrer Willenskraft schaffte sie es, sich nicht einfach auf die Zehenspitzen zu stellen und ihn zu küssen. Einzig der Gedanke, dass sie später noch jede Menge Gelegenheit dazu haben würde, hielt sie davon ab. Statt eines Kusses schenkte sie Leo ein breites Lächeln und verließ den Korridor.

Während sie die Treppe zu den Mädchenzimmern hinaufstieg, schweiften ihre Gedanken zu Anna hinüber. Was war bloß vorgefallen, dass ihr Platz im Team gefährdet war?

Als Terri wenig später aufs Zimmer kam, hatte Freya bereits geduscht und sich umgezogen. Die Haare hatte sie zu einem lockeren Dutt hochgesteckt. Ihr Make-up war dezent, aber dennoch intensiver als gewöhnlich.

Terri bemerkte die Veränderung sofort. »Gehst du noch aus?«

Freya spürte, wie sie rot anlief. »Nein. Wieso?«

»Du siehst so schick aus.«

»Ach, ich … ich wollte nur mal ein neues Augen-Make-up ausprobieren«, sagte Freya.

»Augen Make-up ausprobieren? Du?« Terri sah nicht überzeugt aus.

»Ja, wieso denn nicht?«

»Weil du dich sonst wenig für so was interessierst.«

»Ich habe ein YouTube-Video darüber gesehen.«

Ich habe ein YouTube-Video darüber gesehen? Na, das klingt wirklich glaubwürdig …

»Aha.« Die Skepsis wich nicht aus Terris Gesicht. Freya ließ sich aufs Bett fallen und wandte sich schnell den *Leiden des jungen Werther* zu. Bis nächste Woche sollte sie das Buch dringend beendet haben, wenn sie in der Deutscharbeit keine Sechs kassieren wollte.

Doch ihre Gedanken kreisten unaufhörlich um Leo. Wie gerne hätte sie Terri von ihm erzählt. Beinahe wäre sie geplatzt vor unterdrückten Worten. Doch es ging einfach nicht. Sie musste stark bleiben.

»Was ist los, Freya?«

Freya sah zu Terri hinüber, die sie unaufhörlich anstarrte.

»Wieso? Was soll denn los sein? Ich lese.«

»Dein Buch steht auf dem Kopf.«

»Oh.« Schnell drehte Freya das Buch um.

»Ist es wegen deinem Vater? Willst du dich nicht doch bei ihm melden?«

»Nein, alles in Ordnung.«

»Hör auf, mir was vorzumachen Freya. Ich merke doch, dass irgendwas nicht stimmt. Ich bin doch nicht blind.«

»Ich habe doch gesagt, dass alles in Ordnung ist.«

»Ach ja? Und deine ständigen Stimmungsschwankungen? Rede doch mit mir! Sag mir doch endlich, was los ist!«

»Lass gut sein, Terri, ja?«

»Wieso ziehst du dich plötzlich so zurück? Hab ich dir irgendwas getan?«

»Ja.« Freya merkte, wie sie langsam die Beherrschung verlor. »Deine Fragen nerven! Lass mich doch einfach damit in Ruhe!«

Terri sah aus, als habe Freya sie geohrfeigt, und augenblicklich meldete sich Freyas schlechtes Gewissen. »Tut mir leid. Ich hab's nicht so gemeint.«

»Gut, dass du es aussprichst. Ich hab schon seit Tagen das Gefühl, dass du immer mehr dein eigenes Ding machst.« Terris Unterlippe bebte. »Immerhin gibst du jetzt endlich mal zu, dass ich dich nerve.«

»Nein«, sagte Freya schnell, »so ist es doch nicht. Das ist mir nur so rausgerutscht.«

Terri legte sich auf ihr Bett und drehte den Kopf zur Wand.

»Terri ...«

Terri blieb stumm.

»Gut, wie du meinst, dann sei eben beleidigt«, fauchte Freya, »Gute Nacht.« Sie löschte ihre Nachttischlampe und zog sich die Decke über den Kopf. Darunter verborgen starrte sie auf ihr Handy und zählte die Minuten, bis es endlich elf Uhr sein würde.

Mit klopfendem Herzen stand Freya vor dem Haupteingang und ließ ihren Blick nervös den Flur auf und ab wandern. Terri war nach ihrem Streit schnell eingeschlafen und nicht wieder aufgewacht, als Freya sich aus dem Zimmer geschlichen hatte. Und auf der Treppe war ihr diesmal zum Glück niemand begegnet.

»Hey.« Leos Stimme flutete Freyas Körper mit Wärme.

Sie drehte sich zu ihm um und umfasste seinen Nacken, um ihn zu küssen, doch Leo schob ihre Hände sanft beiseite. »Nicht hier, Freya, lass uns warten, bis wir draußen sind.«

Er öffnete die schwere Holztür und reichte Freya dann einen großen, silbernen Schlüssel. »Hier, den hab ich für dich nachmachen lassen. Ich denke, es ist sicherer, wenn wir in Zukunft nacheinander das Internat verlassen, nur für den Fall, dass doch mal jemand nachts umherschleicht und uns zusammen sieht.«

Freya umfasste den Schlüssel mit einem Lächeln und ließ ihn in ihre Hosentasche gleiten.

»Los, komm«, flüsterte Leo und griff nach Freyas Hand.

Wenig später lagen sie eng umschlungen auf dem zerschlissenen Sofa in der Jagdhütte. Um sie herum auf dem Boden ein Meer aus Kerzen.

Freya war schon ganz atemlos vom Küssen, und Leo schien es ähnlich zu gehen. Irgendwann löste Freya ihre Lippen von seinen und schmiegte sich an seine Schulter.

»Was ist los, Freya?«

»Nichts, alles in Ordnung.« Sie lachte. »Ich fürchte, ich brauche nur mal kurz 'ne Pause.«

»Möchtest du noch was trinken?«

»Gerne.«

Leo reichte ihr ein Glas Wasser. Die Weinflasche, die er auch diesmal mitgebracht hatte, hatten sie bereits vollständig geleert. Freyas Kopf fühlte sich federleicht und gleichzeitig ein wenig matschig an. Auf eine angenehme Art.

»Und jetzt?« Leo grinste sie frech an.

»Jetzt plaudern wir.« Freya grinste zurück.

»Oh nein, wieso wollen Frauen immer nur reden?« Leo schlug

in gespielter Verzweiflung die Hände vors Gesicht, und Freya knuffte ihn in die Seite. »Hey, das ist überhaupt nicht wahr!«

»Also gut, reden wir. Und worüber möchte Madame reden?«

»Zum Beispiel über das Wochenende. Hast du schon irgendwelche Pläne? Oder …« Freya zögerte.

»Oder?«

»Oder könnten wir vielleicht … ich dachte, vielleicht könnten wir ein bisschen rausfahren. Irgendwohin, wo uns keiner kennt.« Freya blickte ihn hoffnungsvoll an, doch ihr Lächeln fiel in sich zusammen, als sie den bedauernden Ausdruck auf seinem Gesicht sah.

»Es tut mir leid, Freya, aber das geht leider nicht. Ich fahre morgen in aller Frühe nach Hause. Meinem Bruder geht es gerade nicht so gut, und ich war ja schon letzte Woche nicht bei ihm, weil ich Aufsicht hatte.«

»Oh, verstehe.«

»Ich würde wirklich unglaublich gerne Zeit mit dir verbringen, aber ich kann ihn jetzt nicht alleine lassen.«

»Und wenn ich … mitkomme?« Freya musterte ihn. Ein Schatten legte sich über sein Gesicht. Hatte sie sich gerade zu weit aus dem Fenster gelehnt?

»Das wäre wirklich schön, Freya, aber ich hätte überhaupt keine Zeit für dich, und ich glaube auch, Michael fände es nicht so gut, wenn ich jemanden mitbringe. Er ist da etwas eigen. Er fühlt sich dann sehr schnell vernachlässigt.«

»Okay, kein Problem«, sagte Freya schnell, schaffte es jedoch nicht, die Enttäuschung komplett aus ihrer Stimme zu verbannen.

»Wir sehen uns ja nächste Woche schon wieder. Die Wochenenden sind halt immer etwas kompliziert.«

Freya nickte.

Sie verstand es ja. Und es war ohnehin viel zu früh für ein Kennenlernen seiner Familie. Dennoch hatte sie insgeheim gehofft, Leo würde Ja sagen. Sich zu ihr bekennen. Zumindest vor seinem Bruder, wenn er es schon vor sonst niemandem tun konnte.

Freya ahnte, dass die Heimlichtuerei sie auf Dauer ziemlich belasten könnte, so aufregend es im Moment auch noch war.

Doch daran wollte sie nicht denken. Heute war heute. Und heute war Leo an ihrer Seite. In ihren Armen.

Sie schmiegte ihren Kopf in die warme Kuhle zwischen seinem Hals und seiner Schulter und atmete den Minzgeruch seiner Haut ein.

Leo ließ seine Finger zärtlich über ihren Rücken wandern. »Und war's das jetzt schon mit Plaudern?« Auch mit geschlossenen Augen konnte Freya seinen Blick auf sich ruhen spüren.

»Kann sein«, flüsterte sie.

»Na, das ging aber schnell«, sagte Leo. Seine Lippen streiften Freyas Haaransatz. Ihre Stirn. Sie wanderten über ihre Wange, fanden ihren Mund und stahlen ihr zum gefühlt tausendsten Mal an diesem Abend den Atem.

Leo nahm Freyas Gesicht in seine Hände, und seine Zunge drang in ihren Mund vor. Freya bäumte sich ihm entgegen.

Seine Hände strichen an ihrem Körper hinab. Freya wusste, dass sie lediglich unter ihr T-Shirt glitten, doch es fühlte sich an, als gingen sie ihr direkt unter die Haut.

Ihr ganzer Körper schrie danach, von Leo berührt zu werden. Sie wollte ihm so nah sein wie nur irgend möglich.

Freya nahm wahr, wie vorsichtig er sich ihren Brüsten näherte, unsicher seine Finger unter den BH schob.

Sie half ihm, ihn zu öffnen, und zog sich dann selbst das Shirt über den Kopf, um Leo zu signalisieren, dass er ruhig weitermachen durfte. Leo verstand. Seine Berührungen wurden fester, fordernder. Freya drückte sich so eng an ihn, dass kein Blatt mehr zwischen sie gepasst hätte.

Sie nestelte an seinem Gürtel herum und schob dann Leos Jeans von seinen Hüften. Leo keuchte in ihr Ohr, und Freya spürte, wie sich sämtliche Härchen an ihrem Körper aufstellten.

Kleidungsstück um Kleidungsstück landete zwischen den Kerzen auf dem Boden.

Freya konnte den Blick kaum von Leos Körper abwenden. Er war noch schöner, als sie ihn sich vorgestellt hatte. Muskulös und braun gebrannt, mit einem Flaum schwarzer Haare auf Bauch und Brust. Leos Hände wanderten unter Freyas Slip und schoben ihn langsam nach unten.

Freya zitterte, als sie vollkommen nackt in Leos Armen lag, was jedoch weniger der Kälte als vielmehr dem Blick geschuldet war, mit dem Leo sie betrachtete.

»Bist du dir sicher?«, fragte er und sah sie durchdringend an.

»Ja«, flüsterte Freya, »bin ich.«

Leo küsste sie lange auf den Mund, und Freyas Herz galoppierte in wilden Sprüngen davon.

Ihre Körper begannen ein Eigenleben zu führen.

Zeit und Raum spielten keine Rolle mehr. Es gab nur noch Keuchen, Haut und Küsse. Freya legte den Kopf in den Nacken und stieß ein leises Stöhnen aus.

Sie verlor den Boden unter den Füßen. Hob ab. Flog. Mitten hinein in eine Sphäre, von deren Existenz sie bisher nicht einmal etwas geahnt hatte.

Bald konnte Freya nicht mehr unterscheiden, wo sie aufhörte und Leo anfing.

Freya hatte keine Ahnung, wie lange sie schon vollkommen nackt in Leos Armen lag und die Schweißperlen auf seinem Körper zählte. Zwischendurch war sie ein paarmal weggedöst, aber dann jedes Mal wieder hochgeschreckt. Sonderlich bequem war das Sofa nun wirklich nicht. Leo hingegen schien das nicht zu stören. Er grunzte leise im Schlaf.

Als Freya den Umriss seiner Lippen nachzeichnete, schlug er die Augen auf. »Wie spät ist es?«

»Keine Ahnung.«

Leos Augenlider flackerten. Ganz offensichtlich hatte er Mühe, sie offen zu halten.

»Das war sehr schön, Freya«, sagte er leise, und Freyas Bauch begann augenblicklich wieder zu kribbeln.

»Ja, das fand ich auch«, hauchte sie.

»Ich würde gerne noch ewig mit dir so hier liegen bleiben …«

»Aber?«

»Wir müssen zurück ins Internat.« Leo sah sie entschuldigend an, und obwohl Freya wusste, dass er recht hatte, war sie vor den Kopf gestoßen.

Sie wollte die Zeit so gerne anhalten. Ewig in dieser Blase bleiben, in der außer Leo, ihr und ihren Gefühlen niemand Platz hatte. Doch die Realität, in Form eines Blicks auf die Uhrzeit, trieb sie zur Eile.

Leo klaubte seine Klamotten vom Fußboden und zog sich rasch an. Freya tat es ihm gleich, und eine gute halbe Stunde später standen sie Hand in Hand am Waldrand und blickten auf die nachtgrauen Umrisse von Hohenhausen.

»Geh du schon mal vor, Freya, du hast ja jetzt deinen eigenen Schlüssel. Wenn du jemanden triffst, kannst du immer noch behaupten, du hättest dich heimlich rausgeschlichen, weil du frische Luft schnappen wolltest. Wenn du sicher in deinem Zimmer angekommen bist, schick mir eine Nachricht, ja?«

»Okay.« Es klang alles so vernünftig. So pragmatisch. So unromantisch. Doch Freya wusste, dass es nicht anders ging. Die Umstände ihres Kennenlernens waren nun mal nicht zu ändern. Und so blieb ihr nichts anderes übrig, als Leos Anweisungen Folge zu leisten. Jedoch nicht, ohne sich zuvor noch einmal auf die Zehenspitzen zu stellen und ihn so lange zu küssen, wie es ihr Atem zuließ.

»Wo kommst du denn her?«

Freya erstarrte mitten in der Bewegung. Terri schaltete ihre Nachttischlampe ein und blickte Freya herausfordernd in die Augen.

»Nun, ich …« Freya zermarterte sich das Gehirn auf der Suche nach einer glaubhaften Ausrede, doch außer Bildern von Leo war dort momentan nicht viel zu finden.

»Ich war … ich habe noch mal nach Cora gesehen.«

»Ach ja?« Terri schien nicht überzeugt.

»Ja, ich wollte wissen, ob sie das regelmäßig macht.«

»Mitten in der Nacht?«

»Ich konnte nicht schlafen. Da hab ich gedacht, ich nutze die Zeit mal für ein paar Nachforschungen.«

»Und?« Terri sah sie eindringlich an.

»Und was?«

»Hast du was rausgefunden?«

»Äh … nein. Nichts Neues. Alles ruhig. Lass uns schlafen.«

»Ich dachte, du kannst nicht schlafen.« Terri legte skeptisch die Stirn in Falten.

»Jetzt schon. Manchmal hilft es, sich ein bisschen die Beine zu vertreten«, sagte Freya und kroch blitzschnell unter ihre Bettdecke.

Terri löschte das Licht, und Freya hörte, wie sie sich zurück in die Kissen fallen ließ.

»Freya?«

»Ja?«

»Weißt du, was ich wirklich nicht verstehe?«

»Was?«

»Dass du dich, obwohl du doch nur mal kurz nach Cora sehen wolltest, komplett angezogen und geschminkt hast.«

»Also, ich …«

»Gute Nacht, Freya.«

Das Wochenende verbrachte Terri auch diesmal wieder bei ihrer Familie, und Freya langweilte sich in Hohenhausen fast zu Tode. Sie verbrachte den Samstag mit Lesen und Dösen und – auch wenn sie es nicht gerne zugab – damit, auf ein Lebenszeichen von Leo zu warten, der bereits in aller Frühe zu seinem Bruder aufgebrochen war.

Der Sonntag war grau und verregnet, was Freyas Laune nicht gerade besser machte. Leo hatte den ganzen Samstag über nichts von sich hören lassen. Irgendwann hatte Freya es nicht mehr ausgehalten und ihm eine Nachricht geschickt.

Lieber Leo,
ich hoffe, es geht dir gut. Ich vermisse dich jetzt schon und kann es kaum erwarten, dass wir uns wiedersehen. Bitte lass doch mal was von dir hören!
Deine Freya

Je öfter Freya ihren Text las, desto verzweifelter klang er in ihren Ohren. Am liebsten hätte sie die Nachricht, die nun schon seit

Stunden unbeantwortet blieb, zurückgenommen, doch das war leider nicht möglich. Genervt von sich selbst machte sich Freya zum Frühstück fertig und ging aus dem Zimmer.

Kaum hatte sie den Korridor betreten, bemerkte sie, dass irgendetwas nicht stimmte. Für einen Sonntagmorgen befanden sich ungewöhnlich viele Schülerinnen auf dem Mädchenflur. Auch einige Lehrer waren da, sogar Dr. Wilhelm, und unterhielten sich leise flüsternd.

Die Tür zu Annas Zimmer stand auf. Anna lehnte im Türrahmen und beobachtete mit ängstlichem Blick etwas im Inneren, das außerhalb von Freyas Sichtfeld lag.

»Was ist denn hier los?«, fragte Freya zwei Mädchen aus der Parallelklasse.

»Die Polizei durchsucht gerade das Zimmer von Maria.«

»Wieso? Das haben sie doch längst getan.«

»Es sind neue Indizien aufgetaucht«, sagte eines der Mädchen. »Aber sie haben nicht gesagt, welche.«

Ihre Freundin nickte eifrig.

»Danke«, murmelte Freya und schob sich an den Schülern vorbei zu Annas und Marias Zimmer.

»Was ist passiert, Anna?«, fragte Freya. Ihr Blick glitt ins Innere des Zimmers, wo Herr Klein, Herr Mayer und zwei andere Männer in weißen Schutzanzügen gerade Marias Schulhefte eintüteten.

Anna zuckte zusammen und schüttelte den Kopf. »Ich weiß es nicht. Sie standen plötzlich einfach vor der Tür.«

Cora und Birte tauchten neben Freya auf. Cora sah selbst um diese Uhrzeit aus, als habe sie gleich ein Fotoshooting für ein Modemagazin. Birte hingegen hatte dunkle Ringe unter den Augen.

»Was ist los?«, flötete Cora.

»Die Polizei stellt mein Zimmer auf den Kopf.« Anna deutete auf Herrn Mayer, der vor Marias Bett gekniet hatte und sich nun ächzend erhob, als sei dies eine sportliche Höchstleistung.

»Schon wieder?« Birte reckte das Kinn, um besser über Coras Schulter blicken zu können, die sich wie selbstverständlich in ihr Sichtfeld gestellt hatte.

»Und was tut *sie* hier?« Cora sah Freya abschätzig von der Seite an. »Willst wohl wieder schnüffeln, was? Hast du immer noch nicht kapiert, dass …«

Freya holte tief Luft. Dann sagte sie ganz ruhig: »Ich habe dein süßes, kleines Geheimnis längst gelüftet, Cora. Ich weiß zwar immer noch nicht, was das mit Maria zu tun hat, aber das wird die Polizei sicher noch herausfinden.«

»Du bluffst.«

»Diesmal nicht, da muss ich dich leider enttäuschen.«

»Du hast keine Ahnung, was du da redest.«

Freya rückte ein Stück näher an Cora heran und senkte die Stimme, ehe sie ihr ins Ohr flüsterte: »Da wäre ich mir an deiner Stelle nicht so sicher, *Stella*.«

Zufrieden beobachtete Freya, wie Coras gehässiges Grinsen in sich zusammenfiel und einem Ausdruck des Entsetzens Platz machte. Ihre geweiteten Augen flogen zu Anna hinüber, die noch immer die Polizisten im Zimmer anstarrte und offenbar nichts von Freyas Worten mitbekommen hatte.

»Woher ...?«

»Ich habe gesehen, wie du dich vor der Kamera geräkelt hast und dir ... «

»Wenn du das irgendjemandem erzählst«, zischte Cora, »ich schwöre, dann …«

»Dann ist es aber zu spät für irgendwelche Racheaktionen,

denn dann weiß die ganze Schule Bescheid. Willst du das?« Freya genoss die Wirkung, die ihre Worte auf Cora hatten.

Die atmete tief durch, und es war nicht zu übersehen, dass sie um Fassung rang.

»Nein«, murmelte sie schließlich.

»Gut.« Freya grinste. »Dann solltest du mir besser sagen, warum du Angst hast, dass ich etwas über Maria herausfinde. Denn das hast du doch, oder? Aber was hat das mit Stella zu tun?«

»Nicht hier«, flüsterte Cora mit einem nervösen Blick auf die Umstehenden. Doch niemand nahm Notiz von ihr. Alle beobachteten gebannt die Polizei bei ihrer Arbeit.

»Gut«, erwiderte Freya, »wir treffen uns in zwei Stunden in der Cafeteria.«

»Da sind zu viele Menschen.«

»Eben.«

Freya wollte kein Risiko eingehen, indem sie sich irgendwo mit Cora alleine traf. So eine Aktion wie in der Dusche wollte sie auf keinen Fall noch einmal erleben, und Cora war nun, da ihr Geheimnis gelüftet worden war, wie ein angeschossenes Tier. Geschwächt zwar, aber immer noch gefährlich, und vielleicht gerade jetzt noch unberechenbarer als zuvor.

Die Polizisten waren inzwischen aus dem Zimmer gekommen und wandten sich nun an Dr. Wilhelm, der sich bis eben noch flüsternd mit Ms Miller unterhalten hatte.

»Haben Sie etwas Wichtiges gefunden?«, fragte dieser.

»Darüber können wir leider keine Auskünfte geben.« Herr Klein schüttelte bedauernd den Kopf.

»Was ist denn überhaupt passiert?«, fragte Cora und setzte dabei ihren bezauberndsten Dackelblick auf.

»Darüber wird euch euer Schulleiter informieren, Mädchen«,

sagte Herr Mayer, der gegen Coras Augenaufschlag immun zu sein schien.

Wie aufs Stichwort erhob Dr. Wilhelm die Stimme: »Alle Schüler treffen sich in einer Viertelstunde in der Aula.«

Er wandte sich wieder den Polizisten zu und sprach leise mit ihnen. Aufgescheucht von Dr. Wilhelms Worten stoben die Schüler lauthals spekulierend Richtung Aula davon.

Freya schloss sich ihnen an und ließ Anna, Cora und Birte hinter sich.

Was auch immer die Polizei herausgefunden haben mochte, es verhieß sicher nichts Gutes. Die Mienen, die Dr. Wilhelm und die anderen Lehrer auf dem Gang aufgesetzt hatten, hätten ernster nicht sein können.

Eine knappe Viertelstunde später saßen alle Schüler und die Lehrer, die über das Wochenende nicht nach Hause gefahren waren, mucksmäuschenstill in der Aula und beobachteten Dr. Wilhelm, der mit versteinertem Gesichtsausdruck nach vorne trat und sich umständlich räusperte.

Freya blickte sich im Raum um und entdeckte Anna, Cora und Birte zwei Reihen hinter sich. Birte war kreidebleich im Gesicht, und ihre Finger gruben sich in die Stuhllehnen, während sie Dr. Wilhelm mit weit aufgerissenen Augen anstarrte. Anna wirkte ebenfalls sehr angespannt, wenn auch nicht ganz so ängstlich wie Birte.

Dr. Wilhelm straffte die Schultern und fuhr sich durch sein schütteres Haar, ehe er zu sprechen begann. »Liebe Schülerinnen und Schüler, wie ihr ja eben mitbekommen habt, war die Polizei wieder einmal in unserer Schule. Es ist so, dass heute Nacht etwas gefunden wurde.«

In der angespannten Stille, die in der Aula herrschte, hätte man eine Stecknadel fallen hören können.

Dr. Wilhelm schien mit sich zu ringen und abzuwägen, welche Worte er als Nächstes wählen sollte. »Besser gesagt, es wurde jemand gefunden.«

Irgendwo hinter Freya schnappten ein paar Schüler nach Luft.

Die Stille war erdrückend.

Freyas Nerven waren zum Zerreißen gespannt.

Dutzende Augenpaare verfolgten jeden Atemzug von Dr. Wilhelm, der nun kaum merklich den Mund öffnete und zwei Worte hervorpresste, die eine Explosion im Raum zur Folge hatten: »Eine Leiche.«

22

»Nein!«, schrie jemand, und als Freya sich umwandte, sah sie, dass es Anna war. Birte, die neben ihr saß, war vollkommen in sich zusammengefallen und hatte die Hände vors Gesicht geschlagen. Cora hingegen wirkte kühl und gefasst.

Einige Schüler waren von ihren Sitzen aufgesprungen und diskutieren lauthals.

»Ruhe! Beruhigt euch bitte!«, rief Dr. Wilhelm gegen das Stimmengewirr an.

Allmählich ebbte die Lautstärke ab, nur von Birte war noch ein leises Winseln zu hören.

»Ich war noch nicht fertig«, sagte Dr. Wilhelm und ließ den Blick über die Köpfe der Anwesenden schweifen. »Die Leiche, die gefunden wurde, war männlich.«

»Was?« Anna sprang von ihrem Stuhl auf. »Aber was hat das mit Maria zu tun?«

Dr. Wilhelm überging ihre Frage und sprach langsam weiter: »Die Polizei geht davon aus, dass der Tote an einer Überdosis Heroin gestorben ist.«

Freya horchte auf. In ihren Ohren rauschte es.

»Es handelt sich um einen polizeilich bereits bekannten Kriminellen, der unter dem Namen Dexter agierte und bereits wegen mehrerer Delikte im Gefängnis saß.«

»Und was hat Maria mit dem zu schaffen?«, fragte Anna.

»Im Portemonnaie des Toten hat die Polizei etwas gefunden, mit dem niemand gerechnet hat.«

Seine Art, die Geschichte unnötig in die Länge zu ziehen, begann Freya auf die Nerven zu gehen. Offenbar genoss Dr. Wilhelm es, die ungeteilte Aufmerksamkeit aller Schüler zu haben. Etwas, das sonst selten vorkam.

»Ein Foto von Maria.«

»Ein Foto von Maria?« Annas Stimme überschlug sich. »Wie… wieso?«

»Ich weiß es auch nicht, Anna. Aber damit dürfte klar sein, dass die beiden sich kannten. Die Polizei hat einen Hinweis erhalten, dass Maria sich im Drogenmilieu herumgetrieben hat, und ist dieser Spur gefolgt, bisher leider vergeblich.«

Na, immerhin waren sie Freyas Hinweis nachgegangen, auch wenn Freya sich kaum vorstellen konnte, was Herr Mayer in dieser Richtung ermittelt hatte, außer mit fettigen Butterfingern *Drogen* zu googlen.

»Das eigentlich Beunruhigende an der Sache aber ist …«, Dr. Wilhelm räusperte sich, »… dass dieser Mann nicht nur wegen relativ harmlosen Dingen wie Dokumentenfälschung vorbestraft war, sondern auch unter dem Verdacht stand, neben dem Drogenhandel einen noch viel schlimmeren Handel zu betreiben.«

Freya stockte der Atem. Das Gespräch mit Oskar schoss ihr wieder in den Kopf, und mit einem Mal wurde ihr klar, worauf Dr. Wilhelm hinauswollte. Terri und sie hatten sich so auf die Drogen versteift, dass sie alles andere ausgeblendet hatten, obwohl Oskar sie schon damals mit der Nase darauf gestoßen hatte.

»Was für einen Handel?«, kam es von Anna. Ihre Stimme brach auf halbem Weg durch den Raum.

»Wie bitte?«

»Was für einen Handel hat dieser Mann noch betrieben?«, rief Cora, und Dr. Wilhelm bestätigte Freyas Befürchtung. »Menschenhandel. Er saß vor einigen Monaten wegen Verdacht auf Menschenhandel in Untersuchungshaft, allerdings reichten die Indizien nicht für eine Verurteilung aus. Aber er wurde immer wieder im Zusammenhang mit Zwangsprostitution auffällig. Die Polizei sagt, da er ein Hintermann war und sich nie selbst die Hände schmutzig machte, sei es unglaublich schwer gewesen, ihm etwas nachzuweisen. Und nun ist da dieses Foto von Maria in seiner Geldbörse. Auch das ist natürlich kein Beweis, macht euch bitte keine zu großen Sorgen, aber es ist auch kein sonderlich gutes Zeichen.« Er brach ab und tupfte sich mit einem blumenbestickten Stofftaschentuch über die blanke Stirn.

Birte weinte nun hemmungslos. Cora tätschelte ihr unbeholfen den Rücken.

»Es tut mir sehr leid, euch das mitteilen zu müssen«, sagte Dr. Wilhelm. »Ich bitte euch dringend, noch einmal genau zu überlegen, ob ihr irgendetwas beobachtet oder mitbekommen habt, was der Polizei bei ihren Ermittlungen weiterhelfen kann. Wenn euch etwas einfällt, scheut euch bitte nicht, damit zu euren Lehrern oder auch zu mir zu kommen. Wie gesagt, das alles hat noch gar nichts zu bedeuten. Es ist eine Spur, der die Polizei nachgehen wird. Und wer weiß, vielleicht findet sie Maria ja unverletzt irgendwo in einem –«

»Bordell?« Anna war erneut aufgesprungen. Ihre Augen funkelten zornig. »Unverletzt? Wissen Sie eigentlich, was Sie da reden? Und was ist, wenn sie irgendwohin …« Annas Stimme versagte. Sie sammelte sich, versuchte es noch einmal. »Was, wenn sie ins Ausland verkauft wurde?«

»Die Polizei wird sie finden«, sagte Dr. Wilhelm, doch seine Miene verriet, dass er selbst nicht davon überzeugt war.

»Jaha …« Anna stieß ein bitteres Lachen aus. »So wie bisher!«

Dr. Wilhelm tupfte sich erneut die Schweißperlen von der Stirn und richtete sich zu seiner vollen Größe auf. »Ich kann euch leider zum jetzigen Zeitpunkt auch nicht mehr darüber sagen. Die Polizei geht mit ihren Informationen vorsichtig um. Wir müssen nun einfach abwarten und hoffen, dass sie Maria schnell finden. Zumindest besteht nun die berechtigte Hoffnung, dass sie noch lebt. Die Polizei hat mir versichert, dass sie alles Menschenmögliche tun wird, um euch eure Mitschülerin wohlbehalten wiederzubringen.«

»Na super«, murmelte Anna, und um sie herum brach eine wilde Debatte aus.

Dr. Wilhelm versuchte, dem Chaos aus Schreien und Tränen Einhalt zu gebieten. »Wer von euch reden möchte, eure Lehrer sind jetzt für euch da, wenn ihr Unterstützung braucht. Für alle anderen gilt, geht runter in den Speisesaal, dort wartet euer Frühstück auf euch. Es wird sich sicherlich alles klären. Wir dürfen die Hoffnung nicht aufgeben!«

Er verließ seine Position und bedeutete Ms Miller, Frau Taupe und den anderen anwesenden Lehrern mit einer Geste, nach vorne zu treten.

Freyas Puls raste. Was sollte sie tun? Sollte sie den Lehrern erzählen, dass Oskar Dexter gekannt hatte? Dass er Maria zu ihm geschickt hatte? Vielleicht mitten hinein in die Hölle.

Wusste Oskar wirklich nicht, wer Dexter war, wie er sagte? Oder kannte er vielleicht noch mehr Kontaktmänner des Drogendealers, die der Polizei bei ihrer Suche weiterhelfen könnten?

Freya wurde klar, dass sie alleine nicht mehr weiterkam.

Sie sah zu Frau Taupe hinüber, die gerade schützend einen Arm um eine Schülerin gelegt hatte und leise auf sie einredete.

Freya machte ein paar Schritte auf sie zu. Vielleicht würde Frau Taupe mit Oskar reden können. Vielleicht würde er sich ihr gegenüber nicht so abweisend zeigen.

Gerade als Freya den Mund öffnen und ihre Lehrerin um ein Gespräch bitten wollte, vibrierte ihr Handy. Eine Nachricht von Leo. Endlich! Freyas Herz schlug wie verrückt, als sie den Text las.

Hallo Freya,
bitte entschuldige die späte Antwort.
War alles etwas stressig hier. Heute Abend komme ich zurück und würde mich freuen, wenn wir uns in »unserer« Hütte treffen. 23.30 Uhr am Waldrand? Was meinst du?
Kuss, Leo

Auf Freyas eben noch angespanntes Gesicht stahl sich ein Lächeln. Sie entschied, Frau Taupe erst mal nichts über Oskar zu erzählen, sondern sich am Abend an Leo zu wenden. Kaum hatte sie diesen Entschluss gefasst, durchflutete Erleichterung ihren Körper. Immerhin war Leo auch ein Lehrer, obwohl sie das manchmal fast schon vergaß und es am liebsten ganz ausgeblendet hätte.

Freya beschloss, noch schnell zu frühstücken. Für das anstehende Gespräch mit Cora konnte sie eine Stärkung gut gebrauchen.

Ein dampfender Becher Kakao stand vor Freya auf dem Tisch. Die Cafeteria war um diese Uhrzeit so gut wie ausgestorben, aber allein die Anwesenheit der Frau an der Theke, deren Namen Freya noch immer nicht kannte, würde Cora davon abhalten, Freya etwas zu tun.

Die beiden saßen sich gegenüber, und während Freya betont ruhig in ihren Kakao pustete, wirkte Cora nervös. Immer wieder flogen ihre Blicke zur Eingangstür hinüber. »Lass uns das schnell hinter uns bringen. Wenn mich jemand mit dir sieht, wird er nur unnötig Fragen stellen.«

»Gut, wie du meinst.« Freya hob den Kopf und sah Cora direkt in die Augen. Sie wirkten unergründlich.

»Du stehst also als Stella vor der Webcam. So weit, so gut. Aber warum hattest du Angst, ich finde das heraus, wenn ich nach Maria suche? Denn das hattest du doch, oder etwa nicht?«

Cora massierte sich die Schläfen, und Freya kam nicht umhin zu bewundern, wie perfekt ihre rosa Fingernägel manikürt waren. Machte jemand wie Cora sich wirklich die Hände schmutzig? Irgendwie nicht vorstellbar.

Andererseits sprach die Sache in der Dusche da eine ganz andere Sprache. Und wie Terri es Freya prophezeit hatte, hatte diese Aktion für Cora keinerlei Konsequenzen gehabt. Leo hatte Freya erzählt, dass er sich wegen Coras Attacke an Dr. Wilhelm gewandt hatte, der ihm aber deutlich zu verstehen gegeben hatte, dass er sich nicht mit solchen Kleinmädchenstreichen befassen würde. Ob der Direktor seine schützende Hand auch dann noch über Cora halten würde, wenn herauskäme, dass sie etwas mit Marias Verschwinden zu tun hätte? Freya würde es jedenfalls nicht wundern.

»Maria hatte mein Geheimnis entdeckt«, sagte Cora, nicht ohne vorher noch einmal den Blick durch den Raum schweifen zu lassen. »Kurz nach den Sommerferien, etwa zwei Monate vor ihrem Verschwinden.«

»Und?«

»Erst dachte ich, sie hält dicht. Aber ein paar Wochen später fing sie an, mich zu erpressen.«

»Sie hat dich erpresst?«

»Ja.«

»Mensch, Cora, jetzt lass dir doch nicht alles aus der Nase ziehen.«

Cora funkelte Freya feindselig an. »Wenn es nach mir ginge, säßen wir gar nicht hier.«

»Also?«

»Sie hat gedroht, mich bei meinem Vater zu verpfeifen, wenn ich ihr nicht einen großen Teil meiner Einnahmen überlasse.«

»Wieso machst du das denn überhaupt? Ich dachte, dein Vater ist stinkreich.«

»*Ich* dachte, du wolltest über Maria reden.«

»Okay, schon gut.« Freya hob beschwichtigend die Hände.

»Jedenfalls hat sie auf diese Weise eine Menge Kohle von mir bekommen. Man kann sagen, sie hat mich richtig gemolken. Erst nur ein bisschen, dann wollte sie plötzlich mehr. Und dann noch ein drittes Mal. Aber was sollte ich tun? Ich konnte unmöglich riskieren, dass sie die Sache rumerzählt. Wenn mein Vater das erfahren hätte …«

»Hast du sie gefragt, wofür sie das Geld braucht?«

»Natürlich. Aber sie hat nichts gesagt.«

»Sie hat damit Drogen gekauft«, klärte Freya sie auf. »Von diesem Dexter, den sie tot aufgefunden haben.« Freya sah, wie Cora die Kontrolle über ihr Gesicht verlor. Das Entsetzen stand ihr nicht. Zum ersten Mal, seit Freya sie kannte, hatte sie etwas von ihrer Perfektion eingebüßt.

»Dann … dann bin ich schuld, dass sie diesem Typen in die Hände gefallen ist …«

Freya wollte es genießen, dass Cora sich vor schlechtem Gewissen auf ihrem Stuhl wand. Sie hatte es verdammt noch mal verdient!

Doch sosehr Freya sich auch anstrengte, sich darüber zu freuen, es gelang ihr nicht. Cora tat ihr leid. Sie hatte offenbar mehr Probleme, als jeder hier ahnte, sonst hätte sie wohl kaum solche Angst, dass Maria sie an ihren Vater verriet.

»Es ist nicht deine Schuld«, sagte Freya und hörte sofort wieder die Stimmen der Ärzte in ihrem Kopf, die den Satz immer wieder gesagt hatten, bis er einem Singsang glich.

Du bist nicht schuld, Freya.

Du hättest es nicht verhindern können.

Du konntest nichts tun.

Immer wieder hatten sie so auf Freya eingeredet und dabei nicht verstanden, dass Freya es vielleicht doch hätte verhindern können. Dass sie den Anruf ihrer Mutter, der es nicht gut ging, hätte ernster nehmen und sofort nach Hause eilen können, statt sich von Lotta und Kimmy zu einem Eis überreden zu lassen.

Sosehr sie den Ärzten auch hatte glauben wollen, so schwer fiel es ihr bis heute.

Freya schüttelte sich und versuchte, sich wieder auf Cora zu konzentrieren. »Du konntest ja nicht wissen, wofür sie das Geld braucht.«

»Ja, aber wenn ich ihr das Geld nicht gegeben hätte, hätte sie niemals diesen Typen kennengelernt.«

»Mach dir keine Vorwürfe, Cora.«

Cora setzte nun wieder ihre gewohnt arrogante Miene auf. »Sag du mir nicht, was ich zu tun habe. Das war's, ich habe dir alles gesagt, was ich weiß.«

Sie erhob sich, warf die Haare in den Nacken und wandte sich zum Gehen. »Ach, und nur für den Fall, dass du nun auch auf die Idee kommst, mich zu erpressen – noch einmal spiele ich das Spielchen nicht mit. Wag es, und du wirst es bitter bereuen!«

»Das war eine offene Drohung, das musst du melden!« Terri hatte die Arme vor der Brust verschränkt und sah mit ernstem Blick zu Freya hinunter, die es sich im Schneidersitz auf ihrem Bett gemütlich gemacht hatte.

»Ich habe sowieso nicht vor, Cora zu erpressen, also interessiert mich ihre dämliche Drohung auch nicht«, erwiderte Freya.

Sie hatte Terri seit Freitagnacht nicht mehr gesehen. Am Samstag war diese schon in aller Frühe zu ihrer Familie aufgebrochen. Nun war sie seit etwa einer halben Stunde zurück in Hohenhausen, und Freya hatte ihr sofort brühwarm von dem Gespräch mit Cora und dem Fund von Dexters Leiche erzählt. Erleichtert stellte Freya fest, dass diese Neuigkeiten Terri offensichtlich mehr beschäftigten als die Frage danach, wo Freya sich nachts herumtrieb. Jedenfalls hatte sie das bisher mit keinem Wort mehr erwähnt, und Freya hoffte, dass das auch so bleiben würde.

»Die Sache mit diesem Dexter ist wirklich seltsam«, sagte Terri. »Und ich verstehe auch, dass die Polizei in diese Richtung ermittelt, aber ich habe trotzdem jemand ganz anderen im Verdacht.«

Freya sah sie irritiert an. »Wen?«

»Na, Cora natürlich! Findest du nicht, sie hat ein starkes Motiv, Maria aus dem Weg zu räumen?«

»Also, Terri, ich glaube wirklich nicht …«

»Maria hat Coras intimstes Geheimnis entdeckt. Das alleine hat Cora sicher schon zur Weißglut getrieben. Und statt ihr Geheimnis für sich zu behalten – immerhin sind die beiden ja auch irgendwie befreundet gewesen –, erpresst Maria Cora damit. Vielleicht hatte Cora irgendwann keine Lust mehr, von Maria ausgesaugt zu werden. Wer weiß, ob sie je damit aufgehört hätte?!«

»Du meinst also, Cora hat Maria … umgebracht? Das ist doch Quatsch!«

»Wieso? Cora scheut vor nichts zurück, das weißt du doch am besten. Und Maria war für sie ein echtes Problem geworden. Sie hätte die Bombe jederzeit platzen lassen können, und Cora wollte sicher nicht für immer ihr … hart verdientes Geld mit ihr teilen.«

»Ja, aber deshalb wird man doch noch lange nicht zur Mörderin. Cora ist sicher keine Heilige, okay – aber Mord? Außerdem, wie soll sie das getan haben? Und vor allem: Wo ist die Leiche?«

Terri runzelte nachdenklich die Stirn. »Was, wenn sie es gar nicht selbst getan hat?«

»Was meinst du?«

»Na ja, überleg doch mal, Freya. Was, wenn es gar nicht so war, dass Maria sich selbst an Dexter gewandt hat. Was, wenn Cora dahintersteckt. Ich meine, warum hatte Dexter ein Foto von Maria bei sich?«

»Keine Ahnung, um sie seinen Kunden zu zeigen vielleicht?«

»Was, wenn er es von Cora hatte?«

»Von Cora? Wieso?«

»Denk doch mal nach!« Terris Stimme überschlug sich beinahe. »Sie könnte ihn auf Maria angesetzt haben. Sie könnte ihm Geld geboten haben, damit er sie aus dem Weg räumt. Eine Win-win-Situation. Dexter hat ein neues Mädchen für seine Kunden, und Cora ist Maria los und muss von ihr nichts mehr befürchten.«

Freya starrte ihre Freundin mit offenem Mund an. Wie praktisch, dass Dexter tot war. Wenn es wirklich stimmte, was Terri vermutete, lachte Cora sich jetzt sicher ins Fäustchen. Niemand von der Polizei würde auch nur im Traum auf sie kommen. Es wäre wie immer. Cora käme mit allem davon. Und selbst wenn Maria irgendwo in einem dreckigen Bordell gefunden würde, würde niemand darauf kommen, dass Cora sie ausgeliefert hatte.

»Okay«, sagte Freya gedehnt, »aber Cora war wirklich schockiert, als ich ihr von Dexter erzählt habe. Sie hat sich sogar eine Mitschuld gegeben.«

»Cora ist die beste Schauspielerin, die ich kenne. Sie kann jeden mit einem Wimpernschlag um den Finger wickeln.«

Freya rief sich Coras entsetzten Gesichtsausdruck ins Gedächtnis. War er wirklich nur gespielt gewesen? Wollte sie damit bloß Freyas Mitleid gewinnen? Möglich wäre es …

»Wenn da was dran ist«, überlegte Freya laut, »was machen wir dann? Gehen wir zur Polizei?«

»Um Cora eine Warnung zu geben? Bist du verrückt? Wenn die Polizei sie verhört, wird sie sofort wissen, dass der Hinweis von dir kam, und solange wir befürchten müssen, dass sie … gefährlich ist, müssen wir sehr vorsichtig sein. Außerdem sind das alles nur Vermutungen. Wir haben nichts gegen sie in der Hand. Nur ein mögliches Motiv.«

»Aber wir können doch nicht so tun, als wäre nichts!«

Terri nickte zustimmend.

»Wir müssen dranbleiben«, sagte sie schließlich. »An Cora, meine ich. Wir beobachten sie, behalten sie im Auge.«

»Wahrscheinlich hast du recht, mehr können wir wohl wirklich nicht tun«, sagte Freya. Doch insgeheim beschloss sie, die Theorie nicht komplett für sich zu behalten, sondern sie mit jemandem zu teilen, der vielleicht wusste, was zu tun war.

Nachdem Terri endlich eingeschlafen war, hatte Freya es geschafft, sich unbemerkt aus dem Zimmer zu schleichen. Leo hatte bereits eine Viertelstunde am Waldrand auf sie gewartet, und nun lagen sie eng aneinandergeschmiegt auf dem Sofa in der Jagdhütte. Um sie herum brannte ein Kerzenmeer, das genau wie Leos warmer Körper die Kälte des Raumes vertrieb.

»Wie war dein Wochenende?«, fragte Freya, während ihre Finger mit den schwarzen Brusthaaren spielten, die unter Leos halb aufgeknöpftem Hemd hervorlugten.

»Ganz okay. Michael war leider ziemlich schlecht drauf. Es war alles ein bisschen anstrengend mit ihm. Er nörgelt immer öfter rum, dass ich so selten da bin. Eigentlich war ich ganz froh, als ich wieder gefahren bin. Umso mehr natürlich, weil ich mich auf unser Treffen gefreut hab.« Er schenkte ihr ein breites Lächeln und einen Kuss. »Und wie war es bei dir? Ich habe schon von den Kollegen gehört, was heute Morgen hier los war. Schrecklich.«

»Ja, allerdings.« Freya hob den Kopf von Leos Brust und stützte sich auf den Ellbogen. »Wenn man sich vorstellt, dass Maria vielleicht irgendwohin verkauft worden ist! Einfach unglaublich. Weißt du denn mehr über die Sache? Dr. Wilhelm hat uns nur das Nötigste gesagt.«

»Nein, ich weiß auch nicht viel mehr. Nur, dass dieser Typ mit einigen Bordellbesitzern im Umland in Kontakt stand und ihnen angeblich immer wieder frische Ware« – er malte Anführungszeichen in die Luft – »besorgt hat. Dr. Wilhelm hat heute beim Abendessen erzählt, dass die Polizei gerade alle Bordelle auf den Kopf stellt, aber wenn du mich fragst, macht das keinen Sinn.«

»Wieso nicht?«

»Weil sie Maria sicher längst weiterverschachert haben, seit die Suchaktion nach ihr läuft – das Risiko wäre doch viel zu hoch, dass sie jemand erkennt und die Polizei ruft.«

»Glaubst du, sie wurde ins Ausland gebracht?« Freya rutschte ein Stück von ihm weg und sah ihn mit großen Augen an.

»Wenn dieser Dexter sie wirklich verkauft hat, dann gehe ich davon aus, ja.«

Freya schauderte.

»Aber sie konnten ihm bisher nie etwas nachweisen?«

»Offenbar nicht. Sonst wäre er wohl kaum noch auf freiem Fuß gewesen. Die Polizei sagt, er war eher ein Drahtzieher. Ein Vermittler sozusagen. Für alles Mögliche. Unter anderem eben Menschen.«

»Glaubst du, er hätte auch jemanden auf Auftrag entführt und verkauft?«, fragte Freya. Ihr Herz hämmerte schmerzhaft in ihrer Brust.

»Wie kommst du denn darauf?«

Freya wich seinem Blick aus und fixierte stattdessen das tote Rehkitz in der Ecke neben der Tür. Seine Glasaugen starrten sie nicht weniger durchdringend an als Leos.

»Freya, wenn du irgendeinen Verdacht hast, musst du es mir sagen.«

Freya spürte seinen eindringlichen Blick auf ihrem Gesicht und begann zu schwitzen.

»Na ja, es ist so, dass Cora von Maria erpresst wurde.«

»Erpresst? Wieso? Womit?«

»Das möchte ich lieber erst mal nicht sagen. Wenn Cora herausfindet, dass ich sie verraten habe, dann …«

»Hat sie dir etwa wieder etwas angetan?« Mit einem Ruck richtete Leo sich nun ebenfalls auf.

»Nein, aber ich möchte kein Risiko eingehen.«

»Wenn sie dich irgendwie bedroht, dann sag es mir, Freya. Das werde ich auf keinen Fall dulden.«

Er war wirklich süß. Wie ein Ritter, der für sie kämpfte, dachte Freya. Ihr Herz füllte sich mit Wärme.

Seine Worte lösten einen Gefühlsstrudel bei ihr aus, der sie wegzureißen drohte. Doch dafür war jetzt nicht der richtige Zeitpunkt.

»Jedenfalls war Cora wohl nicht sehr begeistert, dass Maria sie erpresst hat, und … na ja, ich weiß gar nicht, wie ich es sagen soll, ohne dass es irgendwie doof klingt, aber Terri und ich glauben, sie könnte vielleicht … also möglicherweise hat sie diesem Dexter Geld gegeben, damit er Maria aus dem Weg räumt – oder räumen lässt.«

»Aber Freya, wie hätte sie bitte auf diesen Typen kommen sollen?«

»Das ist ja nicht allzu schwer. Vermutlich über Oskar. Cora wusste sicher, dass man sich nur an Oskar wenden muss, wenn man gewisse Leute braucht.«

»Soll das heißen, Oskar kennt diesen Dexter?« Leo klang nun richtig sauer.

Freya rutschte näher an ihn heran, doch sie spürte eine unsichtbare Mauer zwischen ihnen und traute sich nicht, ihn zu berühren.

»Ja, als Terri und ich ihn ausgefragt haben, hat er zwar gesagt, dass er Maria zu Dexter geschickt hat, aber vielleicht stimmt das gar nicht. Vielleicht hat er in Wirklichkeit Cora zu ihm geschickt. Wer weiß, vielleicht hat sie ihm Geld geboten, damit er dichthält.«

Leo schüttelte ungläubig den Kopf. »Was bitte soll das heißen, ›als Terri und ich ihn ausgefragt haben‹? Habt ihr Detektiv gespielt? Alle suchen nach Maria, und Terri und du glaubt, das auf eigene Faust lösen zu können? Was habt ihr sonst noch vor der Polizei verheimlicht? Ich glaub das jetzt nicht!« Leo sprang vom Sofa auf und stieß dabei eine Kerze um, die sofort erlosch.

»Nein, haben wir nicht!«, rief Freya. Seine Worte waren wie Ohrfeigen auf sie niedergeklatscht und hatten dafür gesorgt, dass sie sich fühlte wie ein kleines, dummes Kind. »Wir haben der Polizei schon vor Wochen erzählt, dass Maria ein Drogenproblem hatte.«

»Freya, was auch immer du und Terri bei euren Detektivspielchen herausgefunden habt, es gibt für so was eine richtige Polizei. Es kann doch wohl nicht euer Ernst sein, dass ihr glaubt, Maria finden zu können, während die im Dunkeln tappt.«

Freya sah ihn verletzt an. Er nahm sie kein bisschen ernst. Vielleicht hatte er ja ganz recht damit.

Freya blickte zu Boden. Im Staub waren ein paar Abdrücke von den Kerzen, die sie bei ihrem letzten Treffen aufgestellt hatten. Sie wusste gar nicht mehr, dass es so viele gewesen waren.

Leo war immer noch aufgebracht. Kopfschüttelnd sah er zu ihr hinunter. »Ich habe wirklich gedacht, du wärst vernünftiger, Freya.«

Freya wagte es nicht, ihn anzuschauen. Sie wollte die Enttäuschung, die aus seiner Stimme klang, nicht auch noch in seinen Augen sehen.

»Bitte sag mir alles, was du weißt!«

Und dann brach es aus Freya heraus. Sie erzählte ihm von Oskar, der das Schlafmittel an Maria verkauft hatte. Von seinem Treffen mit Dexter im Hinterhof. Und von Cora, die sich erpressbar gemacht hatte, auch wenn Freya verschwieg, womit, und von Maria ausgenommen worden war.

Leo hörte ihr aufmerksam zu, und als Freya geendet hatte, konnte er sich nicht mehr zurückhalten. »Ist dir denn nie in den Sinn gekommen, dass du damit jemanden auf dich aufmerksam machen könntest? Jemanden, der dir nichts Gutes will? Diesen

Dexter zum Beispiel? Dir hätte sonst was passieren können!« Leo betrachtete Freya kopfschüttelnd, und sie schrumpfte unter seinem Blick. »Wir sollten jetzt besser wieder gehen.«

Sie waren gerade mal seit einer Stunde in der Hütte. Freya öffnete den Mund, um zu protestieren, doch ein Blick in Leos Gesicht genügte, um sie zum Verstummen zu bringen. Der Ausdruck in seinen Augen gefiel ihr ganz und gar nicht.

Wenig später standen sie vor dem Internatsgebäude. Freyas Magen hatte sich während des Rückwegs immer mehr zusammengekrampft. Seit sie die Hütte verlassen hatten, hatten sie kein einziges Wort mehr gesprochen.

Nun blickte Leo sie lange an, und Freya hatte Angst vor dem, was er sagen würde. Aus seinen Augen war jegliche Zärtlichkeit gewichen.

»Den Abend haben wir uns wohl beide etwas anders vorgestellt«, sagte Leo, und es klang bitter.

»Ja, das stimmt.« Freyas Stimme war kaum mehr als ein Krächzen.

»Ich hab das vorhin nicht böse gemeint, Freya. Aber ich finde es einfach viel zu riskant, wenn du eigene Ermittlungen anstellst.«

Er strich ihr über die Wange. Freya zuckte unter der plötzlichen Berührung zurück.

»Ich möchte auf keinen Fall, dass dir etwas zustößt«, flüsterte Leo, und in seiner Stimme lag nun wieder die vertraute Zärtlichkeit. Erleichterung flutete Freyas Körper.

»Bitte versprich mir, dass du dich in Zukunft aus der Sache raushältst, ja?«

Freya nickte. Er hatte recht. Es war gefährlich. Und es war ihr über den Kopf gewachsen.

Leos Lippen legten sich auf ihre, und sie ließ sich in den Kuss hineinsinken, an den sie schon nicht mehr geglaubt hatte.

»Gute Nacht, Freya. Wir schreiben uns.«

»Ja, das machen wir«, erwiderte sie, während sie die letzten Meter bis zum Haupteingang alleine zurücklegte. Sie warf noch einen Blick zurück über die Schulter und winkte Leo zu, bis die Nacht seine Silhouette vollständig verschluckt hatte.

Die nächsten Wochen flogen nur so dahin. Die Razzien in den Bordellen der näheren Umgebung hatten keinen Hinweis auf Marias Verbleib geliefert, und so hatte die Polizei samt Verstärkung ihre Suche ausgeweitet. Doch Freya war sich sicher, dass sie Maria ohne einen Hinweis niemals finden würden. Sie konnte überall sein. Sofern sie überhaupt noch am Leben war.

Leo hatte Freya erzählt, dass er ihre Informationen an die Polizei weitergegeben hatte, die daraufhin Oskar und Cora noch einmal ganz genau befragt habe. Doch dabei waren angeblich keine neuen Erkenntnisse zum Vorschein gekommen.

Da Freya Leo nichts von Coras Geheimnis erzählt hatte, kam Cora wohl nicht auf die Idee, dass der Tipp, den die Polizei erhalten hatte, von ihr stammte. Zumindest lauerte sie Freya nirgendwo auf, auch wenn diese sich nie ganz sicher fühlte, wenn sie nachts allein durch das Internat schlich, um Leo zu treffen.

Zu Freyas großer Erleichterung hatte dieser nach der verpatzten Nacht den Kontakt nicht abgebrochen. Ganz im Gegenteil. Sie sahen sich regelmäßig und verbrachten viele wunderschöne, leidenschaftliche Stunden in der Waldhütte.

Lediglich an den Wochenenden, an denen Leo fast jedes Mal zu seinem Bruder fuhr, dehnte sich die Zeit wie Kaugummi.

Freya vermisste Leo in jeder Minute, in der er nicht bei ihr war. Dass ihr Vater sich nach wie vor hinter seiner Arbeit versteckte und Freya immer wieder neue Gründe lieferte, warum sie am Wochenende nicht zu ihm kommen konnte, machte es nicht besser. Freya wusste nicht, wen sie mehr vermisste, Leo oder ihren Vater.

Immerhin hatte sie in letzter Zeit ein paarmal mit ihrem Vater telefoniert. Doch jedes Mal, wenn sie versucht hatte, das Gespräch auf ihre Mutter zu lenken, hatte er abgeblockt und sich schnell verabschiedet. Freya konnte ihn ja verstehen. Auch sie quälte jeder Gedanke und jedes Wort über ihren Tod. Dennoch hätte sie diese Last gerne mit ihm gemeinsam geschultert. Alleine würde sie auf Dauer darunter zusammenbrechen.

Leo gab ihr Kraft. Aber er war eben oft nicht da, und die Heimlichtuerei empfand Freya als immer anstrengender. Ständig musste sie in der Öffentlichkeit so tun, als sei er nur ein Lehrer. Schon mehrfach hatte sie sich auf die Zunge beißen müssen, um ihn nicht während des Unterrichts mit Leo anzusprechen.

Zudem hatte Freya zunehmend das Gefühl, dass Terri etwas ahnte. Seit sie Freya bei ihrer Rückkehr ins Zimmer erwischt hatte, war Freya vorsichtiger denn je. Und Terri war nachts nicht noch einmal aufgewacht – zumindest hatte Freya es nicht mitbekommen.

Aber manchmal sah sie Freya morgens mit einem so durchdringenden Blick an, dass sie am liebsten auf der Stelle ein Geständnis abgelegt hätte.

Vielleicht hätte Terri diesen Blick mal bei Cora anwenden müssen, denn diese stolzierte nach wie vor durch Hohenhausen, als gehöre ihr die Schule. Freya und Terri behielten sie, soweit es unbemerkt möglich war, im Auge, doch Freya war sich inzwischen gar nicht mehr sicher, was das bringen sollte.

Immerhin war Maria nun schon seit gut zwei Monaten verschwunden. Der nasskalte Herbst war mittlerweile einem eisigen Winter gewichen. In wenigen Wochen würden die Weihnachtsferien beginnen, und schon jetzt hatte sich eine dichte Schneedecke über den Hügel gelegt und Hohenhausen in einen Eispalast verwandelt.

Wenn Freya sich nachts nach draußen schlich, achtete sie nun nicht länger darauf, sich möglichst sexy zu kleiden, sondern so, dass sie nicht erfror, ehe sie die Jagdhütte erreichte. Die Jeansjacke ihrer Mutter hatte sie nun endgültig gegen eine Winterjacke eintauschen müssen. Der Schnee war bereits jetzt zwanzig Zentimeter tief, und ständig kam neuer dazu.

Freya blickte den Weihnachtsferien mit sehr gemischten Gefühlen entgegen. Auf der einen Seite freute sie sich total darauf, endlich viel Zeit mit ihrem Vater zu verbringen, zumindest hatte sie ihm das Versprechen abgerungen, über die Feiertage nicht zu arbeiten. Und dann würde Freya vielleicht endlich die Gelegenheit haben, mit ihm über ihre Mutter zu sprechen – immerhin konnte er dann nicht einfach das Telefonat beenden.

Auf der anderen Seite bedeuteten die Ferien auch, dass sie Leo für zwei lange Wochen nicht sehen würde, das hatte er ihr unmissverständlich klargemacht. Leo würde die gesamte Zeit mit seinem Bruder verbringen, dessen Gesundheitszustand sich in den letzten Wochen verschlimmert hatte. Deshalb war er an jedem Wochenende, an dem er nicht gerade Aufsicht im Internat gehabt hatte, zu ihm gefahren.

Umso mehr Zeit wollte Freya noch vor den Ferien mit ihm verbringen. Doch heute würden sie sich nicht sehen, da Leo Bioklausuren korrigieren musste, die unbedingt noch vor den Weihnachtsferien fertig werden mussten.

Freya hatte sich einen Stuhl ans Fenster gerückt und beobachtete, wie dicke Schneeflocken vom Himmel segelten und sich auf dem Zuckerguss niederlegten, mit dem die Gärten um Hohenhausen überzogen waren.

Sie fragte sich, ob Maria wohl irgendwo da draußen unter dem Schnee begraben lag oder doch eher in einem Bordell oder Privathaushalt festgehalten wurde. Freya wusste nicht, welche Vorstellung sie grausamer fand.

Hing Cora wirklich in der Sache drin? Terri jedenfalls war fest davon überzeugt. Sie hatte großen Eifer bei Coras Beschattung gezeigt und kein gutes Haar an ihr gelassen. Doch wenn Cora wirklich hinter alldem steckte, war sie nun schon so lange damit durchgekommen, dass es höchst unwahrscheinlich war, dass sie jetzt noch einen Fehler machen würde. Ihrem breiten Grinsen nach zu urteilen, mit dem sie durch die Gänge spazierte, wähnte Cora sich jedenfalls längst in Sicherheit.

Birte hingegen lief ihr weiterhin wie ein Hündchen hinterher. Die Schatten unter ihren Augen schienen von Tag zu Tag dunkler zu werden. Und Anna? Annas Stimmung wechselte wie das Wetter in den Alpen. Auf Sonne folgte Gewitter und manchmal auch Dauerregen.

Seufzend wandte Freya sich vom Fenster ab. Die Dämmerung hatte bereits eingesetzt, und sie konnte ohnehin kaum noch etwas erkennen. Außerdem musste sie dringend für die Klausuren lernen, die die Lehrer ihren Schülern noch kurz vor den Ferien reingedrückt hatten. Alleine in dieser Woche standen drei Kursarbeiten an, und Freya hatte sich bisher kaum vorbereitet. Da sie so viele Nächte mit Leo in der Jagdhütte verbrachte, war sie tagsüber oft total gerädert und abends zu müde, um noch zu lernen.

Doch heute musste sie einfach ran. Am nächsten Tag war die Chemieklausur an der Reihe, und Freya hatte im Unterricht bisher nicht gerade mit mündlichen Beiträgen geglänzt. Sie nahm ihr Chemiebuch und legte sich auf ihr Bett.

Terri lag ebenfalls auf ihrem Bett und las mal wieder in einem Tausend-Seiten-Schmöker statt in einem Schulbuch.

Freya versuchte, sich auf die Formeln vor sich zu konzentrieren, doch immer wieder verschwammen die Zahlen vor ihren Augen.

»Ich raff es einfach nicht«, fluchte sie laut.

»Was genau?« Terri schielte zu ihr herüber.

»Eigentlich alles. Mir fehlen so viele Grundlagen. In meiner alten Schule hatten wir das alles noch nicht. Ich hab da viel zu viele Lücken.«

»Ich hab sicher irgendwo noch mein Heft vom letzten Schuljahr«, sagte Terri und kramte in ihrem Schrank herum. »Hier.«

Dankbar nahm Freya das Heft entgegen. Sicher würde sie die ganze Nacht brauchen, um es durchzuarbeiten, aber vielleicht würde sie danach ja endlich klarer sehen.

Als sie es aufschlug, segelte etwas zu Boden.

Freya hob das mit jeder Menge Klebeband zusammengehaltene Blatt Papier auf. Terri stieß einen spitzen Schrei aus und sprang von ihrem Bett auf.

»Gib das her, Freya!«, brüllte sie.

Als Freya das Blatt umdrehte, wurde ihr klar, dass sie mit allem danebengelegen hatte.

Kilometerweit daneben.

23

Heute ist kein guter Tag. Ich fühle mich so alleine wie schon lange nicht mehr. Ob es am Herbst liegt, der in den letzten Wochen die grünen Blätter der Bäume im Garten orange-rot angemalt hat? Ich sitze auf einer der einst weißen Bänke und spiele mit dem Apfelanhänger meiner Kette, während ich in die Wolken starre, die den Himmel verhüllen.

Ist es nur wegen heute Abend? Es gibt doch noch tausend andere Abende.

Aber irgendwie habe ich so ein komisches Gefühl, dass etwas nicht stimmt.

Ich lasse meinen Kopf in die Hände sinken und versuche, die düsteren Gedanken abzuschütteln. Eine Berührung an meiner Schulter lässt mich zusammenfahren. »Weinst du?«

Ich fahre herum, erwarte fast, das Gesicht zu sehen, das mir durch den Kopf spukt, doch ich irre mich. Es ist Terri.

Seit Monaten haben wir nicht miteinander gesprochen. Seit sie mir ihre Zeichnung überreicht hat und versucht hat, mich zu küssen. Vielleicht habe ich damals überreagiert. Aber ich war einfach so geschockt, dass meine beste Freundin mir plötzlich ihre Liebe gesteht und damit alles, was wir hatten, kaputt macht.

Ich hatte mich gerade erst von Fabi getrennt und Terri mehr denn je gebraucht. Aber als sie ihre Lippen auf meine gepresst hat, wusste ich, dass nichts jemals wieder sein würde wie früher. Hatte sie mich heimlich im Schlaf beobachtet? Beim Duschen? Beim Anziehen? Mit einem Mal war eine Barriere zwischen uns, und obwohl ich wusste, dass sie nichts für ihre Gefühle konnte, war ich wütend auf sie. Mit ihrem Geständnis hat sie unsere Freundschaft beendet. Einen meiner wichtigsten Anker.

Am nächsten Tag bin ich zu Anna gezogen. Erst hatte ich ihr nichts von alldem erzählen wollen, aber dann ist es mir doch rausgerutscht und hat sich wie ein Lauffeuer in Hohenhausen verbreitet.

Terri konnte wochenlang keinen Schritt mehr gehen, ohne angestarrt oder beleidigt zu werden. Es tat mir wirklich leid, aber es gab kein Zurück mehr. Anna und Cora haben damals dermaßen gegen sie gehetzt, dass ich es einfach nicht geschafft habe, ihnen zu widersprechen.

Terri hat die dummen Sprüche ignoriert, aber mich hat sie jedes Mal, wenn wir uns begegnet sind, angefunkelt, als würde sie mir die Pest an den Hals wünschen.

Mittlerweile sind die gehässigen Bemerkungen abgeflaut. Ich bin froh, dass Anna und Cora nicht mehr ständig über Terri herziehen.

Und nun steht Terri plötzlich hinter mir und schaut mich aus großen Augen an. Sie sieht besorgt aus. So hat sie mich schon lange nicht mehr angesehen. Irgendwie tut es auf eine vertraute, warme Weise gut. Mit einem Mal bereue ich es, dass ich mich von ihr abgewandt habe. Vielleich hätten wir doch noch eine Chance gehabt, wenn ein bisschen Gras über die Sache gewachsen wäre. Vielleicht wäre Terri über ihre Gefühle hinweggekommen, und wir hätten von vorne anfangen können.

»Ist alles in Ordnung?«, fragt Terri.

»Mir geht's gut«, sage ich, was nur halb gelogen ist. Es ist nichts. Nur ein dumpfes Gefühl in meiner Brust. Nichts Ernstes.

»Dann ist ja gut«, murmelt sie. Ihre Hand ruht noch immer auf meiner Schulter.

Ich überlege, ob ich mich bei ihr entschuldigen soll. Sie hat es nicht verdient, wie die anderen sie behandelt haben. Und ich habe es zugelassen, einfach, indem ich den Mund gehalten habe.

»Terri, ich …«

»Maria, was tust du denn da?« Eine schrille Stimme lässt mich zusammenzucken. Als ich mich umdrehe, erkenne ich, wie Anna, Cora und Birte mit entsetztem Blick Terri und mich anstarren.

»Hat sie dich etwa bedrängt?«, ruft Cora. »Lass sie los, Lesbe!«

»Maria, ist alles in Ordnung? Geht es dir gut?« Anna mustert mich besorgt. Als hätte sie Angst, Terri könne mich durch eine bloße Berührung verletzt oder infiziert haben.

Ich will zu einer Erklärung ansetzen, doch Terri kommt mir zuvor und schreit ungehalten: »Klar, ich habe mal wieder versucht, sie zu küssen. Wie immer!«

Was redet sie da?

»Nimm deine dreckigen Finger von ihr weg, Theresia! Ein für alle Mal: Maria steht nicht auf Frauen, und schon gar nicht auf solche potthässlichen wie dich!« Coras Worte klatschen wie Ohrfeigen in Terris Gesicht. Ich kann sehen, wie es immer röter anläuft. Dann steigen Tränen in ihre Augen.

Anna kommt auf uns zu, packt mich am Arm und schleift mich von Terri weg zu Cora und Birte, die sich nun wie ein Schutzwall um mich herum positionieren.

Sie schauen mich an, und ich sehe die Erwartung in ihren Gesichtern.

»Lass mich in Ruhe, Terri!«, rufe ich.

»Wie kannst du nur so falsch sein?« Terris Stimme überschlägt sich vor Zorn. »Wie konnte ich mich nur so in dir täuschen? Ich hätte mich nie in dich verlieben sollen! Nie!«

»Na, da sind wir uns ja einig!«, rufe ich. »Es war sogar ein Fehler, mit dir befreundet zu sein!«

Es tut mir bereits in dem Moment leid, in dem ich es ausspreche, doch ich kann die Worte nicht zurücknehmen. Terri sieht mich hasserfüllt an …

Sie sieht aus, als würde sie jeden Moment gegen den Baum hinter ihr treten. Oder gegen mich. Ihre Hände sind zu Fäusten geballt.

»Komm, Maria, wir gehen«, sagt Anna, hakt mich unter und zieht mich mit sich fort.

Ich werfe noch einen Blick zurück auf Terri. Sie hat die Augen nicht von mir abgewandt. Selbst auf die Entfernung kann ich sehen, wie ihre Kiefer mahlen.

In ihren Augen liegt so viel Wut, dass mir eiskalt wird.

24

»Die hast du gezeichnet, Terri, stimmt's? Wieso … wieso hast du Maria gezeichnet?« Freyas Blick wanderte zwischen dem notdürftig von mehreren Lagen Klebeband zusammengehaltenem Blatt Papier in ihrer Hand und Terri hin und her. Terris Gesichtsausdruck war nicht zu deuten, doch Freya fröstelte, als sie die Kälte in ihren Augen bemerkte.

»Gib mir die Zeichnung, Freya!« Terris Stimme klang eine Spur zu drohend. »Du verstehst das nicht.«

»Was verstehe ich nicht?«

»Maria war meine Mitbewohnerin, okay? Wir haben uns drei Jahre lang dieses Zimmer geteilt. Da hab ich sie halt gemalt, na und?«

In Freyas Kopf ratterte es. »Deine Mitbewohnerin? Wieso hast du mir das nie erzählt? Du hast immer so getan, als hättest du nie etwas mit ihr zu tun gehabt!«

»Weil ich nicht wollte, dass du dich auch von mir abwendest, so wie alle anderen. So wie Maria. Ich wollte nicht, dass du davon beeinflusst wirst.« Terri sah Freya verzweifelt an, und Freya spürte Mitleid in sich aufsteigen. Gleichzeitig war da etwas, das in Terris Worten mitschwang und Freya zurückweichen ließ.

»Wovon beeinflusst?«

Terri wich Freyas Blick aus.

»Wovon redest du, Terri?«

Terris Kiefer mahlten, doch sie sagte kein Wort.

Freya verlor langsam die Geduld. »Sag mir die Wahrheit, Terri, wovon sollte ich nicht beeinflusst werden?«

»Davon, dass ich die verdammte Lesbe bin, die sich in ihre beste Freundin verliebt hat!«, platzte es aus Terri heraus.

»Was?«

»Ja, Freya, du hast richtig gehört!« Terri schrie nun. »Ich habe Maria geliebt. Und weißt du, was sie getan hat, als ich es ihr erzählt habe? Sie hat unsere Freundschaft verraten! Sie ist auf meinen Gefühlen rumgetrampelt und hat sich Anna an den Hals geschmissen! Weißt du, wie sich das anfühlt, wenn deine beste Freundin dich plötzlich mit dem Arsch nicht mehr anguckt? Ich habe Maria dafür gehasst! Für mich ist sie schon vor langer Zeit gestorben!«

Terri machte einen Schritt auf Freya zu, und diese wich zurück, spürte aber bereits die Wand in ihrem Rücken.

Freya fixierte die Tür und wollte zum Sprint ansetzen. Doch Terris Worte ließen sie erstarren.

»Maria hat verdient, was passiert ist!«

Fassungslos starrte Freya Terri an. Ihre Worte dröhnten laut in ihrem Kopf.

»Du bist es, Terri«, stieß Freya hervor. »Deshalb hast du dich auch so verbissen auf Cora gestürzt. Um von dir abzulenken und gleichzeitig Cora eins auszuwischen!«

»Schön vorsichtig mit solchen Behauptungen, Freya«, zischte Terri, und Freya spürte die Wand, die sich fest in ihren Rücken drückte.

»Bleib von mir weg!«, presste Freya hervor.

Wie hatte sie nur so blind sein können? Wieso war sie nicht stutzig geworden, als Terri ihr Dinge über Maria erzählt hatte, die nur jemand wissen konnte, der ihr nahegestanden hatte? Über ihre Tante, ihre Vergangenheit.

»Du hast mich die ganze Zeit über angelogen, Terri.«

»Na und? Ich hatte meine Gründe.«

Freya fragte sich, ob diese Gründe vielleicht tiefer lagen, als sie je für möglich gehalten hätte.

»Was war da zwischen dir und Maria?«

»Wir waren beste Freundinnen. Und als ich ihr meine Liebe gestanden habe, hat sie sich von heute auf morgen zurückgezogen. Hat Anna erzählt, dass ich auf sie stehe, und damit das Tor zu meiner persönlichen Hölle geöffnet.«

»Und dann hast du es ihr heimgezahlt? War es so?«

»Was glaubst du, Freya? Glaubst du, ich bin eine Mörderin?«

Terris schnaubendes Lachen jagte Freya eiskalte Schauer über den Rücken.

Ihr Blick war so von Hass erfüllt, dass Freya nicht mehr viel von der Terri, die sie kannte, darin wiederfand.

Freya scannte den Raum ab. Zwei Betten. Ein Stuhl neben dem Fenster. Nichts, womit sie sich im Notfall verteidigen könnte.

Ihre Augen flackerten zur Tür. Wenn sie dorthin rannte, würde Terri ihr mit Leichtigkeit den Weg abschneiden. Aber sie hatte keine andere Chance. Sie musste es einfach wagen.

»Es tut mir leid, Terri«, sagte Freya.

»Das muss es nicht, ich habe Wege gefunden, damit umzugehen.«

»Nein, ich meine, das hier tut mir leid!«, schrie Freya. Sie machte einen Satz nach vorne und verpasste Terri einen kräftigen Stoß gegen die Schultern. Terri verlor das Gleichgewicht, und Freya raste auf den Flur.

Hinter sich hörte sie ein lautes Poltern, gefolgt von einem Aufschrei. Doch sie warf keinen Blick zurück, sondern rannte, so schnell, wie ihre Beine sie trugen.

25

Die Jagdhütte empfing Freya mit eisiger Kälte und Dunkelheit.

Wenn man allein hier war, war die Hütte so weit davon entfernt, romantisch zu sein, wie Freya davon, Handballprofi zu werden. Schnell schaltete Freya die Deckenlampe an und sah auf ihr Handy.

Während sie blindlings durch den Wald gerannt war, hatte sie eine Nachricht an Leo getippt:

Hilfee. Komm zu hutte. Biootte schnel.k

Freya sah, dass Leo in der Zwischenzeit zweimal versucht hatte, sie anzurufen. Eilig wählte sie seine Nummer.

»Freya? Was … los? Ich hab … seltsame Nachricht von dir … alles …kay?«

Freya bemühte sich, das Zittern in ihrer Stimme zu unterdrücken, was ihr jedoch nicht gelang. »Leo, ich habe etwas herausgefunden. Über Maria. Und Terri.«

»Wo bist … Freya?«

»In unserer Hütte.«

»Was? Oh nein!« Er schwieg. Schien zu überlegen. »Das … Freya … wieso … du solltest nicht dort sein.«

»Ich weiß, aber es war der erste Ort, der mir eingefallen ist.«

»Es … gefährlich … allein … Wald.«

»Dann komm zu mir.« Es klang einen Tick zu flehentlich. Schnell biss Freya sich auf die Zunge.

»Das geht nicht.«

»Wieso?«

»Ich muss … du … Klausuren.«

War das sein Ernst?

»Leo, ich habe Angst«, sagte Freya, so ruhig sie konnte, obwohl das die Untertreibung des Jahrhunderts war.

»Was meinst … *ich weiß … über Maria?* … wieder Detektiv gespielt?« Freya konnte eine Spur von Ärger in seiner Stimme mitschwingen hören. Oder war sie zu empfindlich? Sie konnte kaum noch einen klaren Gedanken fassen.

»Nein, habe ich nicht«, entgegnete sie. »Ich habe herausgefunden, dass Terri Maria gehasst hat.«

»Hallo?«

Freya hörte ein Rauschen in der Leitung.

»Ich … nicht.« Leos Stimme klang verzerrt. Als würde sie von weit weg kommen.

»Leo? Hörst du mich noch?« Freya bewegte sich durch die Hütte, suchte verzweifelt nach einem Ort, an dem sie ihn verstehen konnte.

»Freya? … noch da?«

»Ja, ja, ich bin noch da. Was soll ich denn jetzt tun? Ich kann unmöglich zurück in mein Zimmer. Kann ich zu dir kommen?«

Freya hätte sich dafür ohrfeigen können, dass ihr das nicht schon viel früher eingefallen war. Statt zu seinem Zimmer zu laufen, war sie einfach kopflos in den Wald geflohen und hatte erst auf halbem Weg zur Hütte realisiert, dass das vielleicht nicht die beste Idee aller Zeiten war.

»Frey… Hütte bleiben.« Leos Worte kamen nun immer abgehackter. »Bis morgen … sicherer …«

»Was? Leo, ich versteh dich kaum!«, schrie Freya mit wachsender Panik.

»… jetzt auflegen. Morgen … okay?«

»Leo?« Freyas Hand verkrampfte sich um das Handy.

Ein Tuten.

Dann war die Leitung tot.

Mit einem gellenden Schrei schreckte Freya aus dem Schlaf hoch. Sie wusste nicht, was sie geweckt hatte. Sämtliche Geräusche des Waldes kamen ihr heute lauter vor als sonst, was vermutlich daran lag, dass sie sonst von Leos Herzschlag überdeckt wurden, wenn Freya auf seiner Brust schlief.

Sie hatte seine letzten Worte so interpretiert, dass es sicherer sei, bis zum Morgen in der Hütte zu bleiben. Und obwohl sie eine Ewigkeit gebraucht hatte, um Schlaf zu finden, fand sie die Vorstellung, zurück in den dunklen, schneebedeckten Wald zu gehen oder womöglich sogar zurück zu Terri noch viel erschreckender, als die Nacht hier zu verbringen.

Also gab es nur diese eine Option.

Freya hatte sich auf dem Sofa zusammengerollt und war schließlich nach einer langen, Übelkeit erregenden Fahrt auf dem Gedankenkarussell von ihrer Müdigkeit überwältigt worden.

Doch nun hatte irgendetwas sie geweckt, und die Fahrt drohte von Neuem zu beginnen. Freya lauschte in die Nacht hinein. Ihr Atem stieg in Dampfwolken vor ihr auf. Freya rieb sich die eiskalten Arme, um wenigstens ein bisschen Wärme in ihren durchgefrorenen Körper zu schicken.

Sie drückte sich tief in die zerschlissenen Sofakissen und spürte ihr Herz hart gegen die Brust hämmern. Beinahe glaubte sie, das Pochen auch zu hören. Aber das bildete sie sich wohl nur ein, so laut schlug doch kein Herz.

Und dennoch – da war ein Geräusch.

Freya lauschte in die Dunkelheit hinein. Wenn das Geräusch nicht aus ihrer Brust gekommen war, woher kam es dann?

Terri konnte ihr nicht gefolgt sein, sie wusste nichts von ihrem Versteck. Oder?

Freya fuhr zusammen.

Da war es wieder.

Es klang wie ein Knirschen.

Regelmäßig. Langsam. Schwerfällig.

Freyas Atem ging schneller.

Das waren Schritte.

Schritte auf Schnee.

Und sie wurden lauter.

Kamen direkt auf die Hütte zu.

Blitzschnell sprang Freya vom Sofa hoch und scannte die Hütte nach einem geeigneten Versteck ab. Doch selbst wenn sie in den baufälligen Kamin kriechen würde, wäre das … der Kamin!

Freyas Blick heftete sich an den Schürhaken, der daneben hing.

Mit ein paar schnellen Schritten durchquerte sie den Raum und hielt wenige Sekunden später den Schürhaken fest umklammert.

Die Schritte schienen nur noch wenige Meter entfernt zu sein. Freya krallte sich an der Hoffnung fest, dass Leo es sich doch noch anders überlegt hatte und zu ihr gekommen war.

Ja, so musste es sein. Wer sonst wusste denn, dass sie hier war?

Freya ließ den Schürhaken ein wenig sinken. Die Tür wurde einen Spaltbreit geöffnet.

Ein Fuß tauchte im Türrahmen auf.

Freya schrie laut auf.

Das war nicht Leo.

Das war eindeutig der Fuß eines Mädchens!

Terri hatte sie gefunden.

26

»Bist du da?«, rief eine Stimme, und die Tür schob sich noch weiter auf.

Freya wich zurück und hob den Schürhaken erneut über ihrem Kopf.

»Was machst du denn hier?«

Freya hörte den Satz aus ihrem eigenen und gleichzeitig aus dem Mund des Mädchens, das ihr gegenüberstand und verwirrt auf den Schürhaken in Freyas Hand starrte.

»Wieso … was …?« Freya hatte so fest damit gerechnet, dass Terri gleich den Raum betreten würde, dass sie es kaum schaffte, zwei Wörter sinnvoll aneinanderzureihen.

»Was willst du denn damit?«

»Ich dachte, du seist … jemand anderes«, sagte Freya.

»Und wer?«

»Nicht so wichtig.« Freya winkte ab. »Was tust du hier, Anna?«

»Das geht dich nichts an.«

Freyas Blick wanderte über Annas Haar, das für diese Uhrzeit erstaunlich gestylt war, über die langen Ohrringe, ihr einen Hauch zu übertrieben geschminktes Gesicht bis hin zu ihrer eng anliegenden Jeans.

»Du triffst dich hier mit Fabi, stimmt's?«, fragte sie.

Anna hob die Brauen. »Wie kommst du denn darauf?«

»Ach, Anna, tu nicht so, ich weiß, dass ihr was miteinander habt. Ich habe deinen Knutschfleck neulich gesehen.«

Annas Hand fuhr automatisch zu ihrem Hals, der unter einem dicken roten Wollschal verborgen lag.

»Ich hab doch nichts mit Fabi!«

»Anna, mir musst du nichts vormachen. Ich hab Fabi gesehen, wie er sich in den Mädchenflur geschlichen hat, um dich zu besuchen.«

»Du bist echt so dumm, Freya!«, stieß Anna hervor. »Mischst dich immer in Dinge ein, die dich nichts angehen, und ziehst dann auch noch die falschen Schlüsse. Fabi vögelt schon seit Wochen wieder mit Cora.«

»Was?«

»Ja, da staunst du, was? Du Superdetektivin.« Anna grinste spöttisch.

»Mit Cora?«

»Ja. Sie sind drauf und dran, ein Paar zu werden. Cora kriegt am Ende eben doch immer, was sie will.« Anna seufzte.

»Aber wenn der Knutschfleck nicht von Fabi stammt, von wem dann?«

»Ich habe dir doch gesagt, dass dich das nichts angeht.« Anna verschränkte die Arme vor der Brust. »Und jetzt verpiss dich aus der Hütte, ich bin hier verabredet.«

»Das geht nicht.«

»Ach ja? Wieso?«

»Weil …« Freya suchte nach einer Erklärung. »Ich kann nicht zurück nach Hohenhausen, ich muss hierbleiben.«

»Das geht aber nicht, du musst hier verschwinden. Sofort!« Anna zog sie unsanft Richtung Tür, doch Freya riss sich los.

»Nein«, rief sie, »ich bleibe hier! Triff dich doch woanders mit deinem Lover.«

»Er kommt aber jeden Moment«, erwiderte Anna. »Also mach, dass du abhaust!«

Freya schüttelte entschlossen den Kopf. »Anna, es ist mir

völlig egal, mit wem du dich hier triffst. Und mir ist es sogar egal, wenn wir alle zusammen hier auf diesem beschissenen Sofa schlafen, aber ich werde diese Hütte ganz sicher nicht vor dem Morgengrauen verlassen.«

In Annas Gesicht lag nun Verzweiflung. »Komm schon, Freya, bitte, ich tue dir auch jeden Gefallen, den du willst.«

Doch Freya konnte nicht nachgeben. Konnte nicht einfach zurück in die Nacht. Zurück zu Terri.

Wenn sie ehrlich war, war sie sogar ganz froh über Annas Gesellschaft. Nicht alleine zu sein in dieser unheimlichen Hütte, war eine Riesenerleichterung, auch wenn die Gesellschaft etwas freundlicher hätte sein können.

»Okay, Freya, sag einfach, was du willst.«

Freya zuckte mit den Schultern. »Nichts. Sag deinem Freund halt ab, wenn es dir so wichtig ist, dass ich ihn nicht kennenlerne.«

»Das geht nicht, ich hab mein Handy auf dem Zimmer vergessen.«

Freya ließ sich wieder auf das Sofa sinken, während Annas Augen bei jedem kleinsten Geräusch zur Tür flackerten.

Freya fand ihr Verhalten ziemlich übertrieben. Wenn sie wirklich mit Fabi zusammen wäre, konnte sie ja noch verstehen, dass Anna nicht wollte, dass das die Runde machte. Aber wer sonst war so geheim, dass Anna solche Angst davor hatte, dass Freya ihn zusammen mit Anna sah? Freya konnte sich beim besten Willen nicht vorstellen, dass es jemanden gab, der …

Nein.

Das konnte nicht … Das durfte nicht sein.

Die Hütte. Mitten in der Nacht. Ein geheimnisvoller Liebhaber. Annas Panik.

Freyas Eingeweide krampften sich zusammen. Sie wollte es nicht mal denken, doch ihr Körper reagierte bereits. Die Angst, es könnte wahr sein, raubte ihr fast den Verstand.

Anna?, wollte Freya fragen, doch heraus kam nur ein Krächzen.

»Ja?«, erwiderte Anna, ohne ihren Blick von der Tür abzuwenden.

»Kann es sein, dass dein … dein Liebhaber jemand ist, der eigentlich gar nicht mit dir zusammen sein … darf?«

Anna fuhr zu ihr herum, und ein Blick in ihre erschrockenen Augen reichte aus, um Freyas Herz in tausend Scherben zerspringen zu lassen. Ein winziger Teil von ihr hatte es bereits seit Annas Erscheinen geahnt, doch sie hatte diesen Teil gekonnt in ihr tiefstes Inneres zurückgedrängt.

Nun wusste Freya, auf wen Anna hier wartete.

Und dass sie, Freya, noch viel, viel ahnungsloser gewesen war, als Anna dachte.

27

»Ich glaub das einfach nicht!« Anna lief bereits seit einigen Minuten nervös in der Hütte auf und ab. Freya hätte es ihr so gerne gleichgetan. Hätte ihren Schmerz und ihre Enttäuschung so gerne in Bewegung kanalisiert. Doch sie saß da wie versteinert. Zu keiner Regung fähig.

Sie konnte es einfach nicht fassen. Leo hatte sie nach Strich und Faden verarscht. Hatte sich die ganze Zeit über auch mit Anna heimlich in der Hütte getroffen. Vermutlich immer dann, wenn er behauptet hatte, wichtige Klausuren korrigieren zu müssen.

»Dann war der Knutschfleck vor ein paar Wochen also von ihm?«, fragte Freya, obwohl sie die Antwort gar nicht wissen wollte.

»Ja«, sagte Anna, »er hatte mir mitten in der Nacht geschrieben, dass er mich sehen wollte. Das hatte er vorher noch nie getan. Sonst hatten wir uns immer hier in der Hütte getroffen. Das war das einzige Mal, dass er mich auf sein Zimmer eingeladen hat. Er wirkte so … so ausgehungert.«

Freya schlug die Hand vor den Mund. Sie erinnerte sich noch genau an den Tag, an dem sie den Knutschfleck an Anna entdeckt hatte. Damals im Sportunterricht. Sie selbst war an diesem Tag auf Wolken gegangen, denn in der Nacht zuvor hatte sie sich zum ersten Mal mit Leo in der Jagdhütte getroffen – und ihn in letzter Sekunde abblitzen lassen. Er hatte ihr gesagt, es sei kein Problem. Und dann, nachdem sie sich verabschiedet hatten, war er mit Anna ins Bett gegangen.

Freyas Enttäuschung machte einem anderen Gefühl Platz. Bittere Wut durchströmte sie und ließ sie zittern.

»Ich könnte ihm den Kopf abreißen!«, rief sie.

»Da wäre ich dabei«, murmelte Anna. »Und wo ist er jetzt?« Anna sah sich um, als befürchtete sie, Leo würde jeden Moment aus einer Ecke hervorspringen und *Überraschung!* rufen. »Er wollte mich um zwölf hier treffen.«

Freya schlug sich an die Stirn. »Deshalb wollte er, dass ich hier schleunigst verschwinde! Logisch, er konnte unmöglich riskieren, dass wir uns hier begegnen.«

»Aber du bist nicht gegangen. Und ich bin hier, wieso …«

»Hast du nicht gesagt, dass du dein Handy im Zimmer vergessen hast? Ich wette, dass darauf eine Nachricht auf dich wartet mit irgendeiner billigen Ausrede, warum ihr euch heute unmöglich hier treffen könnt.«

»Ja, das wäre möglich.« Anna ließ sich neben Freya auf dem Sofa nieder. In ihren Augen lag dieselbe Fassungslosigkeit, die Freya fühlte.

»Und was machen wir jetzt? Stellen wir ihn zur Rede? Ich meine, wir können ja schlecht so tun, als wäre nichts passiert!«

Freya wusste, dass Anna recht hatte, auch wenn ein Teil von ihr sich danach sehnte, einfach die Augen zu verschließen und genauso weiterzumachen wie zuvor.

Zuvor, als es nur sie und Leo gab. Und ihre Liebe.

Wenn es für ihn überhaupt jemals Liebe gewesen war.

Freya spürte, wie ihr die Tränen kamen. Tränen der Verzweiflung, aber auch Tränen der Wut.

Es hatte nie bloß sie und Leo gegeben. Wie hatte sie bloß glauben können, dass sie für Leo mehr war als ein netter Zeitvertreib? In Wahrheit war sie nicht mehr als ein dummes, kleines Mädchen, mit dem man sich die Nächte versüßen konnte.

»Ich kann einfach nicht glauben, dass ich auf ihn reingefallen bin«, sprach Anna Freyas Gedanken aus.

Freya sah, dass auch sie mit den Tränen zu kämpfen hatte.

»Wie hätten wir etwas merken sollen?«, fragte Freya. »Er hat seine Rolle einfach zu überzeugend gespielt.«

»Wahrscheinlich sind wir nur die Letzten in einer ganzen Reihe von Eroberungen«, sagte Anna. »Ich hätte doch zumindest mal stutzig werden müssen, als er nach unserem ersten Kuss wie selbstverständlich eine Hütte im Wald kannte, in der wir uns treffen konnten.«

Freya riss die Augen auf. »Vor mir hat er behauptet, die Hütte erst bei der Suchaktion nach Maria entdeckt zu haben.«

»Quatsch«, fauchte Anna, »wir treffen uns hier schon länger. Deshalb hatte ich auch ganz schön Schiss, als wir damals auf die Hütte gestoßen sind und Terri unbedingt reingehen wollte.«

Freya schauderte. Seit Anna die Hütte betreten hatte, hatte sie keinen Gedanken mehr an Terri verschwendet.

Freya holte tief Luft und stellte eine Frage, auf die sie am allerliebsten gar keine Antwort gehört hätte: »Seit wann läuft das denn schon zwischen euch?«

»Wir kamen kurz nach den Sommerferien zusammen. Ich kam neu in die Handballmannschaft, und nach einem Training kamen wir ins Gespräch. Mir ging es zu der Zeit nicht so gut, meine Eltern lassen sich gerade scheiden. Er hat mir dann von der Scheidung seiner Eltern erzählt und dass seine Hauptbezugsperson in dieser Zeit seine Großtante Anna war.«

Freya stieß wütend die Luft aus. »Mir hat er erzählt, seine Großtante hieße Freya.«

»Vielleicht hat er zwei?«

»Er scheint von mehreren Dingen zwei zu haben …«

»Auf jeden Fall«, sagte Anna, »treffen wir uns seitdem mehr oder minder regelmäßig. Aber nur unter der Woche, an den Wochenenden ist er immer bei seinem kranken Bruder – aber das weißt du ja vermutlich längst.«

Freyas Haut begann zu kribbeln. Sie musste sich bemühen, dass ihre Worte sich nicht gegenseitig überholten, so schnell, wie sie ihren Mund verließen. »Wenn das stimmt! Er hat uns die ganze Zeit angelogen. Vielleicht hat er ja gar keinen Bruder!«

Anna sah Freya ratlos an. »Aber, wenn er an den Wochenenden nicht bei seinem Bruder ist, wo ist er dann?«

28

»Hallo, guten Tag, mein Name ist Astrid Hauser, ich würde gerne mit Leo sprechen.«

»Tut mir leid, da müssen Sie sich verwählt haben, hier wohnt kein Leo.«

Freya ließ ihre Nase los, die sie sich zugehalten hatte, um ihre Stimme unkenntlich zu machen. Sie gab Anna ein Zeichen, die daraufhin eine weitere Nummer von ihrer Liste strich. Freya rieb sich die Schläfen. Langsam bekam sie Kopfschmerzen.

Sie hatte darauf bestanden, nur mit zurück ins Internat zu kommen, wenn sie bei Anna übernachten dürfe, und Anna hatte zähneknirschend eingewilligt. Dennoch hatte Freya kaum Schlaf gefunden, und Annas Augenringen nach zu urteilen, schien es ihr nicht anders ergangen zu sein.

Nun war es acht Uhr morgens, und die beiden hatten das Frühstück ausfallen lassen, um alle Seidlers in Leos Heimatstadt abzutelefonieren.

»Wir haben nur noch einen Seidler auf der Liste.« Anna deutete auf die letzte Telefonnummer, die sie aus den Gelben Seiten im Internet herausgesucht hatten.

»Gut, dann hoffen wir mal, dass wir diesmal Glück haben.« Freya tippte die Nummer in ihr Handy, dessen Nummer sie vorsorglich unterdrückt hatte. Bereits nach dem zweiten Tuten meldete sich eine weibliche Stimme.

»Seidler?«

»Hallo, mein Name ist Astrid Hauser, ist Leo da?«

»Wer sind Sie bitte?«

»Astrid Hauser, ich bin eine Bekannte von Leo.«

»Mein Mann ist nicht da.«

»Oh, okay. Und wann kommt er wieder zurück?« Freya hatte Mühe, Gelassenheit vorzutäuschen.

»Erst am Wochenende.«

»Und wo ist er so lange?«

»Woher, sagten Sie, kennen Sie meinen Mann?« In der Stimme der Frau lag nun Misstrauen.

Freya vernahm ein Kreischen im Hintergrund.

»Ida, Mina, ist schon gut, ich bin gleich bei euch!«, rief die Frau und wandte sich dann wieder Freya zu. »Also?«

»Äh … wir … kennen uns noch aus der Schule.«

»Ach ja?«

»Nun …«

»Hör mal zu, Frau Hauser!« – Die Frau am anderen Ende der Leitung sprach den Namen so übertrieben betont aus, dass Freya sich sicher war, dass sie ihre Lüge durchschaut hatte – »Oder soll ich dich lieber Frau Schulz nennen?«

»Was?«

»Warum rufst du wieder an? Leo wollte sich doch darum kümmern, dass das nicht mehr passiert. Er hat mir versichert, dass du nie wieder anrufst, also was auch immer ihr vereinbart habt, halte dich daran!« Frau Seidler stöhnte genervt auf. »Hör endlich auf, uns zu belästigen. Immerhin hast du es ja auch die letzten zwei Monate geschafft, nicht ständig anzurufen, es kann ja also nicht so schwer sein! Wenn mein Mann dir wieder schlechte Noten gegeben hat, dann lern gefälligst mehr, statt uns mit Telefonterror zu tyrannisieren!«

»Aber ich …«, stammelte Freya.

»Ich möchte nicht, dass du uns noch einmal anrufst, klar?«

Ein Tuten ertönte in der Leitung. Leos Frau hatte aufgelegt.

Freya sah Anna ernst an. »Es gibt keinen Bruder, zu dem Leo fährt.«

»Sondern?« In Annas Blick lag ein Flehen, das Freya stumm darum bat, nicht das zu sagen, was unvermeidbar war.

Freya ahnte, dass es Anna genauso das Herz brechen würde wie ihr selbst. »Eine Frau. Eine Frau und mindestens zwei Kinder.«

»Nein!« Anna schlug sich die Hand vor den Mund. »Das kann nicht wahr sein! Scheiße, Scheiße, Scheiße.«

Ja, Scheiße, dachte Freya. Es gab kein anderes Wort dafür.

Leos Verrat ging viel tiefer, als sie es sich jemals hätte vorstellen können.

»Was hat sie gesagt?«, presste Anna hervor.

Freya zuckte ratlos mit den Schultern und gab das Gespräch – oder viel eher den Monolog der Frau – in knappen Sätzen wieder.

»Vor zwei Monaten hat der Telefonterror scheinbar aufgehört, und sie schien Angst zu haben, dass es nun wieder von vorne losgeht.«

Anna starrte Freya mit weit aufgerissenen Augen an. »Wie hieß diese angebliche Schülerin, sagtest du?«

»Frau Schulz. Wieso?«

Annas Pupillen wurden noch größer, und Freya musste sich bemühen, ihr Flüstern zu verstehen. »Maria und ich haben manchmal Telefonstreiche gespielt. Leute angerufen, dummes Zeug geredet, du weißt schon … Maria hat dafür immer denselben Fakenamen benutzt. Frau Schulz. Den Mädchennamen ihrer Mutter.«

29

»Lass uns mal ein Foto zusammen machen, du siehst gerade so süß zerknautscht aus«, flüstere ich und ziehe meinen Kopf unter seinem Arm hervor. Er greift nach meiner Schulter und zieht mich zurück auf seine Brust.

»Maria, das ist keine gute Idee. Wenn das jemand findet …«

»Dann nehmen wir dein Handy, meine Kamera ist ohnehin Schrott. Dann kannst du auch sicher sein, dass ich es nicht heimlich auf Instagram poste.« Ich grinse ihn an und suche in der Hosentasche seiner Jeans, die neben dem Sofa auf dem Boden liegt, nach seinem Telefon.

»Hey, Maria, lass das!«, herrscht er mich an und reißt mir das Handy aus der Hand.

»Wieso denn?«

»Weil ich das nicht möchte. Es ist zu riskant.«

Das ist sein Lieblingssatz. Alles ist ihm zu riskant.

Klar, ich weiß ja, dass wir uns auf sehr dünnem Eis bewegen und immer aufpassen müssen, dass uns niemand zusammen sieht, aber manchmal finde ich, er übertreibt. Von mir aus können es ruhig alle wissen. Sollen sie sich doch die Mäuler zerreißen. Mir ist das egal. Solange ich ihn habe, ist mir alles egal.

Ich kann mir alles mit ihm vorstellen, seit wir uns vor gut einem Jahr zum ersten Mal geküsst haben. Nach einem besonders langen Training. Ganz hinten im Geräteraum.

Er ist es. Der Mann, mit dem ich durchs Leben gehen will. Wenn ich erst die Schule beendet habe, werde ich mit ihm zusammenziehen. Endlich weg von Tante Gerda. Das Leben, das ich bisher geführt und so viele Male verflucht habe, ist dann endlich Vergangenheit. Er ist meine Zukunft.

»Komm schon!« Ich lasse meine Hand in seinen Schritt gleiten, was ihm ein leises Stöhnen entlockt. »Nur ein winzig kleines Foto. Alle Paare machen das.«

Sein Griff um das Handy lockert sich, und in diesem Moment schnappe ich es mir.

»Lass das!«, brüllt er, und ehe ich mich versehe, packt er meinen Arm und entwendet mir das Telefon erneut.

Ich starre ihn an. Mein Unterarm pocht unangenehm, seine Finger zeichnen sich darauf ab. Warum reagiert er so panisch? Ein mulmiges Gefühl, das ich nicht wirklich deuten kann, macht sich in mir breit.

»Tut mir leid«, sagt er schnell, »ich wollte dir nicht wehtun. Ich möchte nur einfach kein Risiko eingehen.«

»Schon okay«, erwidere ich und ringe mir ein Lächeln ab, »das verstehe ich.«

Ich warte, bis er eingeschlafen ist, dann löse ich meinen nackten Körper vorsichtig aus seiner Umarmung. Er grunzt im Schlaf, und ich gleite langsam vom Sofa hinunter.

Mitten auf dem Flickenteppich, der den Raum zumindest ein bisschen wohnlich macht, liegt sein Handy. Ich greife danach und versichere mich mit einem schnellen Blick, dass er immer noch schläft. Sein Display ist mit einem Fingerabdruck gesichert.

»Mist«, fluche ich leise.

Er grunzt erneut. Er scheint tief und fest zu schlafen.

Kann ich es riskieren?

Sein rechter Arm hängt vom Sofa herunter. Ganz vorsichtig greife ich nach seinem Zeigefinger.

Die Augen der ausgestopften Tiere starren mich warnend an. Auch nach gefühlten tausend heimlicher Treffen in dieser Hütte habe ich mich noch immer nicht an sie gewöhnt.

Er zuckt leicht im Schlaf. Ob er davon träumt, was unsere Körper eben miteinander angestellt haben?

Ich führe seinen Finger zu seinem Handy und sehe immer wieder nervös nach, ob er die Augen noch geschlossen hat. Wenn er mich erwischt, wird er komplett ausrasten. Nach drei erfolglosen Versuchen öffnet sich endlich der Startbildschirm.

Er hat nichts bemerkt. Schwer atmend dreht er sich auf die andere Seite und schlummert seelenruhig weiter. Mein Herz hämmert so laut, dass ich fürchte, es könnte ihn wecken. Ich versuche, meinen Atem zu beruhigen, und werfe einen Blick auf den Bildschirm.

Ich weiß nicht, was ich erwartet habe. Weiß nicht, wie ich all die Monate so blind sein konnte. So dumm. Weiß nicht, wie er seelenruhig schlafen kann, während um mich herum die Welt einstürzt.

Nur eines weiß ich genau: Die Zukunft, die ich mir erträumt habe, wird es nicht geben.

30

»Das kann doch kein Zufall sein!« Freya massierte sich die Stirn, um die Kopfschmerzen einzudämmen, die von Sekunde zu Sekunde heftiger zu werden schienen.

»Nein, das glaube ich auch nicht«, sagte Anna. »Und jetzt? Sollen wir Leo einfach zur Rede stellen?«

»Ich glaube, das ist keine gute Idee. Die Sache gefällt mir nicht, Anna.«

»Nein, mir auch nicht. Lass uns runter zum Frühstück gehen. Ich kann so schlecht denken, wenn mein Bauch leer ist. Wir könnten die erste Stunde schwänzen und dann in aller Ruhe überlegen, was zu tun ist.«

»Das klingt nach einem Plan.« Freya rappelte sich hoch und hatte Angst, ihre zitternden Beine würden augenblicklich einknicken. Langsam folgte sie Anna aus deren Zimmer und stockte, als sie den Flur betraten.

»Da bist du ja.« Terri war gerade ebenfalls aus ihrem Zimmer getreten und kam nun mit besorgter Miene auf sie zu. »Hast du etwa bei *ihr* übernachtet?« Sie beäugte Anna abschätzig.

»Ja«, entgegnete Freya kurz angebunden und wollte sich an Terri vorbeidrängen, doch die hielt sie auf. »Freya, bitte hör mir doch endlich zu. Ich kann dir alles erklären.«

In ihrer Stimme lag ein Flehen, das Freya innehalten ließ. Anna drängte sie mit Blicken, weiterzugehen, doch Freya wandte sich zu Terri um.

»Ja, ich war mit Maria befreundet«, sagte Terri. »Und ja, ich habe sie erst geliebt und dann gehasst. Dass ich dir das alles nicht erzählt habe, liegt nur daran, dass ich nicht wollte, dass du dich genauso von mir zurückziehst, wie Maria es getan hat. Dass du dich …« Sie warf einen Blick auf Anna, und der Schmerz in ihren Augen schnürte Freya das Herz zu. »Dass du dich lieber mit anderen Leuten umgibst als mit mir. Ich hatte mich so gefreut, nach einem Jahr endlich wieder jemanden zu haben, mit dem ich reden kann. Und dann warst du plötzlich immer wieder nachts weg.«

Freya zuckte zusammen und suchte Annas Blick. Terri schien das misszuverstehen.

»Schon gut, Freya. Ich habe mir schon gedacht, dass du dich heimlich mit anderen getroffen hast.«

Damit traf sie genau ins Schwarze, wenn auch etwas anders, als sie glaubte.

»Es ist nicht so, wie du denkst«, sagte Freya und merkte sofort, wie abgedroschen dieser Satz klang. Anna warf ihr einen warnenden Blick zu. Doch Freya schüttelte den Kopf. Sie zog Anna und Terri am Arm zu ihrem Zimmer und schloss die Tür hinter ihnen. Anna protestierte, doch Freya ignorierte es. »Es ist jetzt auch egal, Anna. Schluss mit all den Lügen. Ich habe es satt!«

»Ich kann einfach nicht glauben, dass du dachtest, ich hätte Maria etwas angetan.« Terri sah Freya mit einem so enttäuschten Blick an, dass diese sich wand vor schlechtem Gewissen. Sie saß neben Anna auf ihrem Bett, Terri hatte sich im Schneidersitz vor ihnen auf dem Fußboden platziert.

»Es tut mir echt leid, Terri. Aber na ja, du musst schon zugeben, dass es ganz schön seltsam war, dass du diese Zeichnung von Maria in deinem Nachttisch aufbewahrst – und dann noch die Art, wie du über sie geredet hast.«

»Du hast die Zeichnung immer noch?«, fragte Anna erstaunt.

»Warum denn nicht? Du hast doch sicher auch ein Bild von deinem Herrn Seidler unterm Kopfkissen«, entgegnete Terri scharf.

Anna hatte sich zunächst mit Händen und Füßen dagegen gewehrt, Terri in alles einzuweihen, doch Freya hatte darauf bestanden, dass es an der Zeit war, Klartext zu reden.

Es hatte eine ganze Weile gedauert, bis Terri alles verstanden hatte, was Freya ihr in hastig hingeworfenen, abgehackten Sätzen erklärt hatte.

»Und wieso bist du jetzt plötzlich so sicher, dass ich nichts mit Marias Verschwinden zu tun habe?«, fragte Terri.

»Weil ich eine Ahnung habe, wer es stattdessen hat.« Freya senkte die Stimme. »Leo.«

»Wer?«

»Herr Seidler«, erklärte Anna.

»Also ich glaube ja immer noch eher, dass wir mit Cora richtiglagen«, sagte Terri.

»Maria hat mehrfach bei Leos Frau angerufen«, erklärte Freya. »Und Leo hat seiner Frau versprochen, sich darum zu kümmern, dass das nie wieder vorkommt. Und zack, plötzlich ist Maria wie vom Erdboden verschwunden.«

»Aber warum bitte sollte Maria Herrn Seidlers Frau anrufen?«, fragte Terri. »Um ihm Druck zu machen, dass er sie zurück ins Handballteam lässt?«

»Möglich«, überlegte Anna, »aber doch eher unwahrscheinlich. Ich hatte das Gefühl, Maria war die Schule und alles, was damit zusammenhing, in letzter Zeit ziemlich egal. Sie hätte deswegen nicht bei einem Lehrer zu Hause angerufen.«

»Es sei denn …« Freya sah Anna eindringlich an. »Es sei denn, er war nicht einfach nur irgendein Lehrer für sie.«

31

»Was um alles in der Welt tust du da?« Leo richtet sich auf dem Sofa auf und starrt mich an.

Ich habe nicht mitbekommen, dass er aufgewacht ist. Seit einer Ewigkeit sitze ich auf dem Boden und scrolle mich durch Hunderte von Fotos.

Fotos von einer hübschen jungen Frau und zwei süßen kleinen Kindern, Zwillinge, vielleicht drei oder vier Jahre alt. Fotos von einem Haus mit Garten, in dem diese spielen, im Planschbecken toben, lachen. Auf manchen der Fotos ist ein Mann im Rollstuhl mit dabei. Leos Bruder. Doch die allermeisten zeigen die Frau und Leo. Auf fast allen hat er den Arm um sie gelegt und lacht.

Das tut am allermeisten weh. Zu sehen, wie er lacht.

Mit ihr. Während er sie an sich drückt. Sie küsst.

Auf einem Bild hat jeder der beiden eins der Zwillingsmädchen auf den Schultern.

Eine glückliche Familie.

Seine Familie.

»So, nun weißt du es also«, sagt Leo, den Blick auf die Bilder auf seinem Handy gerichtet.

»Was … wer ist das?«, frage ich. Als ob mir das nicht längst klar wäre.

Leo seufzt genervt. Mit einem Satz ist er neben mir auf dem Fußboden und entreißt mir das Handy.

»Tja, was glaubst du wohl?«

»Du hast eine Familie? Du hast eine verdammte Frau und Kinder?!« Ich springe auf. Will ihm etwas entgegenschleudern. Etwas, das richtig wehtut. Das Einzige, was ich zu fassen bekomme, ist eines der Kissen auf dem Sofa. Meine Hand zittert so sehr, dass ich ihn verfehle. Leo hebt das Kissen kommentarlos wieder auf und drapiert es auf dem Sofa.

»Na ja, ich kann es jetzt ja wohl nicht mehr leugnen«, erwidert er.

Ungerührt. So als wäre es ihm egal. Egal, was das mit mir macht.

»Aber ich … wir lieben uns doch«, presse ich hervor.

Er mustert mich eine Weile, dann sagt er langsam: »Maria, ich wollte nicht, dass du das mit meiner Familie erfährst, ehrlich nicht. Aber es ist doch wohl klar, dass das mit uns nichts Festes ist. Das muss doch auch dir klar gewesen sein. Außerdem passen wir doch überhaupt nicht zusammen.«

»Was? Natürlich tun wir das! Denk doch nur mal an unsere Kindheit! Du hast dasselbe durchgemacht wie ich! Dich wollte auch niemand haben!«

»Nein, das ist nicht wahr.«

»Was?«

»Ich hatte eigentlich eine sehr schöne Kindheit.«

Ich kann es nicht fassen. Dann war alles gelogen? Von Anfang an?

»Lass uns jetzt besser gehen, Maria, das hier bringt ja wohl nun nichts mehr.«

Ich kann mich nicht vom Fleck bewegen. Ich habe das Gefühl, dass mir jemand den Boden unter den Füßen weggerissen hat. Wenn ich auch nur den allerkleinsten Schritt mache, werde ich ins Nirgendwo stürzen.

Er rüttelt sanft an meiner Schulter: »Hast du gehört, was ich gesagt habe? Wir sollten jetzt gehen. Es wird bald hell.«

»Und wie soll es nun weitergehen?«, stoße ich zwischen zwei lauten Schluchzern hervor.

»Na, gar nicht«, sagt er, und es klingt völlig teilnahmslos. »Irgendwann hätte ich es ohnehin beenden müssen. Sei nicht traurig, Maria, du findest sicher jemanden in deinem Alter.«

»Es gibt für mich nur dich!«, schreie ich in der Hoffnung, ihn irgendwo, tief in seinem Inneren, zu erreichen. Doch er ist schon zur Tür hinaus.

32

»Ihr glaubt also, Herr Seidler hatte auch was mit Maria?«

»Natürlich!« Freya schlug sich an die Stirn. »Es passt alles zusammen. Überlegt doch mal: Maria macht aus dem Nichts Schluss mit Fabi. Der vermutet einen anderen Mann dahinter. Das war aber nicht Oskar, wie Fabi dachte, sondern Leo. Leo war der Grund für die Trennung.«

»Aber wenn Maria verliebt in Leo war, warum dann ihr Absturz? Warum fallen plötzlich all ihre Leistungen ab? Warum beginnt sie, Drogen zu nehmen? Warum kauft sie Schlafmittel?«, warf Terri wenig überzeugt ein.

»Es muss etwas passiert sein«, überlegte Freya. »Etwas, das sie völlig aus der Bahn geworfen hat.«

»Hm, das wäre schon möglich.« Terri pustete sich eine blaue Strähne aus der Stirn.

»Anna, weißt du noch, ab wann es mit Maria bergab ging? Kannst du dich erinnern?«, fragte Freya.

Anna stand von Freyas Bett auf und begann in dem kleinen Zimmer auf und ab zu gehen. »Das muss so kurz nach den Sommerferien angefangen haben. Ungefähr in der Zeit, in der ich mit Leo zusammenkam. Daher hab ich das alles irgendwie nicht so richtig wahrgenommen. Ich war einfach so auf Leo fixiert, dass ich alles andere um mich herum irgendwie ausgeblendet habe. Kurz danach hat Leo Maria aus dem Team geschmissen, weil sie ständig fehlte.«

»Und vielleicht auch, um sie auf Abstand zu halten«, ergänzte Freya.

»Du meinst, weil er eine Affäre mit ihr hatte und sie beendet hat?«

»Wäre doch möglich.«

Anna nickte langsam. »Maria ist verletzt. Sie findet die Nummer von Leos Frau heraus und beginnt, sie immer wieder anzurufen.«

Freyas Wangen glühten vor Aufregung. »Aber warum? Wollte sie ihr von ihrer Affäre mit Leo erzählen? Damit hätte sie ihn doch auch nicht wieder zurückbekommen.«

»Vielleicht wollte sie Leo unter Druck setzen«, überlegte Anna. »Aber wieso?«

Sie stockte und schüttelte dann vehement den Kopf. »Nein, das kann nicht sein.«

»Was ist, Anna?« Terri und Freya sahen Anna eindringlich an.

Sie kaute auf ihrer Unterlippe herum und sagte zögerlich: »Ich hab mir nichts dabei gedacht. Wie gesagt, ich war in dieser Zeit mit dem Kopf ganz woanders.«

»Und mit dem Körper.«

»Terri!«, zischte Freya.

Anna war stehen geblieben und betrachtete den Mülleimer, der neben dem Fenster stand. »Jedenfalls ging es Maria nicht so gut in der Zeit.«

»Das wissen wir doch längst.« Terri seufzte.

»Nein, ich meine nicht psychisch.« Annas Blick haftete noch immer am Mülleimer. »Ich meine körperlich. Wie gesagt, ich habe mir nichts weiter dabei gedacht, es ist ja auch nicht so ungewöhnlich ...«

»Anna, komm zum Punkt!« Terri bohrte ihre blauen Augen in Annas Rücken, als könne sie sie dadurch zum Weitersprechen animieren.

»Maria war sehr oft übel in dieser Zeit.« Annas Stimme war kaum mehr als ein Flüstern. »Sie hat sich immer wieder übergeben. Vor allem morgens.«

33

Meine Kehle brennt. Mein ganzer Mund schmeckt säuerlich.

Mein Kopf ist so seltsam nass.

Und alles um mich herum stinkt ekelerregend.

Ich muss würgen und übergebe mich. Dabei stelle ich fest, dass ich das offenbar schon einmal getan habe. Oder mehrmals, der Größe der Pfütze aus Erbrochenem nach zu schließen, in der ich liege.

Ich robbe zur Seite. Nur raus aus dieser gelben, stinkenden Lache.

Was ist passiert?

Wo bin ich?

Meine Augen scannen den Raum ab, und ich erkenne die Hütte. Unsere Hütte.

Nun weiß ich wieder, was passiert ist.

Oskar. Die Tabletten.

Scheiße, ich müsste eigentlich tot sein. Warum verdammt noch mal hat es nicht funktioniert? Ich erinnere mich vage, dass ich Leo eine Nachricht geschickt habe, bevor ich eine extrem hohe Dosis Schlaftabletten genommen habe. Eine, die eigentlich hätte ausreichen sollen, um für immer zu schlafen.

Ich taste auf dem Boden nach meinem Handy, öffne den Postausgang und lese:

Ich kann nicht mehr, Leo. Ohne dich hat das Leben keinen Sinn. Ich möchte, dass es dort zu Ende geht, wo ich zum ersten Mal in deinen Armen lag. Ich werde dich immer lieben.

Warum ist er nicht hier? Hätte er nicht loseilen und mich aufhalten müssen?

Ich habe die Nachricht bereits vor einer guten Stunde abgeschickt, aber Leo ist nicht gekommen, um mich zu retten.

Er hätte mich hier einfach sterben lassen.

34

»Willst du damit sagen, dass Maria schwanger war?« Freya klappte der Mund auf. »Das … das kann doch nicht sein!«

»Ach nein? Wieso nicht? Denkst du etwa, sie hat mit Leo nur Händchen gehalten?«, fragte Anna genervt.

»Es könnte doch immer noch sein, dass sie überhaupt nichts mit ihm hatte«, sagte Freya energisch, auch wenn sie selbst nicht daran glaubte. Warum sonst hätte Maria immer wieder bei Leos Frau anrufen sollen? Nur, damit er sie zurück ins Handballteam ließ?

»Aber glaubst du, sie wollte Herrn Seidlers Frau von dem Baby erzählen?«, fragte Terri an Anna gewandt. »Die Frau dachte ja, dass es sich bloß um einen dummen Mädchenstreich handelt. Also hat Maria ihr wohl nichts gesagt.«

»Noch nicht.« Anna setzte sich wieder neben Freya aufs Bett. »Vielleicht wollte sie Leo damit unter Druck setzen, damit er sich zu ihr und dem Baby bekennt.«

»Okay, wenn du recht hast, dann hat Herr Seidler ein Motiv, Maria aus dem Weg zur räumen«, sagte Terri.

»Unsinn, das würde er nie tun!«, rief Freya, »Das sind doch alles bloß Vermutungen. Wir wissen nichts davon sicher!«

Sie wusste nicht, wem sie hier eigentlich etwas vormachen wollte – Terri und Anna jedenfalls nicht. Und sich selbst ebenfalls nicht, denn das vage Gefühl, das sie seit dem Telefonat mit Leos Frau empfand, entwickelte sich langsam zu einem Wirbelsturm, der alles mit sich riss, woran sich Freya in den letzten Wochen festgehalten hatte.

»Liebe macht wirklich blind«, sagte Terri und sah Freya mit

einem Ausdruck an, als sei diese ein kleines Kind, das die Welt noch nicht einmal im Ansatz begriffen hatte. »Herr Seidler hat euch beide nach Strich und Faden verarscht, und du hältst ihn immer noch für ein Unschuldslamm. Überleg doch mal: Maria ist schwanger. Sie macht Leo Druck, ruft immer wieder bei seiner Frau an. Für ihn steht neben seinem Job auch noch seine Ehe auf dem Spiel, und wenn er Pech hat, muss er jahrelang Unterhalt für ein Baby bezahlen, das er nicht haben will.«

»Von dem wir nicht einmal wissen, ob es das überhaupt gibt«, warf Freya ein, obwohl in ihr alle Alarmglocken im Dauermodus schrillten.

Terris Argumentation klang so einleuchtend, dass sie sich ihr einfach nicht entziehen konnte. Sie zog ihr Kopfkissen zu sich heran und drückte es fest an ihre Brust. Am liebsten hätte sie es in Stücke gerissen.

»Na super, egal, wie wir es auch drehen und wenden, wir haben keinerlei Beweise«, stöhnte Anna.

»Dann bleibt uns wohl nur noch eine Möglichkeit.« Terri senkte die Stimme und sah die anderen beiden verschwörerisch an. »Wir heften uns an Leos Fersen.«

Anna und Freya warfen sich einen Blick zu.

»Das halte ich für keine gute Idee«, sagte Anna.

»Und was schlägst du stattdessen vor? Sollen wir zur Polizei gehen?«, fragte Terri und verschränkte die Arme.

»Ohne Beweise?« Anna lachte bitter auf. »Die werden uns kein Wort glauben.«

Freya nickte. Bisher hatte sie nicht gerade die Erfahrung gemacht, dass die Polizei ihre Meinung besonders ernst genommen hätte. Außerdem klammerte sich ein winziger Teil von ihr immer noch an die Hoffnung, dass Leo mit alldem nichts zu tun hatte. Sie wollte ihn auf keinen Fall zu Unrecht beschuldigen.

»Vielleicht hast du recht, Terri«, sagte Freya zögerlich, »vielleicht sollten wir Leo tatsächlich erst einmal auf den Zahn fühlen.«

»Na schön, von mir aus.« Anna seufzte und sah Terri an. »Was schlägst du vor?«

»Die Frage ist doch: Wenn Leo Maria wirklich beseitigt hätte, nur mal rein hypothetisch, wie hätte er das angestellt? Und vor allem, wo hätte er sie versteckt? Im Wald? Dort könnte man sie sicher gut vergraben.«

»Aber wir haben den Wald doch abgesucht«, sagte Anna. »Alles ist durchkämmt worden.«

Freya riss die Augen auf: »Es gibt einen Ort, den niemand unter die Lupe genommen hat.«

Die Mädchen starrten einander an.

»Wisst ihr noch, er hat so getan, als wäre er zuvor noch nie dort gewesen. Niemand außer ihm hat bei der Suchaktion die Jagdhütte betreten.«

35

Ich starre auf den Strich. Er darf eigentlich gar nicht da sein.

Aber er ist da. Ganz deutlich zu erkennen.

Nur ein dünner, blauer Strich. Und doch so viel mehr. Ich knöpfe meine Hose wieder zu, und meine Hand schiebt sich dabei wie automatisch auf meinen Bauch. Für einen winzigen Moment bilde ich mir ein, darin etwas zu spüren, obwohl ich natürlich weiß, dass es dafür noch viel zu früh ist. Ich stürze aus dem Badezimmer und suche hektisch nach meinem Handy.

Ich muss mit dir reden. Dringend, tippe ich.

Seine Antwort kommt rasch: *Hab gerade viel zu tun.*

Obwohl ich nichts anderes erwartet habe, versetzt mir seine Abfuhr einen tiefen Stich. Entschlossen schreibe ich: *Heute Nacht in der Hütte. Es ist wirklich, wirklich wichtig.*

Sekunden später vibriert mein Handy. Ich lasse mich auf mein Bett sinken und nehme den Anruf mit zitternden Fingern entgegen. »Ja?«

»Mensch, Maria, was soll das? Ich habe dir gesagt, dass es vorbei ist. Was gibt es denn?«

»Das würde ich dir wirklich lieber persönlich sagen, Leo.«

»Ich hab echt keinen Nerv für Spielchen. Wenn es wirklich so wichtig ist, dann sag es mir jetzt.«

Gut, er hat es so gewollt.

»Ich bin schwanger.«

Schweigen am anderen Ende der Leitung.

»Von dir.«

»Bist du sicher?«

»Absolut.«

»Kann es nicht doch von jemand anderem sein? Von Fabi zum Beispiel?« Er klingt hoffnungsvoll, und dieser Unterton tut beinahe noch mehr weh als die Frage an sich.

»Nein, es ist von dir. Ganz sicher.«

»Scheiße.«

Wieder Schweigen. Wahrscheinlich überlegt er gerade, wie er aus der Nummer wieder rauskommt.

»Leo, ich will es bekommen.«

»Auf keinen Fall!«

»Aber es ist ein Zeichen. Wir sollen zusammen sein!«

»Ich habe schon zwei Kinder. Und eine Frau.«

»Was willst du damit sagen?«

»Lass es wegmachen.«

»Wie bitte?« Meine Unterlippe beginnt zu beben.

»Du hast mich schon verstanden.«

»Wie kannst du so was sagen? Es ist unser Kind!«

»Ich fahre dich zum Arzt, wenn es sein muss. Aber du kannst dieses Kind auf gar keinen Fall bekommen.« Seine Stimme hat einen drohenden Unterton angenommen, und mit einem Mal bin ich ganz froh, dass er mir nicht persönlich gegenübersteht.

»Was willst du, Maria? Willst du Geld? Ich kann dir welches besorgen. Für deine Zukunft. Dann kannst du studieren, wie du es immer wolltest.«

»Ich will dich«, schreie ich in den Hörer, »sonst nichts!«

»Das geht nicht, und das weißt du auch. Und jetzt sei bitte vernünftig. Ich suche morgen nach einem Arzt und vereinbare einen Termin für dich, okay?«

Ohne ein weiteres Wort lege ich auf.

36

Freya hoffte so sehr, dass sie sich irrten. Dass es für alles eine ganz harmlose Erklärung gab, die nichts mit dem Mann zu tun hatte, in den sie sich verliebt hatte. Sie konnte sich Leo beim besten Willen nicht als Mörder vorstellen. Aber das konnten die Angehörigen und Freunde eines Mörders wahrscheinlich nie.

»Also, gehen wir es noch einmal durch«, sagte Terri. »Anna, du hast Leo für elf Uhr in die Umkleide bestellt. Hat er sich schon bei dir gemeldet?«

»Ja«, sagte Anna, »ich zitiere: *Ich verstehe ja, dass du bei der Kälte keine Lust hast, in die Hütte zu gehen, aber wenn wir uns wirklich im Geräteraum treffen, muss es schnell gehen.*« Sie gab ein abfälliges Schnauben von sich. »Ich hab ihm versichert, dass es das wird und dass er es nicht bereuen wird, dass wir die letzte Nacht nachholen.«

Wie von Freya vermutet, hatte Leo Anna in der Nacht zuvor geschrieben, dass er leider verhindert sei und sie ihr Treffen in der Hütte verschieben müssten.

Terri verrollte die Augen. »Gut, das hätten wir. Wie lange, glaubst du, kannst du ihn aufhalten?«

»Na ja, vielleicht eine halbe Stunde. Maximal.«

»Okay, dann nehme ich mir in der Zeit sein Zimmer vor, das sollte reichen.« Terri wandte sich zu Freya. »Und du bist ganz sicher, dass du das nicht machen willst und ich stattdessen die Hütte durchsuche?«

»Nein, du warst ja erst ein Mal dort. Am Ende findest du sie nicht wieder und verirrst dich im Wald.«

»Na schön«, seufzte Terri. »Dann ist ja alles klar. In zwei Stunden geht es los. Vielleicht lochen sie ihn schon morgen ein.« Sie lachte auf. Freya war alles andere als nach Lachen zumute. Sie hoffte einfach nur, dass Terri sich irrte.

37

Das weiße Pulver rieselt nach unten, während ich den Beutel in meiner Hand drehe. Das Zeug könnte den Schmerz lindern. Mich ganz weit wegbeamen. Irgendwohin, wo meine Brust nicht mehr so eng und mein Kopf nicht mehr so voll ist.

Aber mein Kind. Was ist dann mit meinem Kind?

Kann ich so egoistisch sein und es in Gefahr bringen, bloß damit ich vergessen kann?

Ich liebe es schon jetzt, denn es ist ein Teil von Leo. Ein Zeichen unserer Liebe.

Eine Träne löst sich aus meinem Auge und tropft auf mein Kopfkissen. Ich ziehe die Bettdecke bis unters Kinn. Mir ist in letzter Zeit ständig kalt.

Ich muss noch mal mit Leo reden, er muss einfach einsehen, dass unser Kind ihn braucht.

Seit der Sache mit den Schlaftabletten ist Leo wütend auf mich. Es scheint fast so, als sei er sauer, dass ich es nicht zu Ende gebracht habe. Doch ich bin unsagbar froh, dass es mit den Tabletten nicht geklappt hat. Denn nun weiß ich, dass da etwas in mir heranwächst.

Leo hat mich gestern vor versammelter Mannschaft aus dem Handballteam geworfen. Angeblich, weil ich so oft fehle. Als ob ich etwas für die ständige Übelkeit könnte. Davon mal abgesehen, dass ich absolut keine Lust auf Schule habe. Die ist gerade wirklich mein geringstes Problem.

Ich glaube, Leo hat Angst davor, dass er doch wieder schwach wird, wenn ich in seiner Nähe bin. Deshalb hält er mich seit Wochen auf Abstand. Aber er wird sich nicht ewig etwas vormachen können. Irgendwann wird er einsehen, dass wir bald eine Familie sind.

Die Nummer seiner Frau liegt noch immer in meiner Nachttischschublade. Vor ein paar Tagen habe ich sämtliche Seidlers in seiner Heimatstadt abtelefoniert, bis ich Leos Familie gefunden habe.

Eigentlich wollte ich seiner Frau sagen, warum ich nach Leo frage, aber dann hat mich am Ende doch der Mut verlassen. Seitdem habe ich sicher schon ein Dutzend Mal angerufen, aber immer wieder aufgelegt, sobald sie den Hörer abgenommen hat.

Ich halte den durchsichtigen Beutel ins Licht und betrachte das feine Pulver. Es hat mich eine ganze Stange Geld gekostet. Ich war so verzweifelt, dass ich nicht darüber nachgedacht habe. Jetzt möchte ich das Zeug am liebsten in den Müll werfen. Dem Baby zuliebe. Ich möchte auf keinen Fall so sein wie meine Mutter, die keine Sekunde ihres Lebens an mich gedacht hat. Doch meine Hoffnung darf ich nicht ebenfalls wegwerfen. Noch nicht.

Ich nehme das Handy und wähle die Nummer, die ich inzwischen auswendig kann.

»Seidler?«

»Guten Tag, hier spricht Schulz, es geht um Leo«, sage ich.

»Was ist mit ihm?« In der Stimme der Frau liegt ein Anflug von Angst. »Um Gottes willen, ihm ist doch nichts passiert, oder?«

»Nein, nein«, beruhige ich sie, »aber wissen Sie eigentlich, was Ihr Mann für Dinge treibt?«

»Hey, Maria, ich bin wieder da!« Anna lässt schwungvoll die Zimmertür hinter sich zufallen.

Ich drücke schnell auf den roten Hörer und lasse den Beutel unter meinem Kopfkissen verschwinden.

Annas Wangen glühen rosig. Sie sieht glücklich aus. So unsagbar glücklich.

»Wie war das Training?«, frage ich, obwohl es mich nicht interessiert. Alleine die Vorstellung, dass Leo umgeben von einer Reihe supersportlicher, junger Mädels auf dem Platz steht, ist unerträglich für mich.

»Sehr gut.« Anna strahlt jetzt noch ein bisschen mehr.

Muss ja wirklich ein sehr erfolgreiches Training für sie gewesen sein.

Als sie wenig später unter der Dusche steht, wähle ich erneut die Nummer von Frau Seidler. Aber niemand hebt ab. Ich versuche es noch fünf weitere Male, jedes Mal ohne Erfolg. Egal. Irgendwann werde ich sie schon erreichen.

Und dann wird sie erfahren, was ihr Mann für ein Spiel mit ihr treibt.

38

Freya traf kurz nach elf an der Lichtung ein, auf der die alte Jagdhütte stand. Sie hatte diesmal länger für den Weg durch den Wald gebraucht als sonst. Der heftige Schneesturm, der seit etwa einer Stunde wütete, hatte ihr das Vorankommen erschwert. Immer wieder hatte ihr der Schnee in ihren Augen die Sicht genommen, und Freya war sich sicher, dass an ihren Fingern bereits Eiszapfen wuchsen.

Mehr als einmal hatte sie überlegt, einfach wieder umzukehren. Doch das kam nicht infrage. Anna und Terri zählten auf sie.

Freya richtete den Strahl ihrer Handytaschenlampe auf den Schnee vor sich und ging langsam auf die Hütte zu. Immer wieder warf sie hektische Blicke über die Schulter, doch außer den schwarzen Umrissen der Bäume war nichts zu sehen.

Komm mal runter, Freya!, dachte sie. Anna wird mir schon Bescheid geben, wenn irgendwas nicht nach Plan läuft. Kein Grund, so paranoid zu sein.

Freya stieß die Tür zur Hütte auf und knipste das Licht an.

Kurz schielte sie zum Fenster hinüber. Nun konnte sie nicht einmal mehr die Bäume erkennen.

Sie schaltete die Taschenlampen-App aus und stellte erleichtert fest, dass bisher keine Nachricht von Anna oder Terri eingetroffen war.

»Gut, wo fangen wir an?« Freyas Stimme klang unnatürlich laut in der nächtlichen Stille.

Ohne richtig zu wissen, wonach sie eigentlich suchte, hob Freya sämtliche der zerschlissenen Kissen an und ließ ihre Finger in alle Sofarillen gleiten, obwohl sie ahnte, dass das zu nichts führen würde.

Wenn Leo wirklich etwas unter den Sofakissen versteckt hätte, hätte sie es längst entdeckt, immerhin hatten sie auf diesem Sofa etliche Male … Stopp! Daran durfte sie jetzt nicht denken.

Doch Freya konnte nicht verhindern, dass ihre Gedanken zu jener Nacht hinüberglitten, in welcher sie die Hütte zum ersten Mal betreten hatte, zum ersten Mal auf diesem Sofa gesessen, gelegen, später atemlos von tausend Küssen in Leos Armen gedöst hatte.

Eine eiserne Faust legte sich um Freyas Herz und drückte zu.

Eine Träne rollte ihre Wange hinab.

In diesem Moment zerriss ein lautes Geräusch die Stille.

Gefolgt von Freyas Schrei.

Ihr Schrei ging in ein Lachen über. Ein freudloses, fast hysterisches Lachen.

Sie hatte sich vor ihrem eigenen Handy erschreckt. Eine Nachricht von Terri war eingegangen. *Du glaubst es nicht. Ich habe ganz hinten unter seinem Bett eine Schatulle gefunden. Darin war das hier!*

Was??, tippte Freya mit zitternden Fingern und lief mit dem Handy in der Hütte so lange auf und ab, bis der Empfang ausreichte, um die Nachricht zu verschicken.

Wenige Sekunden später traf eine weitere Nachricht von Terri ein. Ein verpixeltes Foto.

Freya wollte es öffnen, doch ihr Handy weigerte sich.

»Scheiße«, fluchte Freya und platzierte das Handy auf dem Boden, um ihm Gelegenheit zum Laden zu geben.

Freya legte sich bäuchlings auf den Teppich. Widerwillig betastete sie die Holzfliesen unter dem Sofa, als ihre Finger plötzlich etwas Weiches streiften. Freya stieß einen erstickten Schrei aus.

Angeekelt zog sie das Etwas unter dem Sofa hervor. Es war haarig und vermutlich noch vor wenigen Stunden lebendig gewesen. Freya verzog das Gesicht beim Anblick der toten Maus und warf sie schnell wieder zurück unter das Sofa.

Sie wandte sich wieder ihrem Handy zu und stellte erleichtert fest, dass das Foto inzwischen vollständig geladen war.

Darauf war Terris Hand zu sehen, die eine goldene Kette in die Kamera hielt. Eine Kette mit einem kleinen roten Anhänger in Form eines Apfels.

Es sah aus, als sei sie gerissen.

Wieso nur kam ihr die Kette so seltsam bekannt vor? Beim Anblick des Anhängers schob sich das Bild einer Hand, die nervös damit spielte, vor Freyas geistiges Auge.

Plötzlich durchzuckte sie die Erkenntnis. Sie wusste nun, wem diese Kette gehörte.

39

»Du hast meine Frau angerufen?« Leo knallt die Hüttentür hinter sich zu. Seine Stimme überschlägt sich.

»Keine Panik. Ich habe sie nur gewarnt, dir nicht alles zu glauben, was du ihr erzählst. Ich habe ihr nichts von dem Baby erzählt – noch nicht.«

»Du wirst dich hüten, ihr das zu erzählen! Ruf nie wieder meine Familie an!«

Er packt mich an den Schultern und schüttelt mich grob.

Seit Wochen wünsche ich mir nichts sehnlicher, als von ihm berührt zu werden. Aber doch nicht so. »Lass das!«

Tatsächlich lässt er von mir ab und beginnt, vor dem Sofa auf und ab zu schreiten. »Maria, kapier es doch endlich, wir werden nie zusammen sein. Ja, wir hatten eine schöne Zeit, und ja, ich habe dich belogen. Aber das gibt dir noch lange nicht das Recht, mein Leben zu zerstören!«

»Ich zerstöre doch nicht dein Leben, ich will doch nur, dass du frei bist. Du traust dich nicht, deiner Frau zu sagen, dass du Vater wirst und mit mir zusammen sein willst.«

»Das ist Blödsinn, Maria!«

»Ist es nicht!«

»Ich will nicht mit dir zusammen sein! Hast du das verstanden? Und wehe, du rufst noch einmal bei meiner Frau an, dann wirst du mich richtig kennenlernen, Maria! *Richtig!*« Er brüllt so laut, dass sein Echo sicher durch den ganzen Wald zu hören ist.

Als er eingewilligt hatte, mich noch einmal zu treffen, hatte ich große Hoffnung, dass er es sich anders überlegt hat. Dass er uns doch eine Chance geben will. Das war wohl ein ziemlicher Irrtum.

»Ich werde es ihr sagen«, rufe ich, »ich tue das für uns!«

»Nein, das wirst du nicht!«

»Oh doch, Leo, verlass dich drauf!«

Seine Hand knallt mir ins Gesicht. Ich taumle. Stürze zu Boden.

Einen Moment kann ich mich gar nicht regen, dann fährt meine Hand wie automatisch zu meinem Bauch.

Mein Kind! Bitte lass ihm nichts passiert sein!

Leo starrt erschrocken auf mich hinunter. So, als wäre er selbst über das geschockt, was er gerade getan hat. Als würde er sich selbst nicht mehr kennen.

40

Freya starrte das Foto an, als könne sie es so in etwas anderes, etwas Harmloses, verwandeln.

Das konnte nicht sein! Das durfte einfach nicht sein! Wie hatte sie sich nur so sehr täuschen können? Mehr, als sie bisher angenommen hatte?

Ja, sie hatte eingewilligt, gemeinsam mit Terri nach Beweisen dafür zu suchen, dass Leo etwas mit Marias Verschwinden zu tun hatte. Doch wenn sie ehrlich war, hatte sie nicht wirklich damit gerechnet, dass Terri oder sie tatsächlich welche finden würden.

Leo hatte sie verarscht, ja. Er hatte mit ihren Gefühlen gespielt und sie verletzt, aber er war doch kein … kein was?

Freya wollte den Gedanken nicht weiterdenken. Und außerdem, was bewies das schon?

Eine Kette unter seinem Bett. Vielleicht hatte Maria sie ihm geschenkt. Ja, genau! Und damit niemand sie bei ihm fand, hatte er sie eben unter seinem Bett versteckt.

Ja. So musste es sein. Leo nahm es vielleicht mit der Treue nicht sehr genau, aber ganz sicher war er nicht in der Lage, irgendjemandem etwas anzutun.

Freya wollte Terri gerade antworten, als ihr Handy klingelte.

»Hast du das Foto bekommen?« Terris Stimme klang abgehackt.

»Ja, aber das beweist doch noch lange nicht, dass –«

»Das ist noch nicht alles, Freya«, sagte Terri. »Ich habe in der Schatulle unter seinem Bett auch Briefe gefunden, in denen Maria Leo schreibt, wie sehr sie ihn liebt und dass er ihr und dem

Baby noch eine Chance geben und sich von seiner Frau trennen soll. Die Briefe werden immer fordernder. Ich hab sie nur überflogen, aber Maria macht ihm darin immer mehr Druck. So von wegen, wenn er es seiner Frau nicht sagt, wird sie es tun. Ich hab kein gutes Gefühl, Freya. Wie sieht's bei dir aus?«

»Bisher nichts.«

»Dann komm zurück. Wir haben ja jetzt genug Informationen.«

»Aber keine Beweise. Nichts davon beweist, dass Leo hinter Marias Verschwinden steckt.«

Terri antwortete nicht.

»Terri? Hallo? Verdammter Mist!«

Der Empfang war abgerissen.

Wütend steckte Freya ihr Handy in die Hosentasche. Eilig durchsuchte sie das Regal, sah in den Kamin, hob widerwillig alle ausgestopften Tiere auf dem Boden an und sah darunter.

Alles normal.

Zumindest, soweit man mitten in der Nacht, alleine in einer Waldhütte voller toter Tiere, von normal sprechen konnte.

Freyas Handy klingelte wieder, doch sie hob nicht ab. Sie wollte einfach nur noch raus aus der Hütte. Hier war nichts, was ihr weiterhelfen würde.

Als Freya um das Sofa herumging, fiel ihr Blick auf den fransigen Teppich. Nur noch den, versprach sie sich, dann nichts wie raus hier.

Sie ließ sich auf die Knie fallen und rollte den Flickenteppich zusammen. Freya musste niesen, als ihr die aufgewirbelten Staubflusen in die Nase flogen.

Dieser verdammte Dreck machte sie –

Freya zuckte zusammen, als sie sah, was sie freigelegt hatte.

Eilig rollte sie den Teppich weiter. Ihr brach der kalte Schweiß aus.

Konnte es das sein, was sie glaubte, das es war?

Das Adrenalin schoss durch Freyas Körper, während sie Zentimeter für Zentimeter des Hüttenbodens freilegte, bis sie endlich im Ganzen sehen konnte, was sich die ganze Zeit über unter dem Teppich verborgen hatte.

Freya erinnerte sich, wie sie sich bei ihrem ersten Treffen mit Leo zum Picknicken auf den Teppich gesetzt hatte. Damals hatte ihr etwas gegen das Bein gedrückt. Sie hatte es für einen Stein gehalten, doch nun wusste sie, dass es sich stattdessen um einen eisernen Ring gehandelt hatte.

Und er gehörte zu einer Falltür.

41

»Herr Seidler, kann ich Sie bitte mal kurz sprechen?«, frage ich und spiele dabei mit meinem Anhänger herum. Es kostet mich viel Mühe, die förmliche Anrede zu verwenden.

»Was gibt es denn?« Er klingt genervt.

»Es geht um meine Noten. Ich habe gerade echt Probleme. Mein Stipendium …« Ich senke die Stimme. »… steht auf der Kippe.«

Freya, die Neue, die neben ihm steht, mustert uns interessiert. Er scheint es zu bemerken, und sein Blick sagt alles. Ich soll bloß meine Klappe halten.

»Maria, es ist nicht der richtige Zeitpunkt. Der Unterricht hat angefangen. Und du solltest dich besser umziehen und dir einen Ball schnappen.«

»Es ist wirklich wichtig, Herr Seidler. Bitte.«

Ich sehe, wie er mit sich ringt, doch er scheint keine Szene mitten im Sportunterricht riskieren zu wollen und schiebt mich unsanft zur Seite. »Na gut, aber dann bitte schnell.«

»Ich wollte noch einmal mit dir reden. Das mit der Ohrfeige ist längst vergessen und vergeben. Wirklich. Es zählt nur das Baby. Es wächst und wächst.«

»Dann wird es allerhöchste Zeit, dass du endlich zum Arzt gehst. Du hast schon vier Termine abgesagt. Maria, es ist mein Ernst. Die Zeit rast!«

»Wie kannst du nur dein eigenes Kind töten lassen!«, sage ich. Meine Stimme klingt schrill.

»Pscht, nicht so laut.« Er blickt sich um, ob jemand etwas mitbekommen hat. Aber alle passen sich gegenseitig die Handbälle zu. Ein paar Meter von mir entfernt stehen Terri und die Neue. Handball scheint nicht gerade ihre Stärke zu sein.

»Lass mich endlich in Ruhe, Maria! Mich und meine Familie.«

In den letzten Tagen habe ich immer wieder bei seiner Frau angerufen. Am liebsten hätte ich ihr alles erzählt, aber dann hat mich doch jedes Mal der Mut verlassen. Ich hatte Angst, damit die letzte Brücke zu Leo zu zerschlagen, indem ich ihn so wütend mache. Ich weiß nicht, was er seiner Frau erzählt hat, aber als ich sie das letzte Mal am Telefon hatte, hat sie mich angeschrien, dass ich meine Schulprobleme in den Griff bekommen soll, statt ihrem Mann nachzustellen.

Meine Hand schiebt sich wie automatisch auf meinen Bauch. »Aber das Baby und ich sind doch jetzt deine Familie.«

»Ich will nichts mehr davon hören. Sprich mich nicht mehr an, wenn es nichts mit dem Unterricht zu tun hat, hör auf, meine Frau am Telefon zu belästigen, und wage es vor allem nicht, ihr von uns zu erzählen!« Sein Tonfall klingt drohend. Und mit einem Mal bin ich froh, dass so viele Menschen in der Halle sind.

»Ich kann ohne dich nicht leben, Leo«, sage ich und spüre, wie mir wie so oft in den letzten Wochen die Tränen in die Augen schießen. »Manchmal wünschte ich, ich wäre tot.«

»Das wünschte ich auch.« Er hat so leise gesprochen, dass ich im ersten Moment glaube, mich verhört zu haben.

Ich starre ihn fassungslos an. Ist ihm das bloß herausgerutscht? Doch er sieht nicht so aus, als bereue er, was er da gerade gesagt hat.

42

Freya zuckte zusammen, als die Falltür beim Öffnen ein lautes Quietschen von sich gab. Zitternd spähte sie in das unendliche Dunkel, das sich vor ihr auftat.

Am liebsten wäre Freya schreiend davongelaufen, doch ihre Füße gehorchten ihr nicht. Wie festgewachsen stand sie da, schaltete ihre Handytaschenlampe ein und richtete den Lichtstrahl auf das Loch unter der Falltür.

Von der Decke baumelte eine nackte, kaputte Glühbirne. Morsch aussehende Treppenstufen führten in einen winzigen Verschlag, der bis auf eine Werkbank und ein leeres Holzregal kein einziges Möbelstück enthielt.

Neben dem Regal an der Wand lehnten rostige Spaten, eine Axt und allerlei Gerätschaften, deren Namen Freya nicht einfielen. Das war wohl so was wie ein unterirdischer Schuppen. Den Geräten nach zu schließen, womöglich der Ort, an dem früher die Tiere präpariert worden waren.

Freya musste würgen. Fast war es, als hinge der Gestank des Todes noch immer in diesem Keller.

Freyas Handy klingelte erneut.

»Terri? Terri, ich verstehe dich nicht! Was ist mit Anna? Hallo? Terri?«

In der Leitung war nur ein Tuten zu hören. *Verdammt!*

Freya straffte die Schultern. Sie hatte sich vorgenommen, die *ganze* Hütte zu untersuchen. Auch wenn sie da noch nichts von diesem unterirdischen Raum geahnt hatte.

Ihre Füße suchten Halt auf der ersten Treppenstufe. Fast rechnete sie damit, diese würde nachgeben und sie mit sich in die

Tiefe reißen, doch sie knarzte bloß bedrohlich. Stufe für Stufe schritt Freya nach unten, den Lichtschein wie ein Schutzschild vor sich gerichtet.

Unten angekommen, nahm sie sich die Werkbank vor. Ließ das Licht von allen Seiten darübereilen. Suchte sie hektisch nach etwas ab, von dem sie selbst nicht wusste, was das sein sollte.

Dasselbe tat sie mit dem Regal. Aber auch bei näherer Betrachtung war es vollkommen leer.

Also widmete Freya sich den Geräten. Nacheinander nahm sie sie in die Hand und betrachtete sie mit hektischen Blicken.

Nichts. Nichts. Nichts.

Erleichtert atmete Freya auf. Alles unauffällig. Kein Grund zur Beunruhigung.

Freya griff nach der Axt. Sie lag schwer in ihrer Hand. Sie konnte sicher mit Leichtigkeit auch das stärkste Stück Holz spalten. Und noch vieles mehr.

Freya beeilte sich, die Axt wieder an die Wand zu lehnen, und streckte ihre Hand nach einem alten Spaten aus. In Windeseile betrachtete sie den Griff.

Den Stiel.

Das Schaufelblatt.

Dort fand sie verkrustete Erdreste. So weit normal.

Aber da war noch etwas. Etwas, das dort nicht hingehörte.

Noch mehr Erde? Freya hielt den Spaten näher vor ihr Gesicht und kniff die Augen zusammen.

Das war keine Erde.

Mit einem Aufschrei ließ Freya den Spaten fallen. Ihr war plötzlich speiübel.

Sie tastete nach der Wand, suchte Halt, wo keiner zu finden war.

Glitt ab und stieß sich den Ellbogen an einer Kante des Regals an. Der Schmerz durchzuckte ihren Körper wie ein gleißender Blitz.

Rückwärts taumelte Freya zurück zur Treppe.

Den Blick noch immer auf den am Boden liegenden Spaten gerichtet, auf dessen Schaufelblatt eindeutig Spuren von Blut prangten.

Nur mühsam schaffte Freya es, den Schein ihrer Taschenlampe wieder auf die Treppe zu richten, so als fürchtete sie, der Spaten würde sie von hinten anspringen, sobald sie ihm den Rücken zukehrte.

Nur noch weg hier!

Freya ertastete das Treppengeländer, ihre Füße gehorchten ihr kaum. Sie rutschte aus und glitt einige Stufen hinab, zog sich wieder nach oben. Und schrie, als sie sah, welches Grauen auf dem Geländer lauerte.

Grauen, das Freya von oben übersehen hatte, als sie nur Augen für den unheimlichen Raum gehabt hatte.

Schlieren.

Spritzer.

Und etwas, das Freya erstarren ließ.

Den endgültigen Beweis für ihren Verstand, der sich nach wie vor weigern wollte, die Wahrheit zu erkennen.

Den Verstand, der ihr hatte weismachen wollen, das Blut auf dem Spaten könne genauso gut von einem Tier stammen.

Aber Freya fiel kein Tier ein, das fünf solcher Finger hatte.

Fünf kleine Finger.

Fünf menschliche Finger, deren Abdruck auf dem Treppengeländer Freya stumm entgegenschrie.

Freyas Magen verkrampfte sich noch mehr, sie spürte einen säuerlichen Geschmack in ihrer Kehle aufsteigen.

Voller Panik rannte sie die Treppe hinauf.

Wollte einfach nur raus aus diesem Kellerloch, so schnell sie konnte.

Kein Blick zurück.

Nur rennen.

Zwei Stufen auf einmal nehmend, erreichte Freya mit wenigen Sätzen die Falltür. Stürzte blind von Tränen in die Hütte zurück. Geradewegs hinein in zwei Arme, die sie mit hartem Griff festhielten.

Entsetzt schrie Freya auf.

»Pscht, ich bin es. Beruhige dich, Freya!«

Die Stimme klang so sanft. Wie gerne hätte sie sich davon überzeugen lassen. Sich einfach in die Arme fallen lassen, statt gegen sie anzukämpfen.

Doch ihr Griff war trügerisch. Er versprach Sicherheit und meinte Kontrolle. Freya bäumte sich auf und versuchte, ihren Körper freizubekommen.

»Lass mich los!«, schrie sie.

Was machte er überhaupt hier? Er hätte gar nicht hier sein dürfen! Irgendwas musste schiefgegangen sein.

»Was tust du denn hier, Freya?«, fragte Leo, und in seiner Stimme klang Argwohn mit.

Freya wand sich. Sein Griff wurde lockerer.

»Freya, ganz ruhig. Ich lasse dich jetzt los, okay? Aber dann erklärst du mir, was du hier mitten in der Nacht treibst.«

Freya fühlte, wie die Hände von ihr abließen. Fühlte, wie ihre Schultern sich langsam entkrampften. Fand wieder einen festen Stand.

Doch noch immer waren es einige Schritte bis zur Tür. Und

da gab es noch ihn, der ihr den Weg in die Freiheit versperrte. Ihn, der sie nun abwartend musterte.

»Was ist los, Freya? Du siehst aus, als hättest du einen Geist gesehen.«

»Ich weiß alles!«, schrie Freya, noch bevor sie darüber nachdenken konnte, ob das wirklich eine gute Idee war. »Du hast sie getötet!«

»Wovon redest du?« Sein Blick verfinsterte sich.

»Von Maria. Ich habe das Blut im Keller gefunden! Und Terri hat die Briefe unter deinem Bett gefunden.«

Vielleicht wäre es jetzt wirklich besser, die Klappe zu halten!

»Terri war in meinem Zimmer?«

»Wolltest du die Briefe als kleines Andenken behalten? Das ist so widerlich!«

Mach endlich, dass du hier rauskommst, Freya!

»Das ist doch völliger Blödsinn!«

»Wie viele Lügen willst du mir eigentlich noch erzählen? Ich weiß von Anna. Ich weiß von Maria. Und ich weiß …«

Sag es nicht!

»… von deiner Frau!«

»Von meiner Frau …« Seine Miene nahm einen Ausdruck an, der Freya erschaudern ließ. Dennoch konnte sie die Worte nicht bremsen, die wie automatisch ihren Mund verließen.

»Ja, genau. Und ich weiß, dass Maria dich unter Druck gesetzt hat!«

»Na, dann weißt du ja eine ganze Menge.«

Leo kam ein Stück näher, und Freya wich zurück.

»Hast du etwa Angst vor mir, Freya?« Seine Stimme klang erschreckend ruhig.

»Nein«, log sie.

»Gut. Ich kann dir nämlich alles erklären. Lass uns rüber zum Sofa gehen und in Ruhe über alles reden.«

Er streckte langsam seine Hand nach ihr aus, doch Freya rührte sich nicht von der Stelle.

»Komm schon, Freya.«

Freyas Blick huschte zur Tür. Leo hatte sie offen stehen lassen. Wenn sie sich beeilte, könnte sie mit wenigen Schritten draußen sein.

Aber was dann? Wenn er ihr folgen würde, hätte sie keine Chance. Sicher war er viel schneller als sie und hätte sie schon nach kürzester Zeit eingeholt.

»Freya, setz dich jetzt hin!« Leo klang ungeduldig.

»Nein, ich werde jetzt gehen.«

»Das geht nicht. Erst müssen wir miteinander reden.« Seine Stimme ließ keinen Widerspruch zu.

»Ich möchte aber nicht reden.«

»Ich kann dich so nicht gehen lassen.«

Leo kam nun noch einen weiteren Schritt auf Freya zu und drängte sie zurück Richtung Falltür.

»Lass mich raus«, sagte Freya und bemühte sich vergebens, das Zittern in ihrer Stimme zu unterdrücken.

»Nein.«

Nur ein Wort.

Doch es entfachte eine Angst in Freya, die alles in den Schatten stellte, was sie bisher gekannt hatte. Sie saß in der Falle. Wenn sie noch einen weiteren Schritt rückwärts machte, würde sie die Treppe hinunterstürzen.

»Jetzt setz dich hin«, sagte Leo noch einmal und machte eine schnelle Bewegung auf Freya zu, um sie am Arm zu packen.

Freya schrie auf und machte einen Hechtsprung nach links. Leo griff ins Leere. Er geriet ins Straucheln.

Freya zögerte keine Sekunde zu lang. Mit einem weiteren Aufschrei versetzte sie Leo einen kräftigen Stoß. Der ruderte hilflos mit den Armen, suchte Halt am Geländer der Kellertreppe, verfehlte es jedoch und stürzte in die Tiefe.

Sein Schrei hallte Freya in den Ohren nach, als sie ohne einen Blick zurück auf dem Absatz kehrtmachte und in die Nacht hinausrannte.

43

Freyas Augen tränten von dem eisigen Wind, der ihr unaufhörlich ins Gesicht wehte. Sie wusste nicht, wie lange sie gerannt war, doch was sie wusste, war, dass sie eigentlich längst die Türme von Hohenhausen hätte sehen müssen. Sie konnte es nicht länger leugnen: Sie hatte sich verlaufen.

»Scheiße«, fluchte Freya.

Ihre Hose war inzwischen bis zu den Knien nass. Der Schnee hatte sie ausgebremst, und ihre Jeans hatte sich damit vollgesogen. Klamm und kalt klebte sie nun an Freyas Beinen und erschwerte ihr zusätzlich das Vorankommen.

Verzweifelt ließ Freya sich in den tiefen Schnee sinken. Nur kurz durchatmen. Nachdenken. Orientieren.

Sie nahm ihr Handy hervor. Warum hatte sie das nicht schon viel früher getan? Doch es hätte ohnehin nichts genutzt. Sie hatte keinen Empfang.

»Dieser verfluchte Wald!«, brüllte Freya.

Sie schlang die Arme um sich und rieb sich die Schultern. Immer schneller, um wenigstens ein bisschen Wärme zu erzeugen.

Wieso war sie noch nicht am Waldrand? War sie in ihrer Panik irgendwo falsch abgebogen? Nicht auszuschließen, so blindlings, wie sie losgestürmt war.

Freya blickte sich um. Alles sah gleich aus.

Schnee. Bäume.

Bäume. Schnee.

Ihr schwirrte der Kopf. Sie musste irgendwie einen Weg aus dem Wald finden. Schnell.

Freya erhob sich und klopfte sich den Schnee von den Knien.

»Setz einfach immer einen Fuß vor den anderen«, flüsterte sie sich selbst zu, »dann kommst du schon irgendwann hier raus.«

44

Ein Licht aus dem Inneren der Hütte durchbricht die pechschwarze Nacht. Ich ducke mich hinter einen Baum und versuche, mein rasendes Herz zu beruhigen.

Im Fenster sehe ich Schemen. Zwei Schemen.

Einer davon ist eindeutig Leo. Die Art, wie er sich bewegt, kenne ich in- und auswendig. Doch wer ist die Person, die sich gerade aus seinem Arm losreißt? Etwa seine Frau? Das ist unmöglich …

Zusammengekauert warte ich in der Dunkelheit.

Plötzlich fliegt die Tür auf, und jemand stürzt hinaus. »Gut, dann sehen wir uns halt erst nächste Woche, mir doch egal!«, ruft sie.

Ich erstarre.

Es ist Anna. Was tut sie hier?

Mein Kopf braucht eine Weile, um zu kapieren, was mein Herz längst verstanden hat. Deshalb war sie in letzter Zeit immer so fahrig. Mit dem Kopf in den Wolken. Zu keinem ernsthaften Gespräch fähig.

Seit wann läuft das schon zwischen den beiden? Hat Leo das Ganze parallel laufen lassen? Dann wäre er noch abgebrühter, als ich gedacht habe.

Anna stürmt davon, und Leo ruft ihr etwas hinterher, was ich nicht verstehen kann. Doch er folgt ihr nicht. Er kehrt in die Hütte zurück. Ich sehe seinen Schatten durchs Fenster.

Ich warte noch einen Moment, dann gehe ich hinein. Er darf nicht länger vor seiner Verantwortung weglaufen.

45

Freya konnte nicht mehr. Sie war so durchgefroren, dass sie sich keinen Meter mehr vorwärtsbewegen konnte.

Sie hatte es versucht. Sich wirklich Mühe gegeben. Einen Fuß vor den anderen gesetzt. Immer wieder. Doch sie wurde das Gefühl nicht los, im Kreis zu laufen.

Die Kälte hatte sich mittlerweile durch ihre Kleidung in jede einzelne Faser ihres Körpers gefressen. Tausende winzige Nadeln auf ihrer Haut. Freya hatte keine Kraft mehr.

Der Wind peitschte ihr ins Gesicht, als verteile er Ohrfeigen.

Ihre Füße waren die einzigen Stellen ihres Körpers, die nicht von den Nadelstichen gepiesackt wurden. Im Gegenteil. Da war nichts mehr. Freya spürte ihre Füße nicht mehr.

Nur kurz ausruhen, dachte sie, einfach nur ausruhen. Bäuchlings ließ Freya sich auf den Boden sinken. Ihr Kopf sackte auf einem Schneehaufen nieder.

Die Nadelstiche bohrten sich tiefer in ihre Wangen. Doch es war Freya egal. Alles war ihr egal.

Freya spürte etwas auf ihrem Rücken. Es begrub sie langsam unter sich. Eine weiße Decke, die über ihr ausgebreitet wurde.

Sie hob den Kopf und erkannte ihre Mutter, die ihr zulächelte. Sie trug ein Nachthemd, so weiß wie der Schnee.

»Ich ruhe mich nur kurz aus, Mama«, murmelte Freya.

Noch während sie sich wunderte, dass ihre Mutter bei diesem Wetter im Nachthemd hier draußen herumlief, begannen ihre Augenlider zu flackern, ehe sie sich vollends der Erschöpfung hingaben und einfach zufielen.

Erschrocken fuhr Freya hoch. Irgendetwas hatte sie aus dem Schlaf gerissen.

Da war es wieder. Oder hatte sie es sich bloß eingebildet?

Sie schloss die Augen und lauschte in die Dunkelheit hinein. Sie durfte hier nicht bleiben. Die Kälte würde sie sonst verschlingen.

Ihre Mutter war verschwunden. Freya war nun wieder ganz allein in dieser verdammten Finsternis.

Mit größter Mühe rappelte Freya sich hoch. Wenn sie doch nur Hilfe rufen könnte. Sie musste es noch einmal probieren.

Mit klammen Fingen nahm sie ihr Handy hervor und hätte beinahe vor Erleichterung aufgeschrien. Manchmal ging einem das Herz über vor Freude beim Anblick eines fetten Eisbechers, unberührter Natur oder eines geliebten Menschen. Und manchmal reichte ein kleiner Strich auf einem Handybildschirm aus, um dieses Hochgefühl herbeizuzaubern.

Rechts oben in der Ecke war ein winziger Balken aufgetaucht. Freya hatte wieder Empfang! Und sie hatte eine Vielzahl von Mailboxbenachrichtigungen. Verpasste Anrufe. Terri. Terri. Terri. Anna. Wieder Terri.

Ein ungutes Gefühl beschlich Freya. Terri hatte nicht auf die Mailbox gesprochen, doch nun trudelten gleich mehrere Nachrichten von ihr ein.

Freya, verschwinde aus der Hütte! Er ist unterwegs dorthin!

Freya, melde dich bitte. Bist du noch dort? Er hat Anna geschrieben, dass es ihm zu riskant ist mit dem Geräteraum und er schon unterwegs zur Hütte ist! Du musst da weg!

Anna und ich kommen jetzt zu dir! Versteck dich!

Die letzte Nachricht hatte Terri vor einer halben Stunde abgeschickt. Danach hatte sie noch Dutzende Male versucht, Freya zu erreichen.

Wo bist du???? Wir haben die Falltür entdeckt! Bitte melde dich, ich mach mir Sorgen! Ich hoffe bloß, Leo hat dich noch nicht gefunden …

Freyas Augen flogen wieder und wieder über die letzte Nachricht.

Ich hoffe bloß, Leo hat dich noch nicht gefunden …

Ein Rauschen setzte in Freyas Kopf ein und schwoll zu einem ohrenbetäubenden Sound an. Sie sah die Worte und verstand nicht, warum sie ihr solche Angst einjagten.

Erst als sie die Nachricht ein drittes Mal las, wurde ihr deren Sinn bewusst: Wenn Terri bereits die Falltür entdeckt hatte und trotzdem immer noch hoffte, dass Leo Freya noch nicht gefunden hatte, konnte das nur eins bedeuten. Leo lag nicht, wie Freya gehofft hatte, unten im Keller.

Leo war nicht mehr in der Hütte.

46

So schnell sie konnte, versuchte Freya, den Notruf zu wählen, doch ihre eiskalten Finger wollten ihr einfach nicht gehorchen.

101.

111.

10…

Knack.

Freya fuhr herum. Was war das? Sie kniff die Augen zusammen und versuchte vergeblich, zwischen den Schatten der Bäume etwas zu erkennen.

Knack.

Freya schossen zwei Gedanken gleichzeitig durch den Kopf: Erstens hatte sie sich das Geräusch tatsächlich nicht eingebildet. Und zweitens kam es näher …

Knack.

Freya stieß die angehaltene Luft aus, die in einer kleinen Wolke vor ihr aufstieg. Sie zitterte am ganzen Körper, was nun nicht länger einzig an der Kälte lag.

Knack.

Ein Geräusch von abbrechenden Zweigen. Dann ein Knirschen.

Freya biss sich auf die Lippen, um nicht zu schreien.

Es knirschte erneut. Es klang wie … Schritte. Schritte, die immer näher kamen. Direkt auf sie zu.

Freya richtete ihre Handytaschenlampe wie eine Waffe auf die Stelle, an der sie die Schritte gehört hatte. Doch da war nichts. Nur ein großer, breiter Baum, direkt vor ihr.

Sie wirbelte herum, versuchte zu orten, woher das Geräusch gekommen war. Auch hinter ihr war nichts als Wald.

»Fuck«, entfuhr es Freya. Das Echo ihrer Stimme hallte nach und überdeckte für einen kurzen Moment alle Geräusche des Waldes.

Dann spürte sie es. Ein Lufthauch in ihrem Nacken. Eine kalte Hand legte sich von hinten über ihren Mund und erstickte ihren Schrei. Eine weitere Hand legte sich um ihre Schultern und machte sie nahezu bewegungsunfähig.

»Loslassen!«, brüllte Freya verzweifelt gegen die Hand auf ihrem Mund an.

Sie spürte ein Kitzeln an ihrem rechten Ohr. Atem, der wie ein Finger über ihre Wange strich.

»Scht.«

Freya versuchte, ihre Arme freizubekommen, doch je mehr sie sich wand, desto fester wurde der Griff um ihren Körper.

»Ist ja gut. Ganz ruhig.«

Die Gelassenheit in seiner Stimme ließ Freya fast wahnsinnig werden vor Angst. Sie dachte nicht im Traum daran, sich zu beruhigen. Stattdessen trat sie nach seinen Beinen, stemmte sich mit ihrem ganzen Gewicht gegen seine Arme, ließ ihren Kopf vor- und zurückschnellen, um ihn abzuschütteln.

Zwecklos. Er war zu stark.

»Freya, das bringt doch nichts. Hör auf damit!«

Doch Freya wollte nicht aufhören. Niemals. Wenn er sie auch töten wollte, gut. Aber sie würde sich ihm nicht kampflos ergeben.

47

Der Spaten saust auf meinen Kopf nieder. Es tut unglaublich weh.

Ich spüre, wie mein Blut an mir herunterläuft, und möchte schreien vor Schmerz. Aber meine Zunge ist wie gelähmt. Ich ertaste eine tiefe Wunde auf meinem Kopf, und mir wird ganz schwindelig.

Ich taumle und stolpere zur Treppe. Meine rechte Hand greift nach dem Geländer, will sich daran hochziehen, rutscht aber ab und klatscht schmerzhaft auf eine der Stufen.

Ich krieche weiter vorwärts. Weg hier. Nur raus aus diesem Keller.

Der Schmerz bringt mich fast um den Verstand. Mir wird schwarz vor Augen.

48

Freya spürte das Gewicht seines Körpers auf sich lasten wie schon so viele Male zuvor. Nur diesmal hatte es nichts Zärtliches an sich.

Es war ihr gelungen, sich aus seinem Griff zu befreien. Doch nur für einen kurzen, hoffnungsvollen Moment. Dann hatte er sie gepackt und am Weglaufen gehindert. Freya hatte sich schwer gemacht, und beide waren zu Boden gestürzt. Nun drückte eine Baumwurzel in Freyas Rücken, während sie sich Leo mit all ihrer verbliebenen Kraft entgegenwölbte, um ihn von ihrem Brustkorb herunterzustoßen.

Seine Hände lagen fest um Freyas Handgelenke und drückten ihre Arme in den Schnee.

»Hilfe!«, schrie Freya. »Hilfe!«

»Freya, hör doch mal auf damit«, rief Leo, »ich will doch bloß mit dir reden!«

Natürlich! Reden! Für wie blöd hielt er sie?

Freya keuchte.

»Ich … ich kriege keine Luft mehr …«, krächzte sie.

Vermutlich war es genau das, was Leo bezweckte.

»Hilfe«, stieß Freya noch einmal hervor.

Es klang kläglich.

Niemand würde sie hören. Sie würde hier im Wald sterben. Genau wie Maria. Freya spürte ihre Kräfte schwinden.

Es war so verlockend, einfach jeden Widerstand aufzugeben und sich fallen zu lassen. Nicht mehr kämpfen, nur noch in die Dunkelheit sinken.

»Freya, wenn du dich beruhigen würdest, würde das die Sache leichter machen!« Leos Worte kamen von weit weg.

In ihrem Kopf hörte Freya die Stimme ihrer Mutter. Sie sah, wie sie die Hände nach ihr ausstreckte und immer wieder ihren Namen rief.

»Mama, ich bin hier«, antwortete Freya, »ich bin hier.«

Ihre Mutter lächelte ihr zu: »Hör auf zu kämpfen, Freya«, sagte sie, »lass dich einfach fallen.«

Freya tat es.

49

Sterben ist ganz einfach.
Man muss nur loslassen.
Das ist das Geheimnis.
Einfach nur loslassen.
Wenn man das schafft, dann geht es ganz schnell.
Und man hat endlich keine Schmerzen mehr.

50

Freya merkte sofort, dass etwas anders war. Sie hatte nur für den Bruchteil einer Sekunde aufgehört, gegen Leos Griff anzukämpfen, und sofort hatte er diesen gelockert. Freya sammelte all ihre verbliebenen Kräfte und bäumte sich auf. Sie schrie all ihre Wut und Trauer hinaus, und das verlieh ihr zusätzlich Kraft.

Leo griff augenblicklich wieder fester zu und hinderte sie daran, nach ihm zu schlagen.

»So langsam reicht es mir wirklich, Freya«, schrie er, »hör auf damit!«

Freya rammte ihm ihr Knie in den Magen. Leo entfuhr ein lautes Fluchen. Für den Bruchteil einer Sekunde ließ er Freyas rechtes Handgelenk los. Diesen Augenblick nutzte sie, um im Schnee nach ihrem Handy zu tasten. Ihre Finger fanden es, doch Leo reagierte blitzschnell.

Er entriss Freya das Telefon und schleuderte es über die Schulter hinter sich ins Dickicht. Mitten hinein in die Dunkelheit. In unerreichbare Ferne.

Freya heulte auf vor Wut. Sie versuchte in die Richtung zu robben, in die Leo das Handy geworfen hatte, doch er packte ihre Beine und zog sie zurück. Wenige Sekunden später saß Leo auf ihrem Rücken. Sein Körpergewicht drückte Freya in den eiskalten Schnee. Ihre Lunge schrie nach Luft.

Sie schloss die Augen. Das war es jetzt. Sie hatte verloren. Endgültig. Leo hatte sie gewarnt, nicht Detektiv zu spielen. Doch sie hatte es einfach nicht lassen können. Und nun war es zu spät.

Was würde er mit ihr machen? Würde er sie auch mit einem

Spaten erschlagen? Oder würde er sie hier an Ort und Stelle töten? Mit bloßen Händen?

»Ich habe langsam wirklich genug von dir, Freya, erst stößt du mich die Treppe hinunter und dann –«

Weiter kam er nicht. Ein Schrei zerriss die Nacht. Gefolgt von einem dumpfen Knall.

Sekunden später spürte Freya, wie Leo auf ihrem Rücken zusammenbrach. Ihre Lunge drohte zu explodieren, doch mit einem Mal wurde das Gewicht, das auf ihr lag, leichter. So, als würde jemand Leos Körper von ihr herunterziehen.

Freya rieb sich den Schnee aus den Augen und drehte den Kopf. Vor ihr stand Anna. Sie blickte Freya aus weit aufgerissenen Augen an. In der Hand hielt sie einen dicken Ast, von dem etwas Rötliches heruntertropfte.

»Geht es dir gut?«, fragte Anna besorgt.

Noch bevor Freya antworten konnte, versagten ihre Kräfte.

51

Freya hatte die letzten Wochen wie durch einen Schleier wahrgenommen. Noch längst nicht hatte sie all die schrecklichen Dinge verarbeitet, die sie in jener Nacht im Wald gesehen und erlebt hatte.

Nachdem Anna Leo niedergeschlagen hatte, hatte es nicht lange gedauert, bis die ersten Polizeisirenen zu hören gewesen waren. Freya hatte nicht geahnt, wie nah sie dem Waldrand bereits gewesen war, als Leo sie gefunden hatte.

Terri hatte sich beim Abstieg in den Keller den Knöchel verstaucht und war in der Hütte geblieben, während Anna sich auf die Suche nach Freya gemacht hatte. Sie hatte auch die Polizei verständigt.

Später hatte Terri Freya berichtet, dass sie den Polizisten am Telefon vorgeflunkert hatte, Maria im Wald gefunden zu haben, um ihnen Beine zu machen. Wie sich herausgestellt hatte, lag sie damit nicht ganz weit weg von der Wahrheit.

Das Blut am Treppengeländer im Keller stammte, wie Freya befürchtet hatte, tatsächlich von Maria. Ebenso das Blut an dem Spaten.

Endlich war die Hütte richtig auf den Kopf gestellt worden. Überall hatte man DNA-Spuren von Maria gefunden. Neben jeder Menge Hautschuppen auch eine Menge ausgerissene Haare im Keller. Von der Falltür aus zogen sich mehrere tiefe Kratzer durch den Boden, die die ganze Zeit über vom Teppich verdeckt gewesen waren. Auch hier fand die Spurensicherung Hautpartikel von Maria. Die Kratzspur endete nach einem halben Meter, so als habe Maria die Kraft verlassen, sich noch weiter am Boden festzukrallen.

Das alles in Zusammenhang mit den Briefen und Marias Kette unter Leos Bett reichte aus, um ihn vor Gericht zu stellen. Bisher fehlte noch jede Spur von Marias Leiche. Die Polizei ging davon aus, dass Leo sie im Wald vergraben hatte, darauf deuteten auch die Erdreste hin, die man neben dem Blut auf dem Spaten gefunden hatte.

Solange der Schnee den Boden bedeckte, war eine Suche schwierig, doch Herr Klein und Herr Mayer waren zuversichtlich, dass man Marias Leiche im Frühjahr finden würde.

Freya hingegen war sich da nicht so sicher. Der Wald war riesig. Und Leo leugnete noch immer hartnäckig, etwas über Marias Verbleib zu wissen.

»Geht es dir gut?« Freyas Vater sah seine Tochter so besorgt an, als leide sie an einer schweren Krankheit.

Freya war froh, dass er sie zu dem Prozess begleitete. Immerhin war sie dort nicht bloß Zuschauerin, sondern genau wie Anna und Terri eine wichtige Zeugin.

»Ich schaffe das schon, Papa«, sagte sie und drückte seine Hand, die ebenso schweißnass war wie ihre eigene.

»Ich bin so froh, dass dir nichts passiert ist«, sagte ihr Vater und legte seinen Arm um Freya. »Noch einen Verlust hätte ich nicht verkraftet.«

Freya sah Tränen in seinen Augen blitzen. Tränen, die er monatelang vor ihr verborgen hatte.

»Sie fehlt mir auch«, flüsterte sie.

Ihr Vater drückte sie fest an seine Brust. Freya lehnte den Kopf gegen ihn und schlang zum ersten Mal seit einer gefühlten Ewigkeit ihre Arme um ihn.

»Es tut mir so leid, dass ich in den letzten Monaten nicht für dich da war. Ich weiß, du hättest mich gebraucht.«

»Schon gut«, antwortete Freya, auch wenn sie ahnte, dass diese Wunde noch eine Weile brauchen würde, bis sie verheilte.

Aber immerhin konnte sie verheilen. Andere Wunden würden sich vermutlich nie schließen. Gerade als sie geglaubt hatte, das Loch in ihrem Herzen, das der Verlust ihrer Mutter mitten hineingerissen hatte, sei dabei, sich ein wenig zu schließen, war es wieder aufgebrochen. Und nun, da sie gleich zwei Menschen verloren hatte, die sie liebte, war es größer denn je.

Freya sah zu Terri und Anna hinüber, die sich im Flüsterton unterhielten. Ob die beiden diese Lücke ein wenig füllen könnten?

In den letzten Wochen war Anna immer mehr zu einer Freundin für Freya geworden. Immerhin teilten sie den gleichen Schmerz. Doch noch hielten sie einander auf Abstand, näherten sich nur vorsichtig an. Es würde sicher noch eine Weile dauern, bis sie anderen Menschen wieder vollständig würden vertrauen können. Doch Freya hatte die große Hoffnung, dass sie es eines Tages wieder lernen würden.

Sie löste sich aus der Umarmung ihres Vaters und betrachtete Anna und Terri näher. Anna hatte sich regelrecht in Schale geworfen, doch Terri trug selbst heute einen ihrer XXL-Pullover mit der Aufschrift *Scheiß drauf, ich lass das jetzt so.*

»Die Zeugen Anna von Stein, Theresia Marx und Freya Christiansen bitte in Sitzungssaal C«, erklang eine Lautsprecherdurchsage.

»Es ist so weit.« Anna erhob sich und kam zu Freya herüber. »Bist du bereit, ihm ins Gesicht zu sehen?«

Leos Bild tauchte vor Freyas innerem Auge auf. Er sah sie

mit seinen strahlenden Augen an, und Freyas Herz schmolz. Doch plötzlich verwandelte Leos Gesicht sich in eine Fratze. Freya blinzelte, um das Bild zu vertreiben.

»Eigentlich nicht. Und du?«

Anna schüttelte den Kopf. »Ich auch nicht. Aber was bleibt uns anderes übrig?«

Freya grinste. »Na ja, wir könnten einfach weglaufen.«

»Ja, da wäre ich dabei.«

»Ihr wollt euch doch nicht vor eurer Bürgerpflicht drücken!« Terri sah die beiden mit gespielter Entrüstung an. »Das kann ich wirklich nicht zulassen. Wir gehen da jetzt rein. Keine Widerrede!«

»Tja, schätze, wir haben wohl keine Wahl«, sagte Freya.

Anna ließ Terri den Vortritt und nickte Freya entschlossen zu. Wir schaffen das schon, schien ihr Blick zu sagen. Freya straffte die Schultern und nickte zurück. *Ja, zusammen schaffen wir das schon.*

52

Ich nehme einen großen Schluck von meinem Eistee, obwohl ich eigentlich viel mehr Lust auf einen Tequila hätte. Aber das muss noch eine Weile warten. Der Geschmack von Pfirsich füllt meinen trockenen Rachen, während ich wie jeden Tag seinen Namen google. Oft finde ich nichts. Doch manchmal gibt es kleine Updates zu der Gerichtsverhandlung.

Meine schwitzigen Finger rutschen auf dem Display ab, aber endlich habe ich die Suchanfrage abgeschickt. Es dauert immer eine Weile, bis die Ergebnisse angezeigt werden. Das Internet hier auf der Insel ist wirklich extrem langsam.

Erneut nippe ich an meinem Getränk. Hoffentlich gibt es endlich etwas Neues von der Verhandlung. Es kann doch nicht so schwer sein. Die Beweise sind erdrückend.

Auch wenn ich gehofft habe, dass sie früher gefunden worden wären. Ich hätte nicht gedacht, dass die Polizei so langsam arbeitet. Vielleicht war es ein Fehler, den Teppich auf der Falltür liegen zu lassen. Als Leo und ich unsere erste Nacht in der Hütte verbracht haben, habe ich mich extrem unwohl dabei gefühlt, dass direkt neben uns eine Falltür im Boden war. Leo ist mit mir hinuntergestiegen, um mir zu zeigen, wie harmlos der Keller war, aber ich hatte immer noch Angst, die Falltür würde jeden Moment aufklappen und jemand würde daraus hervorspringen. Also habe ich den Teppich gekauft. Um sie zu verdecken. Und um unser Nest zumindest ein klein wenig gemütlicher zu machen. Und es hat tatsächlich gegen meine Paranoia geholfen.

Vielleicht hätte ich ihn einfach beiseiterollen sollen, dann hätte man das Loch im Boden viel früher entdeckt. Ein Glück, dass diese Freya sich eingemischt hat. Wer weiß, ob die Polizei sonst nicht immer noch im Dunkeln tappen würde.

Noch einmal blicke ich auf mein Handydisplay, auf dem noch immer nichts Neues zu sehen ist.

Mit einem weiteren Zug leere ich mein Glas. Die Kälte des Eistees tut gut bei der Hitze.

Ob ich noch eine Weile hierbleiben kann? Oder muss ich mir bald eine neue Bleibe suchen? Das Geld von Cora reicht vielleicht noch für zwei bis drei Monate. Zum Glück ist hier alles deutlich günstiger als in Deutschland. Aber bald muss das Geld für zwei reichen.

»Noch einen Drink, Amira?«, fragt mich der Barkeeper, und ich nicke.

In der brütenden Mittagssonne schwitze ich extrem unter meinem Kopftuch. Wie gerne würde ich es einfach herunterreißen, aber noch traue ich mich das nicht. Die Tarnung als Türkin ist perfekt.

Amira Seyneb Yilmaz steht in meinem neuen Pass. Amira ist zwanzig Jahre alt und hat die türkische und die deutsche Staatsbürgerschaft. Das macht vieles leichter.

Dexter hat das Kopftuch täuschend echt in mein Passfoto eingefügt. Meine dichten Augenbrauen, die ich früher immer gehasst habe, kommen mir jetzt zugute.

Aber das gefälschte Dokument musste ich teuer bezahlen. Manchmal schmecke ich noch immer Dexters salzigen Geschmack und beginne dann ganz plötzlich zu würgen. Er hätte sich doch einfach mit dem Geld zufriedengeben können. Aber er hat wohl gemerkt, dass ich alles getan hätte, um die neuen Papiere von ihm zu bekommen und meine Situation ausgenutzt. So ein Arschloch!

Und dann hat er durch seinen Tod auch noch dafür gesorgt, dass die Polizei blind in die falsche Richtung gerannt ist.

Ich wäre fast ausgerastet, als ich gelesen habe, dass sie angefangen hatten, Bordelle zu durchsuchen. Wieso hatte er auch mein Foto aufheben müssen? Hat sich wohl daran aufgegeilt …

Immerhin war er so freundlich, mir das neue Handy zu besorgen und mich in der Nacht zum Flughafen zu fahren – das war wohl im Preis mit inbegriffen.

Mein Handy zeigt mir nun verschiedene Suchergebnisse an. Einer der Zeitungsartikel ist von heute. Ich klicke darauf und trommele nervös mit den Fingern auf die Theke. Die Zeit, bis der Artikel sich öffnet, dehnt sich wie Kaugummi.

Der Barkeeper stellt ein neues Glas Eistee vor mir ab. Ich leere es in einem Zug, und er sieht mir mit einer Mischung aus Erstaunen und Bewunderung dabei zu.

Mein Herz hämmert wie wild, und meine Kopfhaut beginnt zu jucken. Vorsichtig schiebe ich einen Finger unter das Kopftuch, kratze die Kopfhaut unter meinen zum Bob geschnittenen, schwarz gefärbten Haaren.

Ein Bild wird geladen. Es ist Leo. Über seinen Augen prangt zwar ein schwarzer Balken, aber ich erkenne ihn sofort.

Sein Anblick versetzt mir wie jedes Mal einen Stich. Auch wenn dieser nicht mehr ganz so tief dringt wie früher.

Leo hält den Kopf gesenkt. Es sieht aus, als seien seine Hände auf den Rücken gefesselt worden. Hinter ihm stehen zwei Polizisten.

Ich überfliege den kurzen Bericht, aber schon als ich den Titel lese, huscht ein Lächeln über mein Gesicht. Mein Herz ist nun ganz ruhig, so ruhig wie schon lange nicht mehr.

Es hat funktioniert. Die genaue Planung. Viele Rückschläge. All die Opfer, die ich gebracht habe. Der Blowjob, das Ende meiner Freundschaft mit Cora, der Verlust meiner Identität, der Schmerz, als ich mir die Haare ausgerissen und mir die Finger blutig gekratzt habe auf dem Hüttenboden – ganz zu schweigen von dem unbeschreiblichen Schmerz, den der Spaten auf meinem Kopf verursacht hat. Ich dachte, ich würde ohnmächtig werden.

Doch all das war nichts im Vergleich zu dem Schmerz, den *er* mir zugefügt hat. Den Schmerz, für den er nun bezahlt.

Damals in der Sporthalle, als ich alles bereits in die Wege geleitet hatte, wollte ich ihm noch eine Chance geben. Eine allerletzte Chance. Vielleicht würde er ja doch erkennen, dass das Baby und ich seine Familie waren, hatte ich gehofft. So sehr gehofft. Doch als er sagte, ihm sei es am liebsten, ich wäre tot – und damit auch unser Kind –, gab es kein Zurück mehr.

Nun bin ich für alle tot. Also hat er doch bekommen, was er wollte.

Noch lange nachdem ich die Strandbar verlassen habe, hallt die Überschrift des Zeitungsartikels in meinem Kopf nach.

Der wegen Mordes an seiner Schülerin angeklagte Lehrer Leo S. wurde gestern Morgen vom Landgericht Stuttgart zu lebenslanger Haft verurteilt.

»Wir haben es geschafft, Freya«, flüsterte ich meinem Bauch zu, in dem seine Tochter heranwächst, die ich nach meiner unfreiwilligen Helferin benannt habe. »Ich hätte dir so gerne einen Vater geschenkt, aber er wollte uns einfach nicht haben.«

Ich streichle meinen Bauch, und ein Gefühl von tiefer Zufriedenheit erfüllt mich. Zum ersten Mal seit meiner Flucht kann ich mich mit der Gewissheit schlafen legen, dass der Mann, der mir mein Leben genommen hat, nun endlich auch seines verloren hat.

DANKSAGUNG

Nun hast du es also tatsächlich gelesen. Mein erstes Buch. Du hast es gekauft, geliehen, geschenkt bekommen oder vielleicht liest du auch einfach gerade bloß diese Danksagung in einer Buchhandlung (warum auch immer …).

So oder so möchte ich dir ganz herzlich danken! Denn dieses Buch ist für dich, die Leserin/den Leser, gemacht, und ich freue mich total, dass du es jetzt in den Händen hältst. Danke, dass du zwischen all den wunderbaren Büchern da draußen ausgerechnet zu Freyas Geschichte gegriffen hast. Ich hoffe sehr, sie hat dich mitfiebern lassen und dich ein Stück weit in ihre Welt entführt.

Wenn du Lust hast, besuche mich gerne auf Instagram unter kathytailor.autorin, wo ich über meinen Schreiballtag und neue Projekte berichte. Ich würde mich sehr über Austausch mit dir freuen.

Vielleicht hat dich ja das tolle Cover dazu verleitet, dir ausgerechnet dieses Buch auszusuchen. Mich jedenfalls hat es von der ersten Sekunde an begeistert und dafür geht mein herzliches Dankeschön an das Team von Unimak für die wunderbare Gestaltung.

Dieses Buch hätte ohne eine ganze Reihe von Frauen niemals das Licht der Welt erblickt. An erster Stelle möchte ich hier Helene Hillebrandt und Eva Wansleben nennen, die mir, nachdem eine Tür zugefallen war, eine neue geöffnet haben und damit den Grundstein für dieses Buch gelegt haben. Vielen, vielen Dank dafür!

Ebenso gilt mein riesiger Dank Anne-Lena Jahnke und Katharina Lindner von Oetinger Taschenbuch, die von Anfang an an mich geglaubt haben. Danke für euren Elan, eure Unterstützung und dafür, dass ihr mir die einzigartige Chance gegeben habt, meinen Traum zu leben.

Ein riesiger Dank geht auch an meine wunderbare Lektorin Isabella Clausing. Deine Anmerkungen haben das Buch so viel besser gemacht und ich habe eine ganze Menge dazugelernt! Besonders deine feministischen Kommentare mochte ich sehr – auch wenn Herr Mayer immer noch *Mädchen* zu Terri und Freya sagt: Danke an dieser Stelle an meinen Fahrlehrer für die nervige Anrede vor vielen Jahren, die die Inspiration dafür geliefert hat. Ich nenne Sie jetzt mal nicht namentlich, Junge.

Zum Abschluss möchte ich meinen Liebsten danken.

Lisa-Marie dafür, dass du von Tag eins an mich geglaubt hast. Mit 16 hast du mir einen selbst gebastelten »Oscar« zur fünfzigsten Seite meines allerersten Roman-Manuskripts geschenkt, das ich heimlich unter der Schulbank geschrieben habe. Du hast nie daran gezweifelt, dass ich das auch durchziehe. Tja … hat etwas länger gedauert als gedacht, aber es tat immer unglaublich gut zu wissen, dass da jemand ist, der manchmal mehr an mich geglaubt hat als ich selbst. Danke auch für das Testlesen unzähliger Texte und deine mal lustigen, mal strengen Kommentare (»Die Zeichensetzung ist ein Graus!«). Und vor allem danke für deine Freundschaft über so viele Jahre.

Vielen Dank an meine Familie für die bedingungslose Liebe und Unterstützung in all den Jahren. Ich weiß, wäre es nach euch gegangen, hätte ich lieber »was Anständiges« studiert. Trotzdem habt ihr mich auf meinem verschlungenen Weg immer unterstützt und mir ganz viel Halt gegeben.

Mama, die Liebe zu Büchern, vor allem zu Thrillern habe ich ganz eindeutig von dir. Danke, dass du als Oberspürnase auch dieses Buch Probe gelesen hast, auch wenn du nicht ganz der Zielgruppe entsprichst. ☺

Ein Anblick, der mir jedes Mal ein Lächeln ins Gesicht gezaubert hat, wenn ich den Wald vor lauter Buchstaben nicht mehr gesehen habe, ist der meines schlafenden Hundes vorm Schreibtisch. Auch wenn du nicht lesen kannst, danke ich dir dafür, kleine Momo. Hättest du mich in intensiven Schreibphasen nicht vor die Tür getrieben, wäre mein Rücken wohl inzwischen vollständig eingerostet.

Und last but noch least möchte ich dir, Henry, für so vieles danken, dass das den Rahmen sprengen würde. Du gibst mir so viel Kraft und glaubst immer an mich.

Mit dir gemeinsam zu plotten, bereichert meine Texte so sehr. Deine Ideen bringen mich so oft zum Lachen! Danke, dass du mir immer den Rücken freihältst und mir ein wunderbarer Freund und Zuhörer bist. Ich könnte jetzt noch ewig so weitermachen, aber du weißt ja, was ich von öffentlichen Liebeserklärungen halte. Daher sage ich nur noch eins: Diddo.